南阳作家自选集

风吹河面

水 兵 著

中原出版传媒集团
大地传媒

大象出版社
·郑州·

图书在版编目（CIP）数据

风吹河面 / 水兵著.— 郑州 ：大象出版社，
2016. 9
（南阳作家自选集）
ISBN 978-7-5347-8935-9

Ⅰ. ①风… Ⅱ. ①水… Ⅲ. ①散文集—中国—当代
Ⅳ. ①I267

中国版本图书馆 CIP 数据核字（2016）第 158051 号

南阳作家自选集
风吹河面
水　兵　著

出 版 人　王刘纯
责任编辑　范　倩　王曼青
责任校对　牛志远
装帧设计　王晶晶

出版发行　大象出版社（郑州市开元路 16 号　邮政编码 450044）
发行科　0371-63863551　总编室　0371-65597936
网　　址　www.daxiang.cn
印　　刷　河南新华印刷集团有限公司
经　　销　各地新华书店经销
开　　本　787mm×1092mm　1/16
印　　张　18.75
字　　数　249 千字
版　　次　2016 年 9 月第 1 版　2016 年 9 月第 1 次印刷
定　　价　45.00 元

印厂地址　郑州市经五路 12 号
邮政编码　450002　　　电话　0371-65957865

总 序

南阳是国家历史文化名城,文化底蕴厚重,文化资源丰富,文化名人辈出。理清南阳文化发展的脉络,才能更好地探寻南阳文化发展的道路与方向。通过这几年对南阳的了解与感受,我认为文化是南阳最突出的城市符号,是南阳未来发展的宝贵资源。

南阳是汉文化的昌盛之地,其标志性无可取代。早在战国时期,南阳就是全国的冶铁中心,农业、手工业都十分发达。西汉时,南阳"商遍天下,富冠海内",为全国五大都市之一。东汉时,光武帝刘秀发迹于此,故南阳有"南都""帝乡"之称。经济的繁荣有力地推动了文化艺术的发展和昌盛。两汉三国时期南阳名人荟萃:张衡的科学成就举世称誉,因而他被列为"世界十大文化名人"之一;以"医圣"张仲景为代表的汉代医药文化是中华民族乃至世界医药文化宝库中的瑰宝;足智多谋的军事家诸葛亮成为人类智慧的化身。南阳的文学、乐舞、绘画、雕刻等艺术门类异彩纷呈,各领风骚,在整个汉代文化艺术中占据着举足轻重的地位。特别是最能反映汉代艺术水平的南阳汉画像石和汉画像砖,朴素而不单调,豪放而不粗疏,被世人称为"东方艺术宝库"。

南阳是河洛文化、荆楚文化和秦巴文化的荟萃之地,其多样性特色鲜明。南阳文化既有河洛文化的典重质实,又有荆楚文化的清奇灵巧,还有秦巴文化的苍凉豪放。这是南阳自古以来优越的自然环境、发达的水陆交通和良好的社会经济环境决定的。南阳境内山川秀丽,河流纵横,分属长江、黄河、淮河三大水系。从春秋战国时期起,南阳郡为秦、楚等国与中原各国的交通枢纽,由关中向江淮此乃孔道,由伊洛向荆襄此乃要冲,既是南北交通的咽喉,又是西北通往东南的必由之路。发达的水陆交通和优越的自然环境不仅为南阳的经济繁荣提供了得天独厚的条件,更为河洛文化、荆楚文化和秦巴文化在这里的交融与发展奠定了基础。

南阳是文脉相承的兴旺之地,其稳定性十分罕见。得益于优越的自然环境和区位优势,并且较少受到战争的影响,自古以来南阳文化都十分发达,兼容并包,千姿百态。兴旺的文脉如长河奔流滔滔不息,从未中断。自两千多年前到现在,南阳可谓"江山代有才人出,各领风骚数百年"。以"科圣"张衡、"医圣"张仲景、"商圣"范蠡、"智圣"诸葛亮这四圣为代表的历史文化名人灿若群星;"二十四史"里有记载的南阳历史文化名人超过800人。到了现当代,南阳名人仍然层出不穷。目前,仅南阳籍两院院士就有19人,占河南籍两院院士的三分之一。另外,还有以姚雪垠、二月河等为代表的南阳作家群等。

先辈留下的丰厚文化资源为我们开展文化建设提供了得天独厚的有利条件。我们要在传承和保护南阳厚重文化的基础上更好地创新与发展,充分发挥文化引领风尚、教育人民、服务社会、推动发展的作用,使文化成为实现南阳跨越式发展的新动力,成为南阳城市发展的终极竞争力,这是我们共同的历史使命。人类前行到今天,“文化是根,文化是魂”的共识更有力地彰显出文化本来应有的鲜明印记。如果说文化是人类在社会历史发展过程中所创造的物质财富和精神财富的总和,那么,一个国家对民族精神的塑造肯定是文而化之的结果。在这个过程中,文学无疑充当着十分重要的角色。它不仅是民族精神最形象、最直接、最生动的体现,而且代表着人类社会发展的文明程度。毫无疑问,南阳作家群在南阳文化建设方面发挥着积极的推动作用。南阳现有国家级作协会员30人、省级作协会员340人、市级作协会员450人,其中在全国知名或有相当影响的就有十数人。南阳作家群以整齐的阵容、众多的人数、独特的作品在中国当代文坛筑起一道亮丽的风景线,不仅成为文学豫军的重要力量,而且在中国文坛具有相当大的影响,是南阳当之无愧的文化名片和南阳人的骄傲,堪称南阳文化建设的一面旗帜。

近年来,南阳市委、市政府高度重视并支持南阳作家群的发展。为建设人才队伍,培养文学新人,南阳成立了南阳文学院,加强了《躬耕》杂志、《南阳日报·白河副刊》等文学阵地的建设,为南阳的文学创作营造了良好的环境。全市广大作家坚持以人民为中心的创作导向,深入生活,扎根群众,创作了一批精品力作。这次我们从南阳老中青三代作家中遴选出35位代表,将其优秀作品以“南阳青年作家丛书”和“南阳作家自选集”两套丛书的形式结集出版,这是南阳文学发展史上空前的举措,旨在助推南阳文学创作,全面系统地展示南阳当代作家的整体实力，为南阳转型跨越、绿色崛起提供强大的精神动力和文化支撑。希望这种助推能够成为南阳作家投身文学创作的新动力，期盼各位作家在个性化的文学创作中获得更大的成功。

中共南阳市委常委、宣传部长　王新会

2015年11月19日

目　录

善念如灯

善念如灯,这是一盏温暖的爱之灯,这是一盏永不熄灭的长明灯。

因我的母亲,善念植根我心。

我乡下的老家是个大院子,虽有些破败,却给我留下很深的记忆。这缘于院子的东南角和西北角各有一棵大枣树和大柿树。大枣树临路边,枝条已斜伸到大路上,因阳光充足,每年枣子成熟时节枝条总被压弯。在那个饥饿的年代,这让好多人眼馋,尤其是孩子们。可到真正打枣的时候,上面却所剩无几。因为枣子已被过往的乡亲们用长木棍或竹竿打掉,或被大一点儿的孩子用小砖块儿或坷垃蛋儿冲击掉。我和姐姐不懂事,总嚷着要父亲把那些枝条砍去,父亲不吱声。次数多了,父亲终于拿起斧头爬上了树,母亲发现后赶紧跑过来,说:“千万不能砍,乡里乡亲的,几个枣子算得了什么,一砍就让人家戳断脊梁骨,责怪我们小气!”这样,枣树不仅是我们兄弟姊妹几个的念想,也是我们半个村子的念想。不仅这样,每年打枣时,母亲总是用一个大篮子盛上枣,拣最大最红的让给过往的人,叫大家都尝尝。

母亲的大方和善不是做出来的,这是她的品行和心地的自然流露,我们在每年摘柿子时会真切地感受到。我家院子西北角的大柿树,树冠全在院子中,每年采摘柿子,母亲总叫父亲或大哥在树上留下一些,我们不解,因为一个大柿子拿到街上,有时比一个鸡蛋还值钱。

母亲说："再值钱也得留，那是给过冬的寒鸟留的，兴许一个柿花（熟透的软柿）能救几只鸟儿的命呢。"而每到大雪铺地，漫天遍野白茫茫一片时，母亲总会在院子中扫出一块空地，撒上高粱或谷米，喂鸡也喂鸟儿们。母亲常说，那也是一条条小生命啊！母亲对任何小生命都很敬畏，即便是墙角屋檐下一棵野树苗或一株野花野草，母亲也会用破盆烂罐养起来，把养大的树苗起栽在房前屋后，把花草放在墙头上或屋檐下。正是因为母亲的善念，我家房前屋后不但树木花草多，鸟儿也多。花草虽然不主贵，野生野长的，但它们泼茁、健壮，吸引着四邻八舍羡慕的目光。都说母亲贤惠善良，心慈仁厚，就连母亲为我们缝补的衣裳，绣的鞋头，织的围脖、暖袖，做的布手套、袜子，别人也都说好，说母亲手巧。母亲说，这都是小时候被人家逼的。外婆家穷，给大户人家做针线活儿，为多讨口饭吃，便时常带了母亲去，母亲耳濡目染，就学会了，为了多挣得几个工钱和少挨打，就下功夫做好，才有了现在的好手艺。

我七八岁的时候，乡下的麻雀特别多，也许与那时良好的生态和农家破烂的屋墙有关吧。每到春天麻雀们生育的季节，成群的孩子以掏鸟窝为乐趣，把鸟蛋煮煮吃了，变着花样玩幼鸟，直到它们死去。母亲从不让我们掏鸟窝、鸟蛋，说谁家的孩子掏鸟窝从树上摔下来，腿都摔断了，谁家的孩子从人梯上摔下来，头都磕破了，等等，用这些来吓唬我们。其实母亲是在教育我们，多做善事就会健康长寿，有善跟着你，啥时候都会得到回报；因为任何生命都是有感情的，你对它好它就对你好，连鸟兽都是会感恩报恩的。母亲还说，要把人往好处想，多记人家的好处，要爱人不要恨人。

母亲就是用这种善念慰藉着自己的内心，也抚慰着饥饿的我们和那个饥饿的年代！

母亲常说："心存善念，天必佑之。"我也在想，没有善念是不是就没有爱？没有爱是不是就没有大悲悯和大情怀？没有大情怀是不是就没有大智慧？没有大智慧是不是就没有大境界？因为善是一种品质，善念是一种心境。心存善念，与人交往时便多了谦虚与真诚，多了理解与沟通，也便多了善意的回馈与尊敬。当用善去理解和感染身边的人时，对方就会表达由衷的感谢，有了别人的颔首与感谢，自己的内心便会丰盈起来、快乐起来。

我曾看过这样一个故事：有三个孩子在树林里玩耍，都不小心被树枝挂破了裤子。面对裤腿上的破洞和孩子惶恐不安的脸，三位母亲用不同的方式处理了这件事情。第一位母亲抬手就打了孩子一巴掌，然后是一顿暴风雨般的大声呵斥，而后才用一根线绳像扎麻袋口一样把那个破洞扎紧，整条裤腿因此显得皱皱巴巴。破洞是没有了，取而代之的那个结就像孩子噘起的小嘴。孩子还因此受到了严厉的警告："以后不准再到树林里玩耍！"第二位母亲不打也不骂，默默地把那个破洞一针一线地补好，孩子的裤子上留下了母亲针线的痕迹。第三位母亲面对孩子裤腿上的破洞，笑着安慰孩子："不要紧，儿子，你奶奶说你爸爸小时候比你还顽皮呢，这是男子汉勇敢的表现。"说着她用彩线在破洞上绣了朵漂亮的小花，好像原本那里就有一朵花。看着这朵小花，孩子开心地笑了。

同样的问题，三位母亲用了三种不同的解决办法：第一位母亲让孩子感到恐惧和失望，那皱巴巴的裤腿如同她脸上写满的愤怒，孩子不得不活在她强制的意愿中；第二位母亲平平常常，孩子得到的是一个顺其自然的生活环境；第三位母亲是心怀慈爱和善念的教育家，她将孩子裤子上的破洞变成一朵花，不但抚慰了孩子的内心，而且启发了孩子的美好想象。她脸上灿若朝阳的微笑给了孩子更多的宽容，让孩子在成长的路上充满自信并富有创造力。

我的母亲虽然大字不识一个，可她很像上面说的第三位母亲。

善念，善良的信念，或施善的念想。面善，心善，慈眉善目，与人为善，止于至善，善莫大焉……善是内心的表情，渗透着上苍和先祖的智慧和灵光；善是我们情感的根和源泉；善更是我们温暖的家园和美好的梦想。

善念是心的灯盏。善灯在心，即便在黑夜里，眼睛和心也是敞亮的。

康德说：善良像星座一样高耀头顶。

雨果说：善良是精神世界的太阳。

要学会爱世间万物和身边的每一个人。佛家说。如果心的领地上经常栖息一只怀有善念的小鸟，生活就会永远春光明媚，因为，善是人心底最柔软最温暖的地方。

我的母亲今年已 90 岁了，除了耳有点背，背有点驼，仍生活自如。我想这一定与她的心胸有关，也一定与她的善念有关。因为善是阳光，有了善的阳光，心才会更敞亮，心敞亮的人才能高寿。

“人心向善，万物明净，大地生辉，日月灿烂。”我用母亲的高寿与善念为自己也为时代祈祷。

生命的叠章

这是一枚熟透的浆果/和所有的果实一样/坠落在秋天的大地上/从此，你是我终极的种子/带领我，走进人心的天堂/那就让我献上/身体里的所有元素/和爱/歌唱。

20年前，我写给女儿的诗句，现在，我把它献给儿子。

——题记

在该当爷爷的年龄，我却意外地得到了个儿子。2013年9月29日上午11点16分，我的儿子来到了这个世界。

现在，七斤一两重的我的儿子，就在我的面前。他纤细红嫩的右脚脖上，系着天蓝色的标签，上面是他母亲的名字和床号。在一刻钟之前，他还和母亲一体。在十个月的孕育历程中，他们血脉相连。所有儿女都是母亲身上掉下的肉，在他们还没有产生个体明显特质以前，以母亲的名字命名、识别他们，真是一种温暖的提醒和美好的创举。这是一个新生命对另一个生命的重叠和延续，多么美好而奇妙！

我被深深感动着。

若不是顾虑女儿，我们本应早早地让另一个生命来到人世。可总想着一切还早，总还来得及，就一推再推而一次次地错过一个新生命的诞生;中年的我已认定了一生只有一个闺女的幸福,本没有什么念想了,却意外地收获了孕育另一个新生命的喜悦。

一个新生命孕育了,在这把年纪,兴奋之外,更多的还有担心和惶恐。我们在担心中盼望着,守护着。日子一天天过去了,我们也一天天在守望中感知着越来越强壮的新生命。虽有不少紧张的插曲,倒也只是小桥流水波澜不惊的平常时光。

最让我震惊的是妻子的生产。虽然现代医疗条件和科技水平超越想象,但毕竟是四十好几的人了,一切潜在风险都有,我们选择了剖腹产。手术也算顺利,半个小时光景,一个新生命就被传递了出来,我看了一眼就让身旁的亲人们抱走了,我更担心的是妻子。半个小时过去了,仍不见妻子被推出来。又过了半个小时,还不见她出来,我有些紧张了,开始构想可能出现的一切危险……不敢多想,我闭目合掌,虔诚地祈祷着。手术室门终于打开了,是我的妻子,我跨上前抓住她的手,苍白虚肿的手传递出对孩子的问候。我点点头告诉她:儿子很好!

回到产房,我们都沉浸在快乐之中,连医务人员都为我们在这个年纪得了儿子而喜悦。然而,"福兮祸所伏",当大家正在赞美着一个小生命的种种美好时,汩汩的鲜血正溪水般要命地在妻子的身下流淌,妻子平时粉面桃花的胖脸霎时变成黄花瘦菊。由护士到主管医生,由一个主管医生到几个医生,再由主任医师领着一群医生,我知道了眼前现实的残酷。经验丰富的妇科专家干脆利索地做了紧急处置,并示意主管医生领我出去,告知我医疗上的一切风险皆有可能。我理解他们的用意和医疗程序。我理智地但颤抖着手在医院格式化的协议书上的指定位置签了字。乔海军,这平时简单的三个字,此时却一字千钧。医生看到我惊悚的样子,安慰我说这只是一种医疗程序,大家会尽全力的,意思是让我放松一点。我回到妻子的床前,再次握着她绵软无力的手。

妻子抓住我的手一声不吭,她在与死神抗争着。这一刻,我才真切地感受到了女性和母亲的伟大——一个新生命的孕育和降生是要以母亲的鲜血甚至生命为代价的。经过一天的紧急施救,妻子终于挺了过来。她让儿子偎在她的身旁,为还不能哺乳而请儿子原谅。这一刻,我依稀又看到了汶川大地震中死亡母亲最后的哺乳和用自己单薄身体支撑起另一个身体的母亲。我落泪了,我感到了男人的渺小。我后悔平时对妻子的忽视和淡漠,也后悔平时忽略了一个平凡女性蕴藏着的大爱和情怀。

50 岁,已是人生的秋天,这个年纪本应是静心淡定、收获成熟并享受果香的时候,却因一个新生命的诞生而改变了。按传统,我要进行二次创业来完成对儿子的哺育和培养,建立起亲密的父子关系;我更要清醒地为自己即将进入的老年春种冬藏。我已下决心和儿子一起成长,始终保持着童心,并再一次青春着。

敲下这篇生儿日记时,已是黎明时分,朝阳在晨曦初染中缓缓升起,照在还在熟睡中的母子的脸上,一个苍黄,一个红润。看着苍老和鲜嫩对比下一大一小的两张脸,我不由得慨叹:生命是如此之轻,生命又是如此之重！造物主啊,你让世界如此生动而多彩,谁还舍得早早离去呢!

又一个黎明来临,晨光穿过秋天的天空射向产房,见证了在这里生活了七天六夜的母与子的重生与新生。我不由得感喟:天地间,人世间,谁持彩练当空舞?是母亲,是高天之下大地之上最伟大的母亲。

轻折一枝桃枝插上你的襁褓,儿子,我们回家了。桃之夭夭,灼灼其华。我希望你儿时的桃花粉面成为青春时的桃花之运,更希望你在我的古稀之年,灼灼其华,生光发热,照耀自己,也照耀世界。

桃花一枝

儿子出生后从产房回家,按民间的习俗要插一桃枝,以驱鬼避邪。想这桃树一枝,这一最普通寻常的乡村野枝,霎时上升到了将帅英雄神灵护符的高度,它能佑护新的生命不被邪魔妖孽所近所惑,它更预示着一个新生命像嫩枝条一样茁壮成长。

既然这样美好地期望这桃花一枝,也便仿佛看到了桃林似海,遍地花开。

我家在农村,从小就喜欢在低矮粗壮、枝丫繁密的桃树上和伙伴们摸爬滚打,上蹿下跳,一直疯到夕阳隐隐,被大呼小叫的父亲母亲们呼喊着回家吃饭。在那饥饿年代,桃子是孩子们梦寐以求的乡村水果甚或是救命甘饴。而乡村最美的桃花又是最早最抢眼的粉红色童年梦幻。桃花,它以色和夭缤纷着田野村庄,以美和甜温馨着乡村的日子与希望。《诗经》以前,桃花就该是乡下的美丽女子吧;到了《诗经》,"桃之夭夭,灼灼其华",这女子美到了极致。又过了千年,那个桃花源简直就是人间仙境,让多少落魄文人、谪贬不得意之人心向往之,欲罢不能。"采菊东篱下,悠然见南山。"寄情山水,对月三人,恬淡心静,优哉游哉,可惜少了人间烟火,而那"阡陌交通,鸡犬相闻"是多么富有生活气息和人间情态啊! 到了大唐,更有个帅男崔护,桃花野巷中的一次邂逅,成就了一个千百年来让无数少男少女神魂颠倒梦留涎水的桃花梦——“去年今日此门中,人面桃花相映红。人面不知何处去,桃花依旧笑春风。”

而在乡野,桃花虽好,桃林却是不能独去或多去的,那里是婚姻不幸女子的殉情场、黄泉地。桃林密深处,那些与命运抗争的怀春少女,被逼无奈过不下去的痴男怨妇,追求自由情感的亚当夏娃们,在乡村寂静的春夜里,在蛙声四鸣的夏雨中,总是悄悄地带上绳索,要么孑然一身,要么携手相约,在仰望天堂的好梦中,草草结束他们年轻的生命。所以在乡下,小孩子们一般是不被允许独自到桃林的,那里有索命的鬼,有缠人的孤魂情种。年少时在牛屋瓜棚听说的女鬼故事多发生在桃林乱坟中。桃花,桃花运,红桃蜜汁,少年的美好中,总夹杂着恐惧的因子,抑或像夜读《聊斋》一样,怕狐仙女鬼冷不丁勾引附身而总是避着桃树,只对桃子怀着好吃的念想。

好在乡下堂屋中所挂的传统中堂画卷中,老寿星或仙人的身旁,童子总是手中或拿或托着一个个硕大鲜红的桃子为寿星、仙人们献上祝福,桃子以吉祥美好的形象消弭着我的恐惧。古典名著《西游记》关于食用蟠桃能够长寿的精彩描写更是深入人心,成了少年心中福寿的象征。而春节一到,“爆竹声中一岁除,春风送暖入屠苏。千门万户曈曈日,总把新桃换旧符”,王安石的这首《元日》更是显现了古人把桃符挂在门上作为驱邪避凶之灵物的历史。古时民间对桃树充满敬畏,桃枝也便成了陪伴游子或新生儿回家的神物。

我在送儿子回家的一文中写道:轻折一枝桃枝插上你的襁褓,儿子,我们回家了。桃之夭夭,灼灼其华。我希望你儿时的桃花粉面成为青春时的桃花之运,更希望你在我的古稀之年,灼灼其华,生光发热,照耀自己,也照耀世界。

其实,村庄是爱桃花的,正如我的文友姚国禄在《桃花的村庄》中写的:村庄因为有了桃花,才显得更加明媚;桃林因为有了桃花,才显得更加娇艳;大地因为有了桃花,才显得更加生动。置身于桃花盛开的村庄,抬头仰望蓝天,我们的心灵该是多么纯净。三月的村庄是桃花扮靓的,桃花就是村庄的羽衣霓裳。村庄,在桃花盛开的中央。

桃花是乡村的精灵,更是无数生活在乡村默默无闻的女子们的缩影。她们把自己的命运挂在枝头,把自己的笑容和泪水挂在枝头。她们用自己的纯朴和善良来装点乡村的风景,用自己的青春来延续乡村的炊烟。桃花,我乡间的姐妹,我看见她们正一枝枝向我走来。

“桃之夭夭,有蕡其实。”千百年来,桃花,为天下人写尽,再写已是憨傻无趣。唯祝:千树桃花,为所有的冤孽纷披霞光,为所有的有缘人绽放芬芳;万顷桃林,为所有的因缘埋下情种,愿所有的有情人终成眷属。

南阳，从你美丽的源头

有人说，看一个地方的美丽首先得看那里的自然条件，然后才是街道、园林、楼市等人文条件。游走一些地方或羁留他乡一段时间后，会感到这话确有道理。试想，如果一个地方天天风沙弥漫，热浪腾腾，即使你筑建了高楼大厦，装饰了花园、喷泉，修设了假山、雕像，那又有何用？如果你整天在热带雨林中，在冰天雪地里，在极昼极夜中，即使衣食无忧，也会郁闷烦恼。

南阳，绝不是这样。

南阳在青山碧水环抱之中，一面临水，三面环山，这里空气湿润，土地肥沃，是典型的四季分明气候、风调雨顺之地。生于斯，是本地人的福气；隐于此，是外乡人的愿望。诸葛亮的一句"臣本布衣，躬耕于南阳"让好些追求名人效应的城市歆羡不已。而你无论缘何至此，一入南阳，便会归于平和、宽容、自然、轻松。不即不离之中若即若离，若即若离中又心向往之。

南阳，缘何使本地人不想外出，而往来于斯之人又魂牵梦绕？

先看这里的地理环境。

这里是淮河、白河、唐河、丹江等中原河流的源头或上游。巍巍伏牛山凭借秦岭之势阻挡了北来的风沙和寒流，使这里温润宜人。南来的干热风到信阳已成强弩之末，而经长江、汉水、丹江的反复浸润，到南阳已成为和风细雨。临河的沙湾地,肥沃得跺一脚就会流油,随便被风吹落的一粒种子,落地就会生根发芽,开花结果;靠陵靠山的土地,种什么果树都会硕果满枝,香飘十里。

再看这里的人文历史。

这里曾是先楚之都,兴盛时期的楚庄王曾在北塞要城——方城,挥鞭北指,问鼎中原;大秦曾把商贾流犯和不合时宜之人迁往南阳,成就了这里的交融与杂合、宽容与大度,并濡染出百里奚、范蠡等人,治国国强,经商商成。尤其是东汉开国皇帝刘秀从这里兴兵起家,中兴后把这里赐为南都而与洛阳相媲美。浣洗于白河之滨的阴丽华,让东汉一帝喟叹"娶妻当得阴丽华"。就是到了国势危弱的东汉末,这里又出两位举世瞩目的大家——张衡与张仲景。直到如今,张衡星仍璀璨在耀眼的星河中,而风靡日本、东南亚诸国并在全世界华人中享有至高地位的"医圣",便是张仲景。还有,仅中国"二十四史"中载录或有传的南阳名人就达800多位。

白河,一条不很宽但永远水声潺潺的河,在很久很久以前,就养育了中原人类的祖先——南召猿人。更不要说,盆地之上,有无数阡陌纵横,村落如群星般散布。恬静的山水田园让多少生命在这里诞生、成长,耕读传家的文脉薪火让多少英才贤达在这里流连忘返。这里四季分明,冷热适中,干湿适度,雨量充沛,气候适宜,占天时之美;这里春华秋实,冬藏春播,极少地震等大的自然灾害,拥地理之美;南阳人敬天畏地,顺应自然,乐天知命,享人和之美。"青山横北郭,白水绕东城",如此可人的气候,如此丰腴的土地,如此丰产的作物,如此富饶的物产,我实在找不出有什么地方比这里更宜居、更舒适。我爱这里灿烂明媚的阳光、温润多氧的空气、甘甜清澈的水。

这片土地孕育了无数的山川、溪流、江河,更养育了众多有重大贡献、泽被后世的名人大家。如果没有特别的原因,谁愿意离开这片土地?

但南阳也有隐痛,那就是失落的辉煌与文明。曾经的楚风汉韵,曾经的青铜汉画，曾经的楚都汉冶，曾经的名人辈出……一切的一切，似乎俱往矣。现在，无论是经济发展还是城市建设，南阳，北超不过洛阳，南赶不上襄阳，曾经比翼并飞的“三阳”，如今，南阳仅仅以人口超千万、地域宽广而称大，这难道是自豪的理由吗？一个二月河，就让我们常常不得不挂在嘴边；几部帝王小说，竟是我们礼尚往来的必备和炫耀。南阳，在吃祖先的老本，南阳人，应该觉醒、觉悟、敏感、知痛。

有没有一片山水可以与我们互相注视？

有没有一片风景可以与我们互相印证？

有没有一个城市可以与我们诗意共存？

有没有一个家园可以让我们生死无悔？

二月河先生说，他生在昔阳，学在洛阳，活在南阳，但最后会死在南阳。这不是一种住在哪儿就说哪儿好的矫饰造情，也绝不仅仅是溢美之词，这里面有先生对南阳未来的一份厚望与期盼。

生在南阳，活在南阳，就盼望着南阳光彩而大美。像鸟儿依恋着树林，枝叶茂了，林子深了，大家同声同气，相应相求，不亦乐乎！

在你美丽的源头，在你美丽的流域，南阳，你都应该大汹涌、大开放、大崛起，像盆地的河流，从古至今，穿越时空，一泻千里。

南阳，一座有隐痛的城市

隐痛，隐藏的疼痛。对于一个生命，它不是剑出鞘、刀染血的外伤，而是隐藏在身体内部的暗痛；对于一座城市，它不是一个工程的缺口或一座桥一栋楼的坍塌，而是隐藏在城市背后的文化、文明或看不见的其他地方。隐痛，是一个生命或一座城市的温情杀手。

我来南阳，从上大学算起，已有三十多年。从前在南郊居住，来来回回上班，要穿过白河南滩一大片幽深的槐树林和接近现在淯阳桥位置的漫水桥。那时的南阳城不到现今的一半，现在的城中村人那时还都是农民，城中有一片一片的菜园或苗圃，站在高处或楼顶，能看到一畦畦青葱翠绿的蔬菜或一片片花团锦簇的果园，而不是现在的几乎千篇一律的马路、高楼和烟囱。

南阳是一个有悠久历史的文化名城，但历来都不算太大，只在东汉鼎盛时，因光武帝刘秀起兵于南阳，故有"南都"之称。那时的南阳城可谓风光一时，是全中国六大都市之一。古时的南阳白水绕城，青山北横，豪宅如林，车水马龙，连一向恃才傲物的唐代诗人李白也数次来游览南阳，留下了不下十首颂扬南阳的诗篇，"此地多英豪，邈然不可攀"，很让南阳自豪了一阵。但南阳是沟通南北的通衢要道，历来为兵家必争之地，几乎每个朝代的大变迁、大混战，南阳都要首当其冲，遭到数次屠城甚或灭顶之灾。起起落落的南阳,终于在历史风雨中涅槃重生,以三面环山、一面临水的优越地理形势而成为南阳盆地。盆地如碗,也就有了宛城之说。盆,聚金纳银;碗,盛食吃饭。南阳是块风水宝地,南阳是一个过日子的好地方。

盛夏纳凉,你沿白河转一转,无数的夜市小吃摊会让你如入迷宫一般。南阳在吃食上很包容,川菜的麻辣、粤菜的甜腻、东北的烙饼、西北的大馕都可在这里找到其食客。南阳作为农业兴盛的城市,小生意几乎被农民占领,所以,只要你不太过分,南阳人一般比较包容,绝不会一出口就伤人;和他们一聊,几句话就是乡情乡音、亲戚朋友。南阳历史上出了不少名人,但不像西安、开封、洛阳、北京,一提就是几朝古都,宫廷政变,天下大事,历史文化。这里的人们过着四平八稳的日子,这里是如碗的平静,如玉的温润。

南阳的城墙早已远去,留下的古迹也不连贯,水陆码头的寨墙寨门也逐渐隐没在市声和高楼之中。虽然南阳的楚汉文化很灿烂,稍加留意,一座现代化的建筑物下面就可能是一座楚墓汉冢,可这并没有引起人们太大的重视。三门峡一个小小的新城,小国虢国的几座古墓,就成就了一座光耀中原的虢国博物馆,而南阳要建如此规格的博物馆,文物遍地都是。南阳看重的是县衙、府衙、帝王系列的官文化。从农耕文明到工业文明,几千年的帝王将相、官位权势,谁没有做过升官发财梦?即便做不了这个梦,看个热闹、探个稀奇总是可以的。所以,南阳人喜欢谈论官场,喜欢谈论人的升迁跌落;男人走路喜欢低头或平视,见人喜欢客套和谦卑。

南阳需要开放和释放。农民工涌进了城,小商小贩涌进了城,从卖红薯起家,从开饭店起家,从美发美容、放录像起家,从杀猪宰羊、卖药贩药起家,南阳出现了经济上的又一次繁荣。富起来的大款们有谁能对南阳的"四圣"如数家珍?"南阳作家群"享誉全国,可又有几人读过他们的作品?在外地歌厅、KTV 渐渐降下帷幕的时候,它们在南阳却风起云涌,越装越豪华,歌声越来越嘹亮。有钱了却感到狂躁、绝望,甚至沉重无比。好多人积累了无法释放的情绪,于是要在酗酒和歌唱中得到释放,让一些刺激穿透自己的隐痛,快乐一些,轻松一些。这使我一下子想到一段沉重的歌唱:“我思念的城市已是黄昏/为何我总对你一往情深/……我在遥远的城市/陌生的人群/感觉着你遥远的忧伤/我的幻想/风路过的时候/没能吹走/这个城市太厚的灰尘/多少次的雨水/从来没有/冲掉你那沉重的忧伤/你的忧伤像我的绝望/那样漫长……”南阳,在时代的裹挟下,正在走向春困。“走马红阳城,呼鹰白河湾。”大唐诗人笔下的南阳激情和豪放哪里去了?难道真如我笔下曾经的描写:故乡是一堆草木,正失去根的沃土,一阵风就可以吹走我的骨架,读过的书,走过的路,都已淡忘。

南阳是一座优美的城市,四季分明,风调雨顺,五谷丰登;但南阳又是一座有隐痛的城市。筚路蓝缕的锐意开拓和高贵大气已变得苍白无力,楚风汉韵的精神内核仅仅成为回响,只在笔端和口头上流淌;后现代的物质大潮和更多的欲望正在吞噬着创业的激情和勇立潮头的呐喊,小富即安、四平八稳、得过且过、面子大于天、不思进取的习气已弥散于生活和人生,说不上是奴性但温良恭俭让的保守平庸却如遍地荒草,随处可见。正如作家亦舒笔下描绘的那样:

一头耕牛半顷田,收也凭天,荒也凭天。
粗茶淡饭饱三餐,早也香甜,晚也香甜。
布衣得暖胜丝棉,长也可穿,短也可穿。
草舍茅屋有几间,行也安然,待也安然。
闲来河边垂钓竿,鱼在一边,酒在一边。
夜归儿女话灯前,今也有言,古也有言。
日上三竿我独眠,谁是神仙,我是神仙。

“南阳人都是神仙！”这是当下南阳最大的隐痛。

先人已逝，圣光远去，隐痛悠悠。古都南阳，谁立潮头再现楚风汉韵、帝都华章？人文南阳，谁又能洞开一扇智慧之门，让南阳人蕴蓄起坚实的内在支撑，让雄风大美普照，面朝白河，永远春暖花开？

南阳的春夏秋冬

春夏秋冬，风花雪月，世人多以为这是文人无病呻吟、舞文弄墨之专利，实则差矣。春夏秋冬，实为生命之旅中不可磨灭的印痕和节点。年少任侠，如春浪漫；青春热烈，如夏激情；中年成熟，如秋厚实；暮年迟缓，如冬沉寂。可以无职称无厚禄，岂可无春夏；可以无香车无高官，岂可无秋冬。风花雪月，更是关乎国计民生，风可“卷我屋上三重茅”，使沙尘弥天，机场关闭；雪可冷冻大地，断电停水，影响到人的生活乃至生命。所以，春夏秋冬、风花雪月已不仅仅是文人雅士的浅唱低吟，而是生活和生命中不可或缺之天大事。

——题记

“傍晚，雨水在湖面开出花朵，像莲花，岸边的蝉鸣，比花朵还繁茂。你只是一个过客，要懂得停留。”燕山诗人三坡说。

南阳本土作家行者先生写了一篇散文《南阳的风花雪月》，一下子把南阳诗意化了许多。有诗人说，我在这里，这里就是一片风景！看花是花，看林是林，看海是海。我停留在南阳，但我不敢说我的春夏秋冬就是南阳的春夏秋冬。南阳的春夏秋冬太硬朗，硬朗得时令准确、四季分明。而我只在一隅,深厚的南阳大地只能让我感知童年和少年时的春夏秋冬。

南阳盆地的春天,应是如鲜嫩水灵的女人一般。

“毛芽的三月,明净的女人,如温柔之水。

“你看这满眼的嫩油菜,你看这满坡的粉桃花,捂不住的心动和一朵桃花同行。

“次第。阳光渐暖。我是说这梦,春天的梦,和春的脚步,一样的,散乱而又让人无可抵御的梦。所有的花蕾一并,怒放。

“三月。春与寒流比邻而居。临窗的那滴雨,跌破得最响。

“三月,桃花跌破了,流动或是燃烧,照亮,那个玫瑰花一样的女人。”

这是我曾为春天写下的诗篇。

但南阳城市里的春天是平常的,平常得如同无风时随意的某一个午后或傍晚。只有岸边的瘦瘦的垂柳在风中摇摆着,公园和广场上的花太密集,雕琢的痕迹很重,艳丽而没有质感和自然之美。就像时下选美的一堆佳丽,肉感十足,但个性黯淡。

南阳的春天,在乡下,在田野里。

地里到处是青青的麦苗。太阳懒懒地照在麦叶上,轻风吹过时,叶面翻涌着略有区别的颜色,泛着青青白白的细光。麦地里也会有几棵油菜或刺角芽长在麦垄之间,旗杆般,让贴近庄稼的空间有些逼仄。用一长柄铁铲挑一荆条或柳条编的筐子,走在大地上,偶尔看到一根冬季过后沤得发黑的玉米根或芝麻秆,忙不迭地拾起来放进筐里。脚走在麦垄上,软软的。累了,躺在地头老茅草覆盖的田塍上或草皮簇拥的沟坡里,眯着眼看着略有些刺眼的太阳,一会儿工夫,眼就发花,急急地合上眼皮小寐一会儿,越来越饿了,但满身轻松。“吹面不寒杨柳风”,二三月的风是最得劲的风,不经意地拂过面庞,说凉不凉,说暖不暖,但对饥饿的人来说,这些,都是无所谓的。

而真正热闹好看的南阳春天是在村庄和山坡上的桃林中。

春天的地气暖了,催生了一树的桃花,一片一片的桃林成了花的世界。红中泛粉的花,结成疙瘩连成串地挤满了枝头,那份得意,那份张扬,那份霸气,直让绿叶无处可生,一枝花如戏台上的马鞭,红灿灿、粉嘟嘟的,似乎是朝霞扑向大地。花艳乱人眼,桃花灼灼,让蜜蜂也乱了方寸,只顾嗡嗡地叫着,振翅漫飞,却浑然不知在哪儿落脚采蜜。凡·高燃烧的向日葵,让他在热烈中把耳朵、殷红的鲜血、爱情开放在西边的天上,要是他来到南阳随便一处桃花林,肯定会把头颅撞向桃花或迷醉在桃花雨中。南阳也曾是帝都,桃花宛若春水。是不是有女子在白河浣洗时,秀发飘飘,引得英雄竞折腰?“仕宦当作执金吾,娶妻当得阴丽华”,“桃之夭夭,灼灼其华;之子于归,宜其室家”。一代帝王燃烧的激情和野心原是为桃花般的女子。

花好月圆,只对衣食无虞的富有者或精神享受者有影响,而对农人,不顶吃也不顶喝。《红楼梦》里大观园中美女如云、鲜花遍地,可置身其中的焦大,浇花护花的背后为的是养家的几个铜板。美和花在乡野,而不在穷人间。

当树上的桃花渐消渐落时,一枚枚青涩的果子便在嫩叶间不知不觉长出,春将深了。“人间四月芳菲尽,山寺桃花始盛开。”南阳的晚春,也在深山中。在西部的伏牛山中,在东南部的桐柏山中。

而农人是顾不上这些的。他们的心中,只是想着如何填饱肚子,慢慢地活下去。

南阳的春天,多有荒春和青黄不接之象,清冷中带着饥荒。

“从顶端的空旷回落,生活的枝叶异常繁茂。向夏的燃点靠近,含蓄的日子随了风的走势;月光里的成长,最能懂得疯长的夏季。”

炎热的南阳夏天,坐在桃树下面看桃子的人慢慢地睡去,桃子大了,慢慢地红了。桃的品种是五月鲜,即在五月时,先从桃尖红起,红够半个桃时,就到了收摘的时候。

小孩子们最喜欢摘桃子。昔日生产队的老铁钟一敲,队长一声吆喝,一队的男女老少就闻声而动了。人人提着篮子,岁数大的站在树下摘，年轻的就爬到树上摘那些老人们够不着的。大家忙里偷闲，看中哪个大的红的软的，用手搓一下就啃起来。乡下摘桃子有朴实的规矩——准吃不准拿。小孩子们就如过节一般，嘴里吃着且不停地来回奔跑。

"桃养人，杏伤人，梅子树下抬僵人。"大人们并不在乎小孩子多吃桃。

桃子分到各家各户，舍不得吃的人家就把大部分的桃子拿到街市上卖掉，换回生活必需的诸如针头线脑的日用品，顺便为家中的老人和小孩称几根油条。油条高挑在扁担的一头，炫耀着进村时，引得看见的小孩儿们直流涎水，哭闹着也要吃油条，闹得满村喷香。

瓜棚篱下，荷叶田田，骤雨初歇，彩虹中天，麦场纳凉，流萤星光。南阳的夏天，给贫穷的乡村童年带来无端的遐想："王侯将相，宁有种乎？""为什么城里人和当官的能在电扇、空调下悠然自得，而乡下人只能面朝黄土背朝天，让毒毒的大太阳晒着还得拼命地干活？"

"孟夏草木长，绕屋树扶疏。众鸟欣有托，吾亦爱吾庐。"隐且体验着，痛并快乐着，或许这就是陶渊明式的乡土情结，也是现代人逃离乡下后的恋乡情结。

割罢麦，吃罢桃，种上玉米育上苗，再耩上绿豆，种上芝麻，就等着收秋了。

"叶子舒展，抵达秋天的高度。在这个月份，田野里的植物异常地内敛，它们比冬日里不可一世的火，更疯狂，但更有内涵。"

故乡的秋天是多姿的，也是多愁的。

桃树随着日月的流转，浓浓的叶子淡了黄了，少了春天的绿、夏天的旺，但仍显生机。

这块地是刚起蔓的红薯。红薯的再生能力极强，把红薯苗插进土中，浇上水，不几天工夫就爬得老长，满地的绿。这块地种的绿豆，紧挨着的是黄豆地。绿豆秧和黄豆秧小时是不容易分辨得出的，但玉米和豆类就太好区分了。城里人很难分得清的是玉米与高粱、芝麻与蓖麻。在乡下，庄稼就像自己的伙伴和孩子，小孩儿们很容易就能辨别出来，大人们就更不用说了，闭着眼摸一下就知道是啥庄稼，甚至一阵风过来，就知道雨大雨小。

秋天最怕两件事。

一件是掐芝麻叶。当芝麻顶端的花即将落完，芝麻蒴即将饱满、叶子渐老时，就要掐芝麻叶了。南阳农村家常饭，芝麻叶面条是特色，家家都会做。芝麻叶也是家家必备的下锅菜。芝麻叶呈阔叶状，比柳叶宽，叶富油。只掐一会儿，双手就沾满了厚厚的油腻腻的黏的东西。掐芝麻叶的老手们，从芝麻的上端开始，唰唰几下子一棵芝麻就掐完了。几棵下来，手中攒满了，就顺手塞进筐子里。而生手掐时，叶子就顺手溜了。脚边、地上都是叶子，手中却只有很少。在芝麻地里蹚一天，裤子上都是油腻腻的。

芝麻叶扛回家，大人们把叶子捂在大铁锅里蒸熟了，再提到外面撒在干土地上晾晒。半干时，拢成一团，用力搓，只把叶子搓成卷状，晒干了收藏起来就行。这种带着土腥味的芝麻叶只有乡下才有，这可能是植物们对土地最后的依恋，在城市的水泥地上是绝对晒不出乡下芝麻叶的味道的。

另一件事是扯高粱叶。高粱叶长而宽，蒸馍铺箅子用。用高粱叶蒸馍，有一股清香，且好吃。

高粱快熟了，高粱地密不透风。叶子由月前的绿色变得有些发黄了。生产队队长说下午各家刷桃叶（方言，即掐高粱叶）。太阳还毒着呢。本无风，高粱地里更是闷热得不行。男人大多光着脊梁，女人也只穿一件单衣裳。高粱的叶子涩涩的，小锯齿般，有些拉人。锋利的叶甚至像剑，不注意会割开皮肉。抬手把叶子用力猛一扯，富含纤维的叶托才会断下来，一片叠一片地摞着抱在怀里。低处的扯完了，就把高粱秆压低扯上面的叶子。半天下来，身上那个痒呀痛呀就别提了，胳膊上、脸上让高粱叶拉出了横一道竖一道的红口子，痒痛但不流血，汗一蜇更难受，这些细细的口子要很久才能消失。

霜降了，绿绿的红薯叶子让霜打得蔫巴巴的，黑卷着，该刨了。这红薯是下窖冬藏备冬天和来年荒春长期食用的。“一窖红薯半年粮。”农民视红薯为命根，下窖时会格外小心，破皮的、刨烂的都要挑拣出来，这些是万万不能下窖的，弄不好，会坏了一窖的红薯。藏了一冬的红薯特别好吃，蒸出来如糖包一样软糯甜香，剁成块熬玉米糁更是香甜可口。

“月明白露秋泪滴”，秋季是个多愁的季节，一场秋风一场雨，似乎总能蕴蓄出无边的愁绪。

“露从今夜白，月是故乡明。”这个白露的夜晚，诗圣杜甫低头看见盈盈粉泪似的清露，寒意顿生；抬头，望一轮皎洁清朗的明月，高悬苍穹，盛唐不再，家国天下，不堪怅望，遥望关塞以外，仿佛到处战尘弥漫，烽烟连天。这样的夜晚，在一声声清凉的蛐蛐儿叫声里，是明月给了他绵绵思念的由头，还是白露给了他岁月嬗变的感伤？《诗经》中“蒹葭苍苍，白露为霜。所谓伊人，在水一方”的浪漫爱情，在“有弟皆分散，无家问死生”的时代自然难以寻觅。战乱中的诗人，现世里的游子，这份情感也只能如树叶间的露水，晶莹着，短暂着。或许，只有这冰冷的白露，才能覆盖住往事巨大的伤口，覆盖住一份温暖的乡愁。也是在这般的一个白露的夜晚吧，新月一弯，白居易吟出了“白露凋花花不残，凉风吹叶叶初干”的诗句，他对这个季节也是充满怜惜。在诗人们眼中，白露下的清秋已是晨露悬叶、雾锁重山。

而我的南阳，没有这么浓重的诗意，只有农谚“寒露至霜降，种麦莫慌张；霜降到立冬，种麦不放松；立冬至小雪，种麦晚半月”，只有抢种的慌张，不再是“炊烟袅袅”“鸡犬相闻”“耕读传家”的美丽和惆怅。当下的乡村已经不是以前的田园牧歌，而是“弃农经商”“进城务工”后的凋敝和荒凉；是新一轮的“儿童、老人留守”“农村包围城市”带来的教育缺失、土地荒芜、亲情沦丧。人少野草旺，村深小巷静。

“桃花已远行，月光不能与之对饮；少年的心事就摸着黑，在寒冷中，到达。”

麦子种完,冬天就来了。

寒风凛冽。桃树上的叶子早脱光了,密密细细的枝条在风中抖动着。

白天一直刮风,吹在脸上如刀割一般。晚上不知何时风息了,一丝声音也没有。天亮了,打开门,到处都是洁白。下雪了,人们会不自觉地叫出来。哇,下雪了！小孩们更是闻声而动。“燕山雪花大如席”,南阳,雪花却如鹅毛般,只一夜工夫,房前屋后和院落里,就积了一尺多厚。大人们用铁锹铲出一条条路,一直通到邻家,而邻家再接着铲,各扫门前雪直到大路上,这路就全通了。可雪一直下,不一会儿工夫,地上又全白了。雪越积越厚,一群十几岁的半大孩子,避开大人们的目光,领几条狗就疯到了野地里,在旷野里撵兔子。老坟坡、沟渠边、河滩上,都是兔子的藏身处。

一只兔子被惊动了,噌的一下朝远方跑去。

这是何等壮观的景象！银装素裹的田野上,一个灰色的小点在前面奔跑,后面跟着七八只大大小小的黑的、白的、黄的、花的狗,狗的后面跟着十几个男孩儿,疯跑着喊叫着;小一点的孩子跟在后头跑几步摔几跤地撵着,兔子、狗群、人群过后,雪地上留下一片深深浅浅大大小小的脚蹄印迹,让平静的原野变得生动而神秘。

兔子钻进一片树林里不见了,狗们在树间乱蹿乱跳,吠叫着。但兔子不知藏在哪儿喘气去了,找一会儿,仍不见兔子的踪迹,再领着狗们踏上雪地。撵兔子不为吃肉,只为打发那一身的活力,并在平静如水的生活中掀起些波浪来,作为饭场的一点笑料和谈资。远不如那位谪贬黄州仍“老夫聊发少年狂”的苏东坡。

长夜难眠,长夜长眠。孩子们是不管大人们的心事的,只管呼呼地做着嘴馋或贪玩的美梦。冬天在不经意的瑟瑟中过去了,人们把缩在袖筒里的手抽出来甩着走路的时候,在沾衣欲湿的杏花雨中,桃花又要开了。

前些年回老家,寻找那片儿时的桃园时,麦苗正绿。土地是农人的命根,那片桃园在土地承包中早已毁了,留在田里的几片坟头十分显眼,但永远也找不到那桃花盛开的地方了,更难寻觅那清贫但干净的童年。

南阳的春夏秋冬深藏在厚厚的中原农耕文明里。

“碧云天,黄花地,西风紧,北雁南飞。晓来谁染霜林醉,总是离人泪。”不管有没有“离人泪”,“天高云淡,望断南飞雁”,雁们总是要走的。人也如是,儿时的摇篮,少年的村庄,时代的变迁,时光的匆匆,都将随着季节和人生的春夏秋冬,在暮色苍茫的傍晚,在夜幕沉沉的午夜,在冷风吹拂的凌晨,沉入柔软的心底,开始一年一度的迁徙,从生命的原点起身,徐徐地飞往温暖的天堂,去度过一个人一生的风花雪月、春夏秋冬。

穷者如是,富者如是,民者如是,官者也如是。

如今,当我坐在市井之中,动情地敲打着童年的乡村岁月,抒写着南阳的春夏秋冬、风花雪月,情绪也因有了思念而减少了许多郁闷,生活亦如血液一样温暖而流畅。南阳诗人崔鹤却在千里之外无端地骂我是无病呻吟和下贱的矫情,并说“绝望的田野,将把我的故乡埋葬”。

面向杂草般的乡村矛盾和新的社会问题,也许我是在回避和矫情,但我的热泪,仍固执地流向乡村。这正如英年早逝的美国作家托马斯·沃尔夫在他的《一部小说的故事》里所表述的:“我已经发现,认识自己故乡的办法是离开它,寻找到故乡的办法,是到自己心中去找它,到自己的头脑中、自己的记忆中、自己的精神以及到一个异乡去找它。”况且,我并没有离开故乡,我仍在其中。这里,生活着我的春夏秋冬,也滋养着我的风花雪月。我想从梦中、从心灵深处回望故乡,正是想永远地将故乡拥入自己怀中。

盛满月光的乡情旧事

难得的一个雪冬,我所居住的这个小城落下了据说是五十年来的第五场大雪。没有了阳光,但雪的光芒依然耀眼;这样的冬日,总让人想起老家和旧事,记忆也像寒风一样吹彻全身,冰凌一样刺痛手脚和脸颊。

老家在我的记忆中,是贫穷、空旷、艰难,但却神秘、有趣、难忘。

我是在秋收已过、乡下农事最闲的日子里回到老家的。由于青壮年男女大都外出打工了,村庄里走动的大多是老人、儿童和一些懒散的狗,过去年代里人欢马叫、鸡鸣犬吠的乡村之声似乎消失了,村子一下子显得陌生和死寂。我回乡的心情也像枝头最后一片落叶一样悠悠而下,从未有过的空落,从未有过的空洞。

我站在二哥家居住的院落里,抚摩着孩提时就生长着的老槐树,鼻酸眼热,泪水汹涌。

我的脚下曾是祖宗们反复踩踏过的土地。一个几辈子目不识丁、以打工种地为生的家族,破屋陋院,满目苍凉。像村中被房屋包围的一塘死水,这里是不会有多少惊天动地的大事或缠绵悱恻的情感故事发生的。活命、生存、劳动是这里的主题,繁衍、养育、壮大儿孙队伍是这个家族的发展动力。

可就是这个世代虽贫穷但却四季充满花香,给我留下拥挤也留下热闹记忆的祖居小院时时诱惑着我。每当夜深人静，每当秋雨冬雪敲打窗棂的时候，我的目光就会不由自主地抵达这个地方，毫无目的地走进去。

我不会追问自己拼命逃离背弃的为什么如今又剜心割肉般地怀念，我更不会问自己又为什么重新回来；面对从这个小院抬出的装着父亲的冰冷棺材，我无能为力。他七十多年的艰难岁月，像这个雪冬一样透心寒冷。

我被家和家的磁场牵引着，在城市的生存只是一生的一段。这一段之外的其余岁月，我在对先人们、亲人们的眺望中，不能自拔。

因要住些时日，我挽留了要外出打工挣钱的二哥。一大早，我便骑着多年未曾骑过的自行车和二哥一前一后行进在有些秋霜的乡野大地上。赶集，买一些在农村现在还算奢侈的日用品。

冬小麦已泛绿，田野里，薄雾轻飘，一片沉寂。猛然，在我的视野中，一群锦鸡飘然而现。一只母鸡领着一群小崽儿优雅地在无尽的绿色中散步。我的眼睛一下子直了。二哥说：现在乡下农闲，游手好闲的人、半大的小伙子都打工去了，野鸡就下山了。猎枪也都已收缴，空手是没办法逮着它们的。它们还不怕人，连汽车的喇叭声都不怕，有时还到路边与行人亲近呢。世道真是变了，本是山中的东西，如今却在这大平原上美丽着。

我的老家是河湾地带，人稠地少，一村又一村，村落基本是相连的；在清晨的薄雾中，我在二哥的帮助下，一一辨认着过去的村庄和道路。舅家的，姑家的，姨家的，树木掩映下的村庄，模糊着我的视野，但唤醒着我的记忆。

在乡下，最美丽也最干净的莫过于如桃花、杏花般的女人们。她们也爱美，但她们的爱美之心更质朴。她们不会像城里的女子那样为美去割双眼皮、修眉、隆胸，甚至修补人生第一次的伤痛；她们也充盈着感情，但这感情如三月的春水，含蓄而羞涩，真挚而不做作，热烈而不放荡，不像都市茶楼酒肆中卖弄风骚的女子，水蛇浪腰，奶声嗲气，撑着一张粉白的脸和血红的口，把女人的性征像乡下的牲畜一样毫无遮掩地暴露着。脉脉含情、面如桃花、纯如青杏永远属于乡下，永远属于乡下的姐妹们！

“三月，桃花在我的故乡开着，我故乡的姐妹们站在桃树下，她们望着桃花，任由那些花朵点亮她们各自不同的心事。”

我知道这桃花、杏花只属于乡下，所以，我总是一声不吭地回到那个地方，那个生我养我的地方，并在田埂斜坡一踏上就能淹没脚踝的丰美的野草野花中，完成对泥土的感恩和膜拜。

现在不是三月，可我用想象中的三月还原着我年轻的姑们、姨们、姐妹们青春的岁月，虽然她们现已像落了叶的树和披了霜的村庄一样，脸上的皱纹一如田野上纵横交织的沟坡。

乡下最有趣的景致在连接新年的冬天。那时节，天是如此冷，仿佛小手就要被冻掉。没膝的大雪，冰封的河流、池塘，屋檐下高高悬垂的水晶一般的冰凌，冻僵了大地也冻僵了农事。女人们便闭门不出，围在床上纳着鞋底做着针线，男人们则聚向集体的牛屋、磨坊，围着一堆干牛粪或草末儿烘着的火堆，谈论着四方八邻的趣事、丑事或鬼事，偶有谈女人和床笫之事的，大家一哄而笑的同时，免不了有长辈严肃地瞪上几眼或狠骂一顿这些没出息的后生。其实大家心照不宣，内心是快活和充满渴望的。所谓乡土文化或民间故事，大概便缘于此。而最快活的莫过于偷跑出来的孩子们。在雪地上堆雪人、打雪仗，在冰冻的水塘、小河上打陀螺、溜冰，然后用砖头或棍棒把冰打开一个洞，看冰窟窿下冒着白气的河水；还有用砸烂的一大块冰放在脚下，一个人架着另一个人的胳膊，飞快地在冰上滑跑着，直玩得满头冒汗、鞋袜湿透，被大人们责骂着一哄而散。那种惬意，那种酣畅，无法用语言描述。

想想如今的孩子，秋风稍起，便被大人们包裹得严严实实，稍一出门，除了一双眼睛，浑身臃肿得跟个大水桶似的。走起路来，企鹅一般，手脚僵硬，步履蹒跚，甚至连嘴巴都封起来，冬天的寒冷已让孩子们处于半冬眠状态，即使是一年一年的暖冬。“千里冰封，万里雪飘”的冬天已不多见。世道在变，季节在变，人类抵御严寒的能力也在变。

乡下最好看的莫过于娶新媳妇了。农历腊月，天天都是“好儿”。太阳还没有出来，新郎家早早地打扫了庭院，开门迎亲。踏着清晨的薄雾或冻霜，迎送新人的队伍在几只红灯笼、马灯的引领下，涉过小河，跨过村庄，向着有媒约的新娘家走去，新的日子将从此开始。三天没大小，不论年长岁短、叔侄伯婶，都已围在新郎的庭院门口，都想早一点儿目睹新媳妇的芳容和陪嫁，从新媳妇进婆家门的第一步便猜想着新媳妇将来是贤惠持家还是刁蛮无理，更想从娘家陪嫁的东西多少猜测对方的家底和实力。

新媳妇被新郎搀扶着，大红底的花袄大红裤，在一阵鞭炮声中，大步跨过正燃烧着芝麻秆的火苗，走进布置一新的洞房。这时候，便是半大小子或小伙子们尽情“蹂躏”考验新媳妇的时刻了。推着、抱着、亲着，甚至偶有手脚过分的，也被喜气淹没着，谁也不会计较的。更有些俏皮的骚话这时也被大家发挥到极致，“吃个花生枣，早生娃娃了”“奶子大如碗，生个小白脸”……退一步大姑娘，进一步小媳妇，一个农村姑娘就这样在“妹妹你大胆地往前走”的狂放酒曲中完成“洞房花烛夜”，走向新生活。

三十年前的乡下月光和小河更是绝美！

一望无际的大平原，除了村落和一些树木，天空之下，大地之上，不遮不拦，无边无际。月亮从东方出来的嫩黄到月上中天的银白，沛然淋漓地把如雪的光和柔情倾洒在五谷和亲人们的脸上、身上。孩子们的快活世界来了，在夜的帷幕下，捉迷藏、掏鸟窝、过家家，模仿样板戏里英雄们的战斗场面：挖陷阱，埋“臭雷”，争夺大渡河，抢占凤凰山。或在月光的照耀下跑到几里外的村镇看露天电影，顺手偷摘几把毛豆或几个清香的瓜果。月光如兄弟姐妹一般跟着一群不知天高地厚、穷且快活着的孩子们，在瓜棚柳巷、坑塘沟渠、房前屋后毫不吝啬地参与乡村孩子们的快乐、梦呓、向往和呼喊。月光，只有在乡下才能走进人类干净的内心，走进人类生命情感中最柔软的部分。

小河更是乡村鲜活的生命之根。夏天的午后或傍晚时分，一群一群的男人、女人和孩子们涌向那里，在一个河汊的隐蔽处，女人们在那儿洗衣净身，而在另一片水深的开阔处，男人们则亮出古铜色、紫黑色的壮体，消解着劳动的燥热和疲乏。个别被流水激起冲动的年轻人，也会一猛子从水下穿过一片芦苇或水草，偷窥一下女人们的胴体，一被发现便如鸟儿炸窝一样惊呼四起，骂声如雷，吓得坏小子又一个猛子逃之夭夭。小河更是孩子们的天堂，在泛着银光的浅水处，网小鱼，摸虾蟹，水花四溅，浪里飞歌。小河更是河湾地带农人们生活乃至生命的晴雨表，河水断流的时候，也便是庄稼绝收、乡亲们唉声叹气和没吃没喝的时候。河水是乡村的一道风景，更是乡村的一道生命线。

如今，当我再次来到河边，河水清澈得令人不忍心却又忍不住用手撩拨。几只雪白的水鸟，扑棱棱从水草中飞起，带出水花一片。我久久地立在河边，遥想着童年的趣事，感叹着三十多年过去了，几无变化的小河，几无变化的我的父老乡亲。我甚至恶毒地想，要是有一座电站或一座工厂在我老家的天空下该多好，即便小河遭一点污染，至少可以让农耕的艰辛被现代化的火光照亮一下。

我在2004年冬至的第一场大雪中，在荡漾着暖气的书房中回忆着我的老家和那些旧事，电脑屏幕上或方格纸上的汉字是在传递着一种文化还是一种背叛后的无聊和滥情？此刻，我百里之外的家乡肯定是冰天雪地、寒风凛冽。离年关尚远，打工挣钱的都没有回来，围坐火炉的是我的长辈或晚辈们，火炉上几粒玉米花、一段红薯条正散发出焦香，乡村在最后的挣扎中抵御着寒冷和命运。我知道，窗外的霓虹灯和老家窗户的微光，豪华轿车堵拥的街道与田野小道上慢慢移动的架子车，出入酒楼咖啡屋的俊男靓女与拽着草绳与驴马一起行走在田野上的乡村男女……已无法在同一片蓝天下对等起来，我也不会再身体力行地回到农事和乡村中去，但我漂泊的心，却在回忆和回望的途中寻找着栖息灵魂的村庄和温暖的老家。

我和这条河

记不清有多少次来到这条河边,从初次见到它到如春潮鱼儿般拼命投入它的怀抱已有三十年。三十年,几乎每天都要从这条河上穿过或在它的岸边行走。上大学时是步行,工作早期是骑自行车,中期是骑摩托车,现在是坐小轿车。这条河在城东和城南包围了大半个我所居住的这个城市,甚至城市的北面和西面也被它的支流包围。过去我住在河南,早上要从南向北,傍晚再从北向南。现在我住在城东,紧靠河水,可以说每天晚上我都是枕着水声和风语入眠。

这条河的历史不算短。据史料记载,这条河古称淯水,属汉水支流,因河床宽阔、滩多沙白而得名。它流域面积广阔,达一万多平方公里。两岸早在第四纪就形成冲积平原,并和其他河流冲积的平原沃土连在一起被称作南阳盆地。早在距今五六十万年前,这里已有古人类活动,古人类学家认定这里发现的古人类与"北京猿人"所处的时代大体相当,就把他们定名为"南召猿人"。

我的穿着兽皮、名字叫"南召猿人"的祖先,像一群狼,从森林来到了河边。他们临水而居,结庐为家,一条河就是他们的再生之地。

我们的祖先就这样义无反顾地顺从了河流。河流在他们的肠胃和血管中流动,变成母亲们丰沛的乳汁,从伏牛山美丽的丰乳里流淌出来,年复一年,就汇成了我们永恒的血统。

春天里，这里有鲜嫩的鱼虾，葳蕤的水草，我的先祖们在这里打鱼种地。夏天，在一个不知不觉的夜晚，来自远方的一股又一股陌生的大水，瞬间从河里站了起来，掀翻了岸上的屋顶。我的祖先们光着膀子甚至赤裸裸地又逃进了山洞，来不及逃走的大口呛着混浊的水，被浪峰卷得一沉一浮。鱼群擦过他们光滑的身子，洪水摧残了他们的身体，因而退潮后的土地变得更加肥沃，更加适合耕种。

当水回到水中，灾难回到灾难之中，在这样的季节，我逃难的祖先也回来了。他们怀着对水的仇恨和崇拜，在被水抹平的土地上坐下来；控诉了水之后，咒骂了水之后，他们最终还是原谅了水，原谅了这宿命的河流。他们或许已经明白，河流让他们一无所有，河流也让他们丰衣足食、充满灵性。

这条河被好些出生在这里、生活在这里的人称为母亲河。它的伟大，源于它的源远流长；它的出名，源于它曾经的魅力和涉足这条河的名人。东汉一帝刘秀在这里起家发迹，多少次他在这条河边饮马歇息。他的堂兄刘玄更是在这里祭天称帝。名士严子陵在这里隐居独钓，悠悠千年，空留下现在的钓鱼台在潺潺水声中经受风吹雨打。拂风垂柳，那清丽如水的女子不是母仪天下的一代贤后阴丽华吗？“娶妻当得阴丽华”……美丽的梦留下许多美丽的传说，这些都是这条河孕育的。当代著名作家二月河说：我不在南阳出生，但我愿死在南阳。真真儿是“人生只合南阳死，白水独山好墓园”。因对一条河的爱而把一生托付于此，也算对南阳情有独钟了。

我经常一个人来到河边，漫无目的地沿着河走，看到一片水草或一片树林，枯了又绿，绿了又黄，有的甚至被风吹倒，身子歪在水中，仿佛醉酒的人失足落水，不禁有些伤感。我老家的那条河在旷野，在乡下，为生存奔波的我的乡亲们是无暇顾及一棵草或一棵树的命运的，他们像那河流，只要不枯竭就只管往下流，流到哪儿算哪儿，最终的结果是什么，他们是不管的。他们常说：小车不倒只管推，活一天算一天。他们更像水草，只要不是大洪水淹没的灭顶之灾，水一退，仍是郁郁葱葱。我感念我从那条河边来到了这条河边，多少明白了一点事理，知道了活着和生活着的区别，并理解了一些爱和忧伤。

一条河不可缺少的是源头和河床。没有了源头，就要枯竭，有水而不能存，流不了多远就干了，那不叫河。即使雨季来临集聚一些水，也只能叫作潭、湖、塘、堰，流一截就没了。一个家族或一个民族的兴旺，不是看一代、两代人，而是要一代比一代强，这样才有希望。一条河流也应该是这样，它过去清澈激越，浩浩汤汤，现在却混浊干涸，甚至被建筑风沙埋葬，这不是发达，而是退缩和消亡。

初春，我沿着河岸逆行而上，行走至独山，猛然想起那大唐诗人写的那句“昔在南阳城，唯餐独山蕨”。那是三月，夜雨过后，阳光新鲜得仿佛被水洗过，空气中散发着嫩草的清香。透出旺盛气息的独山，兀立着如玉树临风的美男子。蕨菜一簇簇冒了出来。那个“天子呼来不上船”的剑侠诗客，丢下了满身酒气和满腹牢骚，一边脚踩泥土弯腰劳作，一边吟咏白水弄着素月。翻阅史籍，便知道古代有许多文人雅士曾漫游在这条河边，他们饮酒赋诗，放浪形骸，纵横才情。而我们现代人呢，连走路都想省略掉，出门就坐车，几乎不愿沿着一条河走一走。

这条河已流淌数万年，我的祖先也早已隐于泥土，可他们生前，一定比我们亲近这条河。不说老百姓，就是诗人们的脚力也比我们好，他们摇摇晃晃地从河岸上走过，一边走一边留下华丽的诗章。而我们呢，功利心太强，走很短的一段距离，就气喘吁吁，大汗淋漓，遂停住了脚步，乘车返回鸽笼般的楼中蜗居。

或许是命中注定的，我与这条河已保持着半生的亲密。从来到这座城市的第一天到现在，我对这条河可以说是爱恨交加。也许是因为我命中缺水抑或是从小在河边长大，我对河与水有着特别的亲近。这条河用血液般的水养育着我，但也用不公和肮脏毁灭着我；好些爱它的人含着热泪走了，即使在外面流浪也不愿回来，我却仍在这里苦苦坚守着，也许会穷尽我这一生。

我出生在秋天，或许在某一个秋天，我一个人独对这条河，秋风吹冷了我的身体，我忍不住躺在河岸的草丛中，高高的野草，会将我的身体掩埋。虽然它不知道我的名字，而且再过几十年，我连同我的名字将如那野草一样消失；“百年都是几多时”，唯有河流，依然流淌着，叮咚着。

这条河，它叫白河。我的老家也有一条河，古籍中也有它的名字，夏季河水汹涌而来的时候，甚至能够淹没和覆盖白河，只是它的两岸没有留下太多的名人诗篇，只能默默地“舟自横，水自流”。它的名字叫唐河。

大地的内部

时 间

今日小满，二十四节气中第八个节气，这预示着我的家乡——中国北方大部分地区农作物籽粒开始盈满，并走向收获的时节。

微风徐徐送来麦香，大地上此起彼伏，一派热闹。我猛然想起来开镰，想起了街市上农人备割的场景；也猛然想起了育万物以养生命，可似乎无声无息、永远岑寂的土地。

四季把一年分割，二十四节气把四季分割，二十四小时把一天分割，而一秒、一分钟、一小时则把二十四小时分割。时间如刀，在这犹如发丝的无限分割中，把世间的一切分割。

土地无声，仿佛一片死海。如我们有时的心，活着，犹如死去。时间在生命之外毫无意义。

但土地，温热的土地，绝对是有生命的。岑寂只是它的外壳，生命在它的骨子里。

从小麦、玉米、向日葵还有桃、李、石榴的生长过程，可以看到漫无边际的时间是如何被大地聚拢、排列并有序记录的。大地把植物慢慢滋养，从日出到日落，从夜晚到清晨，植物们从瘦瘪、青涩到饱满、丰盈，充满了物候律令的激情和韵律，并以多彩的颗粒和丰沛的浆液呈现出来。

我们的口味也让时间绽放大地的滋味。

当我们吃着暄白热腾的馒头，当我们嘴角还有浆液在滴落，谁还能说大地死寂？大地上生机勃勃，诸如红薯、土豆、胡萝卜、莲藕，这些在不同时代被乡下人视为口粮的块根、块茎，在被土地覆盖的黑暗里，以另一种方式照亮大地的深处，出于土而不被土所覆没，土地中最优秀的养分和品质被这些块状的根茎凝结、吸纳，并回馈养活着不知天高地厚的占有者——我们人类。

红薯、土豆的滋味在我们中原是那样的绵甜、沙面，就像我老家被河汊缠绕的土岗，亲和而有筋骨；而胡萝卜、莲藕又是那样的甜美、爽脆，红就是红，白就是白，难以混淆。做人做事上如青红不分、颠倒黑白，我的乡亲们就会以镬头般的脾气，以砸碎石磙磨盘的倔强与你决裂，甚至一镬头下去，宁叫命碎，不为瓦全。大地用一茬一茬庄稼的成熟，让时间成为色彩和丰硕，并让我们在吞咽这些食物时，体验大地的滋味；而当食物滑过我们的食道和胃的时候，酥痒而快乐，让我们的骨骼充满力量，顶天立地。

大地奉献的食物还决定着我们生命的时间和品质。当金黄的玉米、红熟的高粱在一望无际的田野上摇曳，秋风就送来了酒坊醉人的气息，这些将被用来酿酒的玉米、高粱，浑身弥散着阳光的热力和旷野的雄浑。阳光和季节的行程都将一同被带进酒的内部。蒸煮、发酵、压榨、过滤，酿造的过程正是大地伴着时间升腾的过程。从粮食蜕变到酒精，脱去壳皮剩下内核，剥去形骸留下魂魄……而后是窖藏的寂寞。酒的滋味和品质由时间决定，历久弥香，越老越醇。当酒的醇香轻轻掠过我们的鼻尖，酒精通过味蕾融入我们的血液，大地便增加了一圈年轮。这年轮化为酒神，刺激我们周身，尤其是麻醉我们的头颅；在酒的作用下，微醺中写诗，小醉中作画，大醉中泼墨放歌，一个文人，也敢做出平时不敢做的事情，并在一夜之间释放出许许多多的狂放。

那是秋收后的傍晚，大地一片干净。太阳隐去了，高高的谷堆旁边，盼望着时间快快过去的少女，怀里揣着红红的苹果和大枣，在羞怯地等待着。她要把纯真和甜蜜献给心爱的人，让他和她一道，走过大地赋予的这茬时光，度过属于他们的青春而浪漫的季节。

回　响

五月的麦浪就要在隆隆的收割机声中倒下，田野里充满新麦的清香。外出的人们回来了，连老人孩子也出动了，村庄再一次因麦子的成熟而歌唱，热热闹闹，排排场场。可再有一两场夏雨或一两声炸雷，麦客们渐次而去，乡村又将空空荡荡。

在城市的深处，在一幢楼的高层，在一个深夜，我听到了一种隐隐的声响，这声响仿佛发自天边或大地深处，引起一阵沉闷孕育的震荡。

那是去年，我行走在深秋的乡下，乡下寂静得有些吓人，外出打工的青壮年还没有返回村庄。田野似油画，亮色是那满枝雪白的棉花、金黄的谷穗和红红的高粱。这些曾被遗弃的庄稼兄弟重又回到了我的村庄，它们羞涩地立在土地上。这时，有噼剥的豆荚炸响，几粒忧伤的豆子在我眼前坠落。我听到的那种隐隐的声响，肯定是来自这个过程，我知道，那是土地发出的回响。一株庄稼在角落里的成长会引起阳光下的回响，这种回响甚至携着土地的名字穿越历史，长久地留在一代代农人的记忆中。

土地是能发出声响的，它承载着万物，万物发出的声响，就是它的声响。春耕时，稻田水响，那是冬眠后的土地舒展筋骨的声响；七八月间，原野上一片金黄，风过处，谷穗点头，沙沙作响，土地奏起动听的乐章。就是这声响，唤醒炊烟，于是，每个清晨，每家每户的主人将大门推开，“吱呀”一声，震开薄雾，村庄就醒了。老村长燃一筒旱烟走在田埂上，他的咳嗽声在田野里回荡。春天里，我们都能听到杨柳枝条摩挲的声音，听到花苞抽长的声音。而在夏夜，小河披着月色在村旁流过，叮叮咚咚，那是土地在为我们的梦境伴唱……

而现在，你走在乡间，你会惊讶于那红红的大枣、柿子为何老挂在枝头，你也许觉得那是风景，根本没有察觉到土地的黯然神伤。我常常在梦里返回村庄，那枝叶间的果实，像一颗颗晶莹的泪珠，欲滴未滴，那其中的一颗、两颗，终于坠落下来时，有谁能倾听到那来自土地的回响？

一个在城里打工的女孩儿曾这样告诉我，她一天只要给三个人洗脚，就可以挣得六十元，一月两千多，一年可以挣几万元，那相当于她父母种地十年的积累。她家的柿子、红枣都挂在树上，让它红，由它落。即使麦收秋忙，她也不回去。她很热爱城市。我们无法去责怪这个现实的女孩儿，我们只能垂下头颅，面朝土地。从什么时候起，我们越来越淡漠对土地的依偎和亲昵，而把城市崛起作为现代化的标志？一座座的城市就要联成一体，城与城之间的土地，一座小桥、一条小溪、一汪水塘、一片草地，就在这隆隆的机器声中被吞噬；当打桩机将钢筋水泥柱深深地刺入土地时，你听到土地发出的阵阵痛苦的呻吟了吗？

我庆幸我在城市的一角，在一幢楼高层的大阳台上，还藏有来自家乡的泥土，在一个个深夜，还能听到果坠叶落的声音，并通过我的笔端，把大地的回响传递给外界。

一个人，一株植物，都会有青春和浪漫的季节，但随着时间的流逝，光泽、力量都会慢慢消失，直到乳房干瘪，形容枯槁，肢体变得比榆树皮还要皱裂。唯有土地，永远青春，浪漫依旧。哈尼夫·库雷西在《身体》这部小说中警告：你终究会发现，世间只有一件无价之宝，既非金子，亦非爱情，而是时间。而我要说：世间最金贵的，既非金子，亦非时间，而是土地，深沉的土地。

仰望南阳先贤

范　蠡

春秋时代多风雨，春秋时代多圣贤。

南阳，楚宛三户里，白水湾。人杰地灵，气候宜人。白河清清，绕村；柳林依依，傍水；临岸数村，街铺十里，水旱码头，晓风残月，万家灯火。清代诗人何晋锡称赞这里：霸气葱茏见越封……片楫风波傍晚虹。

思想家、政治家、军事家、商圣……挂将受封，功高盖世，却急流勇退，隐迹江湖；弃官从商，又能富可敌国，最后散尽千金，颐养天年。

谁，这样横空出世？谁，这样璀璨辉煌？先生，是你——越国大夫、上将军范蠡。

越国，因你的谋略胆识而起死回生，独霸一方；乱世，因你的存在而生动鲜活，星河灿烂。

美人在枕边，天生丽质，倾国倾城。但男人是英雄在先，柔情在次，爱美人更爱理想。于是，狠心舍去风情万种、柔情似水的红颜，利用美人计将另一位英雄陷于灭顶之灾。以人性论，把心爱的红颜当作工具，实大丈夫所不为；但为了更多的女子能浣衣水乡，秀发飘扬，为了一国之大计，而能忍痛割爱，未尝不是英雄壮举。面对亲情、爱情，似乎狠了点，但英雄知道，男人也有致命的弱点，锋利的剑不能击败的也许只有女人的柔情，也只有女人的柔情才能化刚为水。

上有天堂，下有苏杭。姑苏，姑苏台。从秀美江南苎萝村走来的西施，终于让英雄夫差神魂颠倒，气魄消散。耳边不再有卫士的大声诘问："大王，你忘记杀父之仇了吗？"他的"誓死不忘"的声音越来越小，越来越小，小到如枕边的一丝轻风。在美人轻轻呢喃的温柔乡里，他终于睡着了。终于，一代霸王身死国灭。

会稽山，因吴国的灭亡而更加葱郁；浦阳江，因美女的风姿而更加迷人。但英雄聚会，头戴桂冠者不能太多，万花丛中，最惊艳的只有一朵。

聪明的宛人范蠡悟到了，他给驾车出宛三十里求贤荐他，曾是古宛县令、如今已是宰相的文种留信告别："飞鸟尽，良弓藏；狡兔死，走狗烹。"他知道小气男人内心的卑劣和阴暗。比如勾践，只可共患难，不可同享乐。文种不解：怎么打下的天下就不可同享呢？还没有想明白，越王就送来了锋利无比的王剑，说："文种，你有多种灭人国家的方法，我只用了三种，就把吴国灭掉了，还剩下的，你预备用来对付谁呢？"憨厚的文种，除了自杀，别无选择。

会稽山对空兀立，浦阳江欲语无语。

江南秀丽的山山水水，如无尽的英雄热泪……

越大夫范蠡，轻驾扁舟一叶，风波里和心爱的美人一起，消失在一片烟雨中，从此一去不返。

数年后，一代商界宗师终于在齐鲁大地闪亮登场。从此，商圣范蠡的故事传遍大江南北，陶朱遗风泽被古今。

张　衡

"驱车策驽马"也要"游戏宛与洛"。南都，曾经和京都一样繁华、热闹。

南阳，独山之南，淯水之北。你和光武帝的美丽皇后同饮着白河之水，但你在上游。公元78年，你生逢盛世；六十多年的生命，灼灼其华，光彩夺目。

任南阳主簿近十年，你有举世名篇《二京赋》和《南都赋》，极尽对家乡和二京的赞美。大赋天成，浪漫绮丽，一时传为佳话，成文坛一大家。两度任太史令，观大汉江山的天文、地理，别人不屑一顾，你却乐此不疲。阳嘉元年，即公元132年——地动仪的诞生之年，因你而永驻科学史册。还有你创造的能自动转向的指南车和自动起飞的木雕，给荒漠作战的兵士提供了明亮的眼睛，在广袤的北漠和草原上，大汉军队用它做定向射击，高出一截的文明，怎不让匈奴降服！到班超成功经营西域，中国又迎来了自西汉武宣两朝以来的又一个盛世。"惠风广被，泽洎幽荒。北燮丁令（古贝加尔湖），南谐越裳（今越南），西包大秦（古罗马），东过乐浪（今朝鲜北部）。重舌之人（懂外语的人）九译，佥稽首而来王。"意志，唯一而锋利的武器！你像蒲山青石一样坚硬，你像独山美玉一样内蕴丰富。难怪，今人曾这样评价你："如此全面发展之人物，在世界史中亦所罕见。万祀千龄，令人景仰。"

汉风浩荡，飞天揽月，恢宏大气。

一代汉赋，惊涛骇浪，令人望而生畏。

然而天空不能永远明亮，人间不会四季如春。盛世帝王的奢靡，小人得志的嘴脸，大汉帝国的天已渐渐暗淡下来。而自己也将老了，既然理想难以实现，那就"乞骸骨"归隐吧。

南山种豆，东篱采菊。白河水清清，跟随你修长的影子，褐衣，芒鞋，荷锄走向久违的田垄。你向往家乡和白河畔的春天啊，让自由、飘逸、大气、流畅的汉风吹进家乡诗意的天空吧！

"于是仲春令月，时和气清，原隰郁茂，百草滋荣。王雎鼓翼，鸧鹒哀鸣，交颈颉颃，关关嘤嘤。于焉逍遥，聊以娱情。"

而你依恋的田园只是一幅写意画。人在朝廷，身不由己。即使让你闲着，也得让你上朝跟班，皇帝不能让天下人讥讽为嫉贤妒能，大才不用。

白河不能为你洗尘，石桥姜汤不能给你祛寒，而你只好将家乡的独玉佩在腰间。你抚琴东南，思念在云中，梦也在云中。

生命中的一切都是过眼云烟。看淡了，也就无所谓了，况且你自小就“从容镇静，不好交接俗人”。闭目，三十四岁前的故乡热土：鸡鸣、狗吠、鸟啼、鹤唳——孤云独去，清风徐来，飞鸟往还，鹤立水岸。一樽酒后，你泪湿枕席，开始失眠。“我所思兮在太山，欲往从之梁父艰。侧身东望涕沾翰。美人赠我金错刀，何以报之英琼瑶。路远莫致倚逍遥，何为怀忧心烦劳？”《四愁诗》与你无关，今后，你只想念家乡。

蒲山无语，独山无语。鸭河和白河，交汇成滚滚热泪。

文学家张衡，科学家张衡，手持尚书之权和《归田赋》的热闹与宁静，归真返璞，合体自然。那一年，是东汉永和四年，公元 139 年。

如今的张衡墓独立家乡，有些安静。但一代“科圣”，曾明察地球颤动，一切都在他的心中。思古抚今，何人曾如张衡！

张仲景

“望、闻、问、切”，所有“阴、阳、表、里、寒、热、虚、实”，以及疑难杂症发出的声声哀唤填满你一页页忧郁的病历。

恒常，你以优雅之姿，伸出中间的三个指头，捏稳济世救命的脉诀，锁定患者或寒或热的咳嗽和发烧，然后一剂汤药冲开外热内寒或内热外寒的脏腑，救人于死生之间。每每是白天救人，晚上著述，黎明时分，你灼灼其华的杏林中又栽植了一株新杏。

东汉末年的天空愁眉苦脸，军阀和谋士们疯言疯语。一个董卓，就把天下搅得纷杂暴戾，软弱的帝王只能靠大臣巧施美人计，让柔情似水的貂蝉周旋于义父、义子之间，终于一戟，那个大头的军阀倒下了。然而更多的军阀挺起，交战的三国，谁持真理？谁是义战？忧心如焚的太守日日夜夜为伤兵止血。

病人太多了，那就让公堂成为诊所吧。堂堂太守，能救人命，就算被叫作太守郎中也无所顾忌了。

听说家乡南阳是混战之地，来回杀戮，已是尸横遍野，伤寒流行，患者浮肿的脸、无助的眼神、苍白的灵魂在荒岁的年轮中发出哀鸣。国家的疾病已无药可治，那就让我回报一下桑梓，多救下几个父老乡亲吧。

搬来《内经》，找来《难经》，把从古代走来的病因学说、脏府经络学说同四诊八纲等医术联系起来，并从临床出发，于是，一部普救天下苍生的经典巨著《伤寒杂病论》如佛光降临，訇然洞开。

十六卷，也许在如今五笔、双拼等快速输入法和发达的印刷术下不值一谈，但在一千八百年前，这是何等的巨著！青灯孤影下，理论又要佐以实践，这是怎样的伟大啊！

一方数味，再加上那一两样引子，沸腾的黑色汁液便可流入千千万万沉疴之口。四两拨千斤，那和体温接近的苦汁便轻轻撩开死亡的阴霾，一口口流入病魔隐蔽的深深死穴。这具有神效的药液，恰好是你心房的温度，有着标本兼治的灵验。

中医立方之鼻祖，悬壶济世之楷模，杏林奇苑之"医圣"……一切都不为过。

佛语云："救人一命，胜造七级浮屠。"按这累计，你则永远活在世上，活在人们心中。

汉朝虽远，印迹很深。你的墓冢就在白河之滨、独山脚下。以你名字命名的学府、诊堂、药房，虽有无数，但真正的主人是你。你永远端坐在大堂之上，注视着你的弟子们，让疼痛和不适远离人们，让幸福和快乐永驻人间。

诸葛亮

一个朝代最后的疾病终究是无药可治，东汉也不例外。那注定又是一个乱世，怀抱志向的一介书生也注定是一个受伤的句号。

“臣本布衣，躬耕于南阳。”先生为何选择南阳，已无从考证，但你选择了南阳，是南阳的福气，南阳有了你，是南阳的骄傲。

心藏卧龙，你便选择了卧龙岗。

清风徐徐，柳暗花明。先生在岗上躬耕，读书，伴月，饮酒。兴来赋诗淯水，舒啸独山。宁静的明月如水，水深莫测；和煦的春风如手，轻抚自信。菜畦瓜长豆短，朝露沾湿衣角。劳动和读书，相映成趣，相映而成风流。

先生在等待时机，龙卧南阳，不可多得的机遇悄然降临——那个没落的汉室皇族，求贤若渴。三个英雄，三匹骏马，同时屈身于南阳草庐之下。一场对话，又让那个好哭的皇叔泪湿沾襟，双手紧握，好比抓住了一根救命稻草而颤抖不已。

先生下了卧龙岗，从此，登上隆隆战车。

荆门柴扉远去了，布衣草履远去了，甘甜的白河水远去了，郁郁葱葱的卧龙岗远去了。十年隐居，你终于要“龙”腾天下。

起兵新野，在光武帝皇后阴丽华少女时嬉玩的大槐树下。向北，第一仗便是火烧博望，直烧得敌兵哭爹叫娘，直烧得中原狼烟滚滚。那个在洛水畔沉思的曹操，虽“挟天子以令诸侯”，这时却长叹一声——对手终于出现了。

阴谋阳谋，先生把古代的三十六计运用得出神入化，天衣无缝。几场胜战后是步步为营的根据地建设，那些鼠目寸光、小富则安的庸庸之辈，一个个退了场。联孙抗曹，以弱敌强，一场赤壁大战，江水沸腾，七百里连营在东风的吹动下，一夜间樯橹灰飞烟灭。三分天下，终成定局。

天府之国，因你的到来而熠熠生辉。几年间，你把中国西南整治经营得如躬耕南阳时的菜畦，富庶美丽。但你是一介狷狂的书生，一颗不安分的心总想着要独步天下。有了后方，你的热血更加沸腾。六出祁山，七伐中原，然而世间事不都能顺遂人愿。老百姓有语：扶起竹竿扶不起井绳。你虽智高天下，但“扶不起的阿斗”已流传坊间。连年征战，人才匮乏，先帝在时的英雄们相继谢世。“蜀中无大将，廖化作先锋。”先生啊，你的心在淌血。你太要强了，要强得甚至有些发昏。你强忍着病疾，再一次誓伐中原。你太自负了，自负得连只佩服你的南阳的另一位英雄——魏延出奇制胜的良言也听不进去，五丈原或军途中的某一个地方，注定是你的不归路。

“出师未捷身先死，长使英雄泪满襟！”历史和现实不动情于扼腕和眼泪。穷兵的王土，终于没有逃过命运的厄难，三足天下，因你的早逝而不稳！

一千七百多年过去了，不觉间你已演化为神，端坐在各地武侯祠的正堂之上，羽扇纶巾，温文尔雅。你成了名人，名人是要有“效应”和“效益”的。为了让更多仰慕崇拜者多掏些腰包，关于你的躬耕之地，文字之争、口舌之战至今仍在继续，这肯定是你不曾想到的吧。不然，你那著名的《出师表》中，何不把南阳做个定位。

“心在朝廷原无论先主后主，名高天下何必辨襄阳南阳”，这真是一副大气之对。天高云淡，先生端坐云端，温情怡然。你是夙愿天下太平安康的一条卧龙，大名垂宇宙，何来南北一争、地域之限。互联互通，网络已使世界无限；宇宙飞船，太空已是天上人间。资源共享，地球原是一个小小村落。

白河汤汤　大汉泱泱

八百里伏牛山逶迤前行，在河南、湖北、陕西交界处，忽然顿住脚步。他看到一块盆地，那里气候温暖，水源丰富，多像一个温润的女子。不知是走累了，还是别具深情，他蹲下身来开始默然守望。

这是一个光荣而艰难的过程，有许多优秀的子女诞生在这片神奇的土地上，从谋略家范蠡到“科圣”张衡，从“医圣”张仲景到政治家诸葛亮……而到东汉，这里更是群星璀璨，光武帝刘秀和一个王朝就诞生于此。

是历史的机缘，让南阳成为东汉的龙兴之地，也是时代的契机，让南阳关乎着东汉两百年的命运。

南阳人，东汉开国之君光武帝刘秀，被毛泽东称为历史上最会用人、最有学问、最会打仗的皇帝，他建立的东汉是中国古代继秦朝和西汉之后的又一个大一统王朝。而刘秀也成了中国历代帝王中唯一一个同时拥有“中兴之君”与“定鼎帝王”两项头衔的皇帝。

在中国古代所有皇帝中，刘秀大概是民间传说最多的皇帝。在他的家乡南阳，“王莽撵刘秀”的故事、地名和掌故妇孺皆知，好多南阳人甚至河南人几乎是听着他的故事长大的。“扳倒井”“麦仁店”“涨落河”“早鸣村”……每一个地名都是一段传奇。幼年时，听这些故事，仿佛童话一般，觉得刘秀运气真好，太幸运了。渴了，扳倒井可以喝水；

饿了,麦仁汤可以充饥;追兵来了,涨落河水可自由涨落;连行军起床也有早打鸣的鸡给予提醒……他不当皇帝才怪。故事流传千年,亲切中少了些对皇帝的敬畏感,好像刘秀就在大家中间。读史后,才知道刘秀这个中兴皇帝确实不简单。他文治武功,以柔克刚,重情重义,珍视生命,关注百姓,以"柔道"治理天下,把已改朝的刘氏政权重又夺回,不但匡扶了汉室,为"明章之治"打下坚实的基础,而且一统刘氏江山又近两百年。功莫大焉,无怪乎一代伟人毛泽东读史后点评:刘秀这个人,最会用人,最有学问,最会打仗。

做事低调,以柔克刚。刘秀和他的高祖刘邦一样,都算是平民出身。刘邦出道前是一小小亭长,充其量相当于一个生产队的队长,却能借陈胜、吴广起义之势,知人善任,运用智谋最后战胜西楚霸王,不但灭了秦,而且称了帝。刘秀虽是皇族血统,但到他的父辈,已是县级官吏,后又家道中落,父亲早亡,跟了叔叔从南方北移,迁到南阳郡蔡阳县(今湖北枣阳西南)一个叫春陵的小地方,地域范围不过现在的两个乡镇大小,虽名义上仍是侯国,但已没有了食邑之显、皇族之贵,得靠种地收租或经商谋食。刘秀十几岁到洛阳太学学习,因学费不足,只得和同学合买一驴,让仆人赶驴拉脚挣钱贴补。走在御街上,看到维护皇城治安的执金吾(中尉)威仪雄壮,便许下心愿"仕宦当作执金吾";学业未成,天下大乱,各地起义纷至沓来,刘秀族人或宾朋多有投绿林者,感到时机不到的刘秀,为避嫌躲在新野,以贩米为业。一天,他和驮米的毛驴在白河边一石矶旁歇息时,看见浣衣洗发的少女阴丽华仪容美丽,那飘逸的长长秀发如白河碧波,荡在年轻的刘秀心上,对着白河,刘秀从心里发誓"娶妻当得阴丽华"。为这两大宏愿,刘秀在南阳的太学同学鼓撺下,和哥哥刘縯及同宗兄弟一起加入了反莽的大军,成了绿林之"贼",血战昆阳(今河南叶县),再克宛城。刘秀和胞兄刘縯为更始政权的建立立下了汗马功劳。但哥哥刘縯太张扬了,"卧榻之侧"的教训让他死于族兄刘玄的刀下。在外地的刘秀听到噩耗,把悲愤压在胸中,不但没敢兴师问罪,还要不露声色,忍辱负重,主动赶到京师南阳，向更始帝谢罪。刘玄被蒙住了，毕竟血浓于水，哪儿有这么忠心的将领啊！不仅放了刘秀一马，还给了他军权，封了他破虏大将军、武信侯等头衔，叫他领兵到河北荡匪去了。刘秀靠“柔道”之术得以求全，如鸟出笼，如虎归山。在河北，他又用这一套高超的“以柔克刚”之术，让河北的豪强地主们率宗族、宾客都归到自己旗下。他以黄河水永不变起誓不计前嫌，劝杀害哥哥的帮凶之一大将朱鲔投降，兵不血刃，占领洛阳城，并定都洛阳。此后，他审时度势，趁绿林军、赤眉军火拼互相残杀之际，坐收渔利。任由赤眉军杀了在长安的更始帝刘玄，再派邓禹、冯异与赤眉军大战，逼迫杀了刘玄的赤眉军皇帝刘盆子率百万之众请降。最后，打败割据势力较大的刘永而定河北，灭掉朝秦暮楚的隗嚣，夷平得陇望蜀的公孙述等，终于于公元25年6月在河北鄗城即位称帝，年号建武，这一年，他年仅三十一岁。而后又经过十几年的苦心经营，在建武十三年（公元37年），彻底削平割据，完成统一中国的大业，建立东汉王朝。

刘秀常教诲臣下说：“《黄石公记》中说，柔能克刚，弱能制强。”在他眼里，屈而不折的“柔”有时会胜于折而不屈的“刚”。刘秀在位时对外族政策也注重以柔克刚。有臣下建议，趁平定全国之势北击匈奴，刘秀不允，待匈奴内争，分南北匈奴时，南匈奴以内迁和亲示好，刘秀慷慨应诺。他说：每一场战争，耗财不说，死的都是人啊，一说战争，我的白发就会骤增，失之东隅，收之桑榆，岂可一切任勇好胜。一千九百多年前，南阳人刘秀就能以辩证的思想治国理事，这是多么让人钦佩！

宽容仁爱，重情重义。刘秀是中国历史上学历最高的皇帝，太学出身，师从博士，不是现在的清华生就是北大生，但文武兼备的刘秀坐天下后，不是君临天下，装神弄鬼，薄情寡义，而是遵尧舜遗风，对亲人朋友、功臣元老都能恰当处理。二十八宿是追随他的二十八个高级将领，个个封侯拜相，享受荣华富贵——不是越王勾践“飞鸟尽，良弓藏”赐杀文种，也不是北宋赵匡胤借醉酒威胁开国元勋，更不是明代朱元璋“火烧庆功楼”,让有功之士大为寒心。

刘秀曾在一次早朝上问大家:“诸卿不遭际会,自度爵禄何所至乎?”就是大家如果不逢这个风云际会之时,自己估摸着现在在做什么?一介武夫的杨虚侯马武说:“马武要是没有遇到陛下,一定是去做县里抓捕强盗的捕头了。”刘秀说:“你能自己不去做强盗就万幸了,哪还指望着你去抓强盗?”君臣相对,哄堂大笑。

这是何等其乐融融的场面,真可算得上君臣千古一笑。如果刘秀不是个宽容仁爱之人,他的属下岂敢在朝堂之上、九五之尊面前发出开怀的笑声。即使到了现在,一个处级干部对下属也大都正襟危坐,貌似教父,不是一言堂,也是下属说有所忌,看长官脸色说话。

刘秀手下的猛将贾复作战勇猛,常置生死于度外,刘秀时刻关注着贾复的生命安全,当再一次听说贾复重伤时,刘秀说:“听说贾复的夫人怀孕了,如果生的是女孩儿,我的儿子就娶她;如果生的是男孩儿,将来我的女儿就嫁给他。”在非关键性战役时刘秀有意不让他出征,使他具体的战功不多,每当对诸将按功行赏时,刘秀都不忘为贾复说上一句:“贾复之功,我自知之。”一代帝王,雄视天下,竟对部下的生命看得如此珍贵,没有重情重义的人性之美,做得到吗?刘秀早年歆羡“执金吾”的威武,便把“执金吾”一职许给了贾复,足见对他的赏识之心。为这样有情有义的主子效力,谁又能不舍生忘死呢!

公元24年秋,刘秀率兵在鄡地(今河北辛集市东南)作战,在败敌后,投降的将士并不很安心,生怕被治罪或诛杀。刘秀让降者各归其部,统领其原来的兵马,并轻骑巡行各部,无丝毫戒备之意。降者感叹道:“萧王(刘秀当时被刘玄封为萧王)推赤心置人腹中,安得不报死!”大勇大智者,赤子之心也。毛泽东是熟知历史的,北京和平解放,傅作义投诚,避免了一场性命相残和文物古城遭毁的厄运。新中国成立后,傅作义任国家第一任水利部部长,也算是一大手笔。那个乌江刎颈的西楚霸王,一次坑杀二十万秦俘,尸骨如山,哀号遍野。他虽能“力拔山兮气盖世”,却只能在四面楚歌中“虞兮虞兮奈若何”。虽然后人有诗赞许"博得美人心肯死,项王此处是英雄"和"至今思项羽,不肯过江东",但这英雄,只是如兽类般的强力、威猛,而不是有赤子胸怀的真英雄。此类英雄,若成功,必是暴君,若在民间,也只能是如虎般的一方霸主。

刘秀称帝后,自建武二年到四年(公元 33 至 35 年),三年间前后九次下诏释放奴婢,并用法律提高其地位。规定杀妇婢者不得减罪,伤奴婢者要依法治罪。在自古就把奴婢当家养牲畜一样可宰杀、买卖的传统下,如此看重、尊重奴婢生命权利者,当首推刘秀。在刘秀坐拥天下的千朵万花中,这是最出彩也最鲜艳的一朵。一代英主,其内心的善良与仁义,昭然可见。

经学为治,崇尚节义。刘秀继承了自汉武帝开始的独尊儒术、经学为治的传统。一立国,就修建太学,设立五经博士,恢复西汉时的十四博士之学,并以家法传授诸经。刘秀巡幸鲁地曲阜时,大祭孔子,并皇封御诰,大扬孔孟之道。以君子仁义、忠节、道德为立国之本,对攀附官僚、醉心利禄的功利之人大加抑罚,以名士气节为重,对于王莽时期隐居不仕之人,大加表彰、礼聘。对忠于汉室、不事二姓的高风亮节之士,颁布诏书,大告天下。广泛寻找隐居学者,提拔博学鸿儒。史称"光武侧席幽人,求之若不及,旌帛蒲车之所征贲,相望于岩中矣"。即使在丛林中,在大山的皱褶里,几声啸吟,几声高谈,如传到刘秀那里,都会被千方百计请出并加以重用。如是真隐者,刘秀也遵其选择,让他们自由生活、笑傲山林。正是这"举逸民天下归心"得到了君子们的热血回报,到了东汉末年的"党锢之祸"时,才有李膺、陈蕃、范滂等一群士人,蹈仁践义,忠恪刚烈,视死如归,舍生取义。有了这道德和精神的评判和彰显,才有了"魏晋风度""竹林七贤"甚至建安文学中透着的正义、洒脱、气节等人性之美的文化光芒。乱世枭雄曹操,不但做了一代军事巨人和政治巨人,一不留神,还以豪放、大气的诗文,做了文化巨人。他"东临碣石有遗篇"若星汉灿烂,"对酒当歌,人生几何"何等潇洒、自信! 读着,让人眼亮心颤、激情浩荡。

克勤克俭，诏令薄葬。刘秀平定全国后，就兢兢业业，勤于政事，史书记他每旦视朝，日昃乃罢，数引公卿郎将议论经理，夜分乃寝。并且不事奢华，克勤克俭。登基多年，身为一朝天子，依然“身衣大练，色无重彩，耳不听郑卫之音，手不持珠玉之玩”。多次下诏提倡薄葬，大改西汉一朝的厚葬之风。古代帝王墓几乎全被盗过，但刘秀墓是个例外，从来没被盗过。这与他去世前交代不随葬金银玉器全用瓦器有关。没有了金银珠宝，盗墓贼便不感兴趣，因而他得以永享安宁。如今孟津县白鹤镇的汉光武帝陵古柏森森，古径幽僻，绿荫掩映，前来凭吊者无不为一代贤帝的丰功伟绩和远见卓识折服。

刘秀在位三十二年，于公元 57 年累死在洛阳南宫批阅奏章的龙案旁，终年六十二岁。这个靠人格魅力聚集天下群雄、聚集天下力量中兴汉室的一代名君，怎能不连同整个东汉王朝载入史册？这个起兵于南阳、初爱于南阳，并对南阳钟情一生的刘秀，怎不让今天的南阳人引以为豪？

纵观刘秀成就霸业的另一面，更可以用“努力”来破题。

刘秀刚出道时，时人很有些瞧他不起，觉得他是个文弱书生而已。刘秀逃难时，周围跟随的人没剩几个，王霸带了几个宾客跟随，路上宾客们也都跑了。刘秀对王霸说：“颍川从我者皆逝，而子独留。努力，疾风知劲草！”这仿佛是说王霸，其实更是对自己的鼓励。

刘秀最仓皇的时候，被王郎用十万户来购买人头，大冬天骑马乱跑，脸都被冻烂了，跑到饶阳的时候，因为饿得太厉害，冒充使者吃白食，被怀疑后，差点死在饶阳，渡过滹沱河后，不知道该往哪里去。忽然遇到一个白衣老头，指着前方说：“努力！信都郡为长安守，去此八十里。”

刘秀后来果然努力，从“单车临河北”仓皇如过街之鼠，到成为统率数十万大军的萧王，历时仅一年时间。

在刘秀的周围聚集着一个优秀人才集团，像前面说到的王霸，还有冯异、邓禹、耿弇、吴汉、寇恂、耿纯、任光、李忠等，他们或出谋划策，或规劝进谏，或扶危救难，或冲锋陷阵，其力量聚集成一股强大的合力，推动着刘秀事业的发展。

这一切说明刘秀是一个有人格魅力的人。他也确实具有凝聚这些人才的能力和魅力。在所有的地方豪强里，刘秀并不是最有权的，也不是最有钱的，但很多人却无怨无悔地跟随他。

刘秀最初跟随大哥刘缜造反的时候，队伍装备相当差，战马少得可怜，常有一些军官为争抢军马而弄得面红耳赤。然而此时的刘秀不仅不去争，还主动让出属于自己的战马。他没有了战马，就把黄牛当坐骑，一点也不为此感到难堪，还一副悠然自得的样子。这便是刘秀——中国历史上独树一帜的“牛背皇帝”。

刘秀是个有胸怀的人。他善待功臣，对仇人也不缺气量，他与朱鲔的一段恩怨就很有代表性。朱鲔原是绿林军将领，更始帝刘玄称帝时，拜为大司马。刘玄杀害刘缜，朱鲔是主谋之一，与刘秀有杀兄之仇。刘秀称帝后，率大军攻打朱鲔镇守的洛阳，三个月没有打下，便派与朱鲔交情不薄的大将岑彭劝降朱鲔。朱鲔料难得到刘秀宽恕，因此顾虑重重。岑彭返回刘秀大营，向刘秀说了朱鲔的心思。刘秀听后淡然一笑说：“欲建大事者，岂能记人小怨？朱将军若肯献城来降，官爵均可保留，何谈诛伐？”还抬手指着黄河说：“我以河水为誓，决不食言！”他说到，也做到了。

刘秀，成大事者也。所以邓禹游学时见到刘秀，看出他是非常之人，才千里迢迢去追赶。割据陇右的西州上将军隗嚣派他的爱将马援前往刘秀营中打探虚实时，马援见到刘秀真人，才会生出那句千古感叹：“天下反覆，盗名字者不可胜数。今见陛下，恢廓大度，同符高祖，乃知帝王自有真也。”

刘秀，疾风知劲草者也。即使在统一天下可以享乐之时，刘秀还不忘努力勤奋。太子刘庄见父亲经常熬夜秉烛诵读，处理朝政，就劝说刘秀：“陛下有禹汤之明，而失黄老养性之福。”儿子的孝心叫刘秀感动，但他却坦然道：“我自乐此，不为疲也。”

一句不经意的话，却道出这位开国皇帝定鼎天下的秘密。

2009 年仲夏的一场大雨后，我又来到南阳汉画馆，想借这千年灵石再次与刘秀和他开创的东汉王朝对话。信步各个展厅，仿佛置身于汉代博大雄浑的历史时空中。鲁迅先生说："唯汉人石刻，气魄深沉雄大。"看那"车骑出行""骑射田猎""斗牛博虎""舞乐百戏""仙人乘鹿""伏羲女娲""风神雨伯""天文景象"，无不为汉代雕刻匠人或艺术家们的大胆想象和绮丽夸张倾倒，无不为汉朝人生活的丰富和优裕惊叹。刘秀一朝的陪都帝乡，蕴藏在盆地中的瑰宝大美，真不愧是现代文化和书画艺术的又一源头。在南阳汉画里，我似乎触摸到了楚风汉韵的灵魂。任何一个钟情于传统文化的文学家、诗人、艺术家要成大器，都不能错过汉朝，也不应错过南阳和汉画。

只是，南阳现在没了帝都之气，像一个破落贵族游走在乡间。如果在入市口塑一刘秀大帝像，再在白河边盖两处亭台，立个碑，一为刘秀"粜米渡口"处，一为阴丽华"浣衣梳洗"处，南阳就有了正宗的"学历"和"名片"，更有了帝乡之名、雄起之威。

白河岸边的五羖大夫

白河，古称淯水。从河南嵩县境内伏牛山玉皇顶的东麓，一路踏歌而来，向着东南。像一位风姿绰约的少妇，到南阳市城区，禁不住要驻足一下，绕城大半后南去，在湖北境内与唐河交汇而入汉江，河南界内总长约 330 公里，流域面积却达 12500 平方公里。茂密的支系水网，五六十万年前就繁衍了中原人类的祖先——南召猿人，迄今，更是孕育了两岸河汉星云般的阡陌村庄、青山绿地与历史名人。历史烟雨中的“五羖大夫”百里奚，就出生在这美丽的白河岸边，用他的人生传奇，抒写着春秋时代那段波谲云诡的故事。

人生七十古来稀。他七十多岁才举市相秦，一相竟使秦成为春秋五霸之一。没有这，秦灭不了六国，战乱仍将继续，那个始皇帝纵有天大的本事，也不能一统天下，以大秦而代华夏，以“天下一帝”傲视群雄。

这是传奇之一。

在那个群雄逐鹿、血流漂杵的社会动荡和大变革时期，“城头变幻大王旗”，他游走于各国与诸侯间，乞讨为生，养牛喂马，行将就木时却拜为大夫。作为人中之杰，本该显摆一番，他却劳作不乘车马，暑热不张伞盖，在都城里行走不用车马随从，不用甲兵护卫。他真是用“五羖大夫”的身份在治国。他洞悉天下，目光敏锐。他相秦期间，内修国政，教化天下，恩泽施于民众；对外，近拢远交，积聚国力。当出尔反尔的晋国有难时，秦穆公想出兵猎取，借机插足中原，以成霸业，他以死相谏："天灾流行，国家代有，救灾恤邻，道也。"要穆公外修道义，以德天下，这就有了历史上著名的"泛舟之役"。他不但救了晋国的百姓，也使秦穆公恩德天下。他劝穆公"三置晋国之君"，力主在没有强大之前，与晋结"秦晋之好"。当他更老时，老得几乎要走不动时，穆公背着他攻晋，却落得全军覆没，他的儿子和另一大夫蹇叔的两个儿子成为战俘。还有，他力主"救荆朝周"，施德诸侯，使八戎来服，成就秦穆公称霸西戎之大业，为后来强秦统一六国奠定牢固基础。无怪一代圣人孔子评论"秦，国虽小，其志大……身举五羖，爵之大夫……"，也无怪百里奚死后，"秦国男女流涕，童子不歌谣，舂者不相杵"。

这是传奇之二。

"百里奚，五羊皮，忆别时，烹伏雌，炊扊扅，今日富贵忘我为！"这是一个古代并不精通音乐的女人唱的琴歌，又称《扊扅歌》。她用一曲哀怨的琴歌，让他相认，抱妻而泣，他没有贵而忘贫，富而弃妻。"糟糠之妻不下堂"的首创者，不是东汉的宋弘，应是春秋时宛人百里奚。想那发妻杜氏，看着她的丈夫三十多岁了还在替人放牛，不忍心丈夫就此碌碌一生，便极力鼓励他外出闯荡一番。临行时，杀了家中唯一一只正在下蛋的母鸡，劈了门闩当柴，真有点破釜沉舟的意味。走了丈夫，毁了门户，妻子只得携子乞讨，或为人做些小活儿。她终于逃荒到了秦国，也终于在水边一群捣衣妇女口中听到她的丈夫已做了秦国上卿，悲喜之泪一下子就涌满眼眶。她先是惊讶于他生命力的顽强，继而发现改变自己命运的机会终于到来。聪明的农妇，应招到他的相府捣衣洗物。终于有一天，相府大兴鼓乐，她便自荐要演一曲琴歌。这像蓄积已久的泪一样汩汩流淌的歌辞，怎能不让人唏嘘不已，泪湿沾襟。几十年了，他完全可以装作不认识她，但他没有，他跌撞着扑向发妻，摘下她伪饰的头巾，一头白发水一样泻下。这一幕合上了，他成了千古贤相，他的发妻也以一首琴歌而留名于世。虽然凄绝哀怨的曲子早已逸失，但歌辞却被清人沈德潜收编在古诗中。据说，古琴从此广播于世。琴身与人身相应，头、颈、肩、腰、尾、足俱全；琴长约三尺六寸五，象征一年三百六十五天的思念；琴面上十三个“琴徽”，象征一年十二个月和一个闰月，仍是思念。

这是传奇之三。

传奇还有很多。譬如他和楚成王关于养牛的对话。楚王问：“饲牛有道乎？”百里奚答：“时其食，恤其力，心与牛而为一。”楚王道：“善哉，子之言！非独牛也，可通于马。”他便做了楚王的马夫，楚国却做了秦国的俘虏，从强而弱，再由弱而灭。

“心与牛而为一”，一句话，大而化之，就可形而上为思想家。以牛推人，以人而推社会，同情体谅，尊人爱人，是不是后来者所力倡的“仁者爱人”？一个社会，如能上下同心、同声相应、同气相求、平等自由、人人相爱，岂不是理想的天府之国、和谐社会？

然而，就是这极富传奇色彩的名相，却生卒年不详，连出生地也有争议。一说他是春秋时楚国宛人，今南阳市人；一说他是虞国人，今山西平陆北人。不说史料、考古论证，就按常理，说百里奚为南阳人，也无可争议。一是他早年家境贫寒，在妻子杀鸡毁家支持下出游列国求仕，历经宋、周、齐等诸侯国，后在流浪途中结识好友蹇叔，并在他的举荐下，做了虞国大夫。晋灭虞，晋献公以媵人（陪嫁之人）送秦，他半路逃跑，不往虞地而奔楚，在楚边境宛地被抓，先养牛，后到南海养马，按那时的条件，他牧牛养马时，如不是恋着家乡，有很多机会可以逃跑。二是自古至今，许多文人骚客在诗词作品中都清楚地抒写着来宛对他的凭吊、纪念。唐代诗人李白在《南都行》中有“陶朱与五羖，名播天壤间”之句，难道自汉以降，这些大家、大师们都忘了历史，瞎写一通？三是南阳古有的百里奚村、百里奚墓（七星冢），以及以他的名字命名的百里奚路俱在，而明清时的石碑、庙祠都有记载。

这些争议，对历史名人的生平考证是必要的。但今天因名人效应而争夺则大可不必。百里奚作为一个古代高寿之人，他求仕的足迹是很广泛的，求仕的生活是非常丰富的。他先仕虞，又入楚，后相秦。我们争的应该是他作为一代贤相留给我们的宝贵精神财富和高尚的人格品德。

我没去过山西平陆，不知道那里的百里奚“故地”如何，我生活的南阳，正宗的百里奚故里，如今，也仅仅剩下一个百里奚村和一条百里奚路而已。年轻人曾好奇：百里奚路？怎么起了个这样的名字？不少人把百里奚写成“百里溪”，认为是百里小溪，或像南阳市的内河梅溪河一样的小河的名字。墓今何在？“百里奚大夫冢”何在？一个土堆或一片未开垦的杂草垃圾集散地而已。庙堂没了，祠堂没了，石碣碑刻没了，我们的凭吊，只能在心里。

实际上，整修百里奚墓花不了几个钱，立个碑，让人知道这里是百里奚墓；再盖几间祠堂，把百里奚和王们的“对策”和“问策”刻下来，镶在门前或墙上，奢侈一点，把百里奚妻子杜氏的塑像和她用过的琴连同她的琴歌一同摆上——当人们来凭吊或拜祭时，就会别有一番味道。

即便没有这些，在心里有就够了，先贤在时，曾不忌讳以“五羖大夫”为名。远去了两千六百多年，又怎在乎一炷香、一束花、一群人的装模作样、贰心别想？站在时间和历史的角度，一个人能留下名字就是力量，无可抗拒的力量。而我，有幸与先贤为邻，北有巍巍伏牛、独山，南有汤汤白河、汉江，上有先贤圣人普照，下有盆地如碗滋养，已甚幸，甚幸。

一个人和一个地方

对于一个心仪的人及一个曾经名动四方的地方，我一直不敢轻易动笔。那是我不曾接触的一个人的心灵世界和人格天地。我唯恐自己愚鲁粗笨的笔力，平庸了邓州，平庸了曾是邓州主人的一代贤相。

但邓州，确曾是个了不起的地方。

仅是北宋一朝，就有国级或副国级的重量级人物来这里任职。武的，文的，把邓州声名远播。赵普、寇準、范仲淹，不但把邓州治得政治清平、民富官廉，而且把一个人的一段历史和一个民族的一段历史相交融，永远嵌在后人的记忆里。这是具有大手笔的时代巨人，更是一个优秀男人对一段岁月、一个地方的卓越贡献。

他或他们，应该在我们注目和敬仰的一个历史章节里，更应该在他们留下的那段故事里，观照现在，也观照、整饬我们自己。

2009 年一个和风细雨的日子，我登上了百花洲，选择了范仲淹。

范仲淹，字希文，苏州吴县(今江苏苏州市)人。北宋时期著名的政治家、军事家、文学家。生于公元 989 年，公元 1052 年病逝于徐州，谥文正，封号国公。官至参知政事(副宰相)。曾知邓州 1162 天，在此主持修建了花洲书院，并写下千古名篇《岳阳楼记》。

就是这位范文正公，文能治国，武能安邦，风雅震骚客，文章传千古。一句“先天下之忧而忧，后天下之乐而乐”成百代名言，让后代为官者奉为圭臬,又让百姓和文人们如望星斗并击节赞叹。

其实,一个人的一生,身在其境时觉得轰轰烈烈、惊天动地,而面对时间和历史,不过是瞬间一闪或两行文字而已。但就这一闪或两行,却具有穿透时空的力量,甚至惊天地而泣鬼神。

中国人传统的大美,君子要有“五德”,我们看看范仲淹的五德。

忠:“宁鸣而死,不默而生。”“理怀当言,死无所避。”哪一句不是千钧之重?不但说了,还要做。他三次遭贬,数次被逐出京城。但为了江山社稷,为了国泰民安,皇城与权力、荣华与富贵似乎与他无关,即使“处江湖之远”,也要“忧其君”。忠心昭昭,可比日月。

孝:入仕后当了一个九品小官,生活刚有所依,就把母亲接到身边赡养侍奉;当了大官,也没有忘记继父;虽在童年时受异姓兄弟奚落、欺负,但这都已过去了,不能忘记的是继父的养育之恩,和在年少的读书生活中,给予自己的支持与帮助。

节:大宋西北边防告急,以兵变起家、深恐兵变的朝廷,在将不识兵、兵不识帅的羸弱军队中,实在难找到一个堪当大任者,皇帝心急如焚,一筹莫展。在国家危急之时,一介书生请命赴难,以剑代笔,点、横、竖、撇,直指强敌;戍边数年,把边陲治理得井然有序,平安无事。狂霸的西夏不得不议和称臣,称有“小范老子”在,再不犯宋,因为他“腹中有数万甲兵”。

勇:一次战役中,他领着儿子,以五千人马偷袭敌人数万雄兵,出奇制胜,以弱击强,这不是勇又是什么?

和:仁义之高境,他理解得精透彻骨。上善若水,柔也能克刚。“浊酒一杯家万里”“将军白发征夫泪”,一首《渔家傲》,把将士们以身许国的英雄气概及忧国思乡的悲凉之情表达得和谐统一。谁说大丈夫无泪?那是有泪不轻弹!范仲淹把“内刚”和“外和”运用得淋漓尽致。他说,那个汉代的李膺虽博得一世清名,却使汉朝很快灭亡。范仲淹看得很准,李膺办事不讲方法,为一件事、一个要求,就磕头撞墙,要死要活,弄得上峰下不了台,事情非但办不好,可能还会搞得更糟。

大智慧者,攻心为上,和谐取胜。

君子五德,范仲淹用人生的大泼墨,书写得神采飞扬、酣畅淋漓,犹如飞瀑直下、银河落地。

现在,我又站在那篇响彻千古的绝唱之下,默念着文正公的"江湖""庙堂"之论,真是佩服得五体投地。为官者,如能学得进退之道、辩证方略,岂会台上耀武扬威、不可一世,台下萎靡如蚁、心灰意冷?更难得者,他能将忠君之情化为爱民之心。一任邓州,就开办讲学堂,修葺览秀亭,建造百花洲,修建春风阁。他不但造福当时,而且祈望邓州的长治久安和百姓的安居乐业。"衔远山,吞长江""北通巫峡,南极潇湘",一个人,如果没有大胸怀、大境界,怎能佳句迭出,光芒永照?岳阳楼只是他的一个凭借,天地以我心才是他的高远气度。

春雨初歇,小荷初露,露珠滚动,如玉如珠;百花洲上,览秀春风。那被春雨濡染的花洲书院格外清新亮丽,岁月也仿佛柔软透亮了许多。想当年,一群学子聆听大师讲书,楚辞、汉赋、唐诗、宋词,如沐春风,文脉的河流一直流到今天的姚雪垠、二月河、周大新,前浪后浪,把邓州冲洗得激情飞扬。往事越千年,书院虽是建了又毁,毁了又建,但一直挺到今天,似乎比时间还要倔,比历史还要强。这,源于它的精神,赖于它的高贵。站在范公像前,不禁肃然,文化的力量,穿透时光,神鬼难挡。范仲淹与邓州,邓州与范仲淹,属于彼此的幸运。邓州因他而骄傲,他因邓州而风流。

一个人和一个地方,能互相辉映,让后人在翻阅那段岁月时频频回首,甚至扼腕、叹息、唏嘘,这实在不是件容易的事情。范仲淹知邓州的短短一任,却做到了。尽管因人而异,评说感怀不一,但面向已逝的,任何的臧否都不重要,重要是一个人和一个地方互相辉映,让人记住并永远留在缅怀和记忆里。

问天下谁是英雄

——由魏延之死想到的

一

仍旧是这千年的月光，照着这一方青山绿水、洞天福地。据传，这里是开天辟地的华夏始祖盘古的出生地；据传，这里是治水英雄大禹治淮锁妖的地方。但千真万确的是，桐柏山在这里崛起，山高林密，溪水潺潺；淮水在这里发源，从这里开始它的漫漫旅程。这里为宛东咽喉，信西屏障。千百年来，这里发生了无数次的战争，也哺育了众多的英雄奇才。春秋时期，掀起滔天巨浪、被历史学家范文澜先生称为“东周时期第一个大战争”的柏举之战（公元前 506 年），吴军奇袭的路线便是桐柏山和大别山之间的“古义阳三关”（即今信阳市南的武阳关、九里关、平靖关）。战争以吴军远征楚并攻陷楚都郢（今湖北江陵）为前期，半年后，秦楚联军会师于稷（今河南桐柏），大败吴军于沂（今河南正阳），结束了这场历史上罕见的历时近一年的远征之战。西晋太安二年（公元 303 年），平氏县（今河南桐柏东）县吏张昌聚众十万反晋，克荆、江、扬、豫、徐诸州，立丘沈为天子，自为相国，中国历史几乎被这半壁江山改写。这里，曾是孕育英雄的地方，而到了三国，简直就是历史的又一片丛林地带，没有朗朗乾坤云开雾散的阳光普照，没有君临天下俯瞰一切的威仪从容,处处是混乱和争逐,时时是逃奔和死亡。小人和英雄并行,阴谋比阳谋有力。以黑暗为背景,与邪恶为邻居的小人们甚至改变着局部的历史。

虽然他是以谋反之罪被诬杀的,但一千七百多年的历史烟云岂能模糊了他的真正形象？择明主、杀韩玄、征西川、守汉中、败郭淮、北伐中原……逢山开路,遇水造桥,这个喝着淮水走出家乡、像桐柏山一样坚硬的汉子,却不明不白地死在自己人的屠刀下。东延的巍巍秦岭,被八百里伏牛山横断,恰似英雄回家的路。英雄不但没有功成名就地回到故乡,却因谋反不忠的罪名而在沉甸甸的历史风雨中徘徊复徘徊,争议又争议。

今夜月圆,今夜月光如水。我又打开厚厚的《三国志》,再次掀开《三国志·蜀书》中属于英雄的那薄薄的一页,往事越千年,我的心真的痛了。痛在从一个家奴成长为震敌卫国的大将军,却不得善终;痛在不是捐躯在为国尽忠的拼杀疆场上,而是倒在自己人背后铺设的暗道上;痛在临死不忘击贼报国却以谋反不忠而落得身死族灭。天理昭昭,奇冤为什么只光顾在一个性格倔强而又不善言辩的武将军身上？我还痛在文臣杨仪的那只脚:一代名将人都死了,连割下的头颅也不放过,还要在滴血的脸庞上踩上几脚,咬着牙骂道:“庸奴,复能作恶不？”这是怎样的仇恨？这又是怎样的狭隘人性？一肚子圣贤书的饱学之士,内心竟阴暗到如此程度。每读到这里,我就不忍卒读。掩卷沉思,难道我们的文化、文明内核出现了问题？人,为什么这么丑陋？人性,为什么这么可恶？自古至今,中国有太多太多的悲剧上演,让我们刻骨地吟诵着“凄凄惨惨戚戚”,但悲剧的背后,我们为什么不痛切地追问一声:为什么？这是为什么？

二

魏延,三国时义阳人。因家境贫寒,以部曲(家奴)之身,跟随刘备南征北战,以累累战功得到刘备的器重赏识而拜将封侯。在刘备病逝、五虎上将相继殒去后,更是伴着诸葛亮多次北伐中原,与强大的曹魏对垒作战,可谓是蜀汉后期一颗匡扶社稷的将星。恰恰就是那个一生谨慎、多谋而不决的诸葛亮,却心存芥蒂地用着他而又防着他;在诸葛亮死后,抗敌的英雄一下子就以叛逆之罪遭到最严厉的惩处,不但自己身首异处,而且三族皆被屠灭。

《三国演义》中有关魏延的完整章节几乎没有,但每次出场的细节都让人揪心。他为了追随失散的刘备,弃刘表,杀韩玄,长沙与旧主相逢,喜泪纵横,不料一出场就似乎注定了一生的悲剧。关云长引魏延来见刘备,诸葛亮喝令刀斧手推下斩之。刘备惊问诸葛亮:"魏延乃有功无罪之人,军师何故欲杀之?"诸葛亮说:"食其禄而杀其主,是不忠也;居其土而献其地,是不义也。吾观魏延脑后有反骨,久后必反,故先斩之,以绝祸根。"魏延一出场,就被诸葛亮定了性,判了死罪。后在刘备的劝说下,诸葛亮虽没立即诛杀他,却指着魏延鼻子警告说:"吾今饶汝性命,汝可尽忠报主,勿生异心;若生异心,我好歹取汝首级。"

看看,这不等于在诸葛亮眼里,魏延已经成了戴罪的囚徒,由死罪改为无期?纵是你今后功劳再大,也是戴罪立功,立功赎罪,早晚将以不忠不义而治罪。

三

再看《三国志·魏延传》中那简短的记述:"魏延字文长,义阳人也。以部曲随先主入蜀,数有战功,迁牙门将军。先主为汉中王,迁治成都,当得重将以镇汉川,众论以为必在张飞,飞亦以心自许。先主乃拔延为督汉中镇远将军,领汉中太守,一军尽惊。先主大会群臣,问延曰:'今委卿以重任,卿居之欲云何?'延对曰:'若曹操举天下而来,请为大王拒之;偏将十万之众至,请为大王吞之。'先主称善,众咸壮其言。"

在当时,汉中是蜀汉最前沿的阵地,得汉中,不仅可争关陇,而且能南蔽巴蜀。正如谋士杨洪对诸葛亮所说:“汉中则益州咽喉,存亡之机会,若无汉中则无蜀矣。”清人顾祖禹也说:“汉中府北瞰关中,南蔽巴蜀,东达襄邓,西控秦陇,形势最重。”曹魏若是占领汉中,将严重威胁巴蜀。刘备让魏延镇守汉中时,蜀汉的五虎上将俱在,有“绝伦超群”的关云长,“雄壮威猛”的张益德,“兼资文武、雄烈过人”的马孟起,“老当益壮”的黄汉升及“智通双全”的赵子龙。刘备不选他人,却独独选了不是五虎上将的魏延,而且把关乎益州安危的国家重任交付于他,这足见其知人善任,并对魏延的忠是绝对信任的。魏延也不负所望,在他镇守汉中的十五年里,曹魏从未越汉中半步。直至蜀汉后期姜维接班诸葛亮调整军事部署,采用诱敌深入之术,最终被魏将钟会长驱直入,导致蜀汉的直接灭亡,后人叹息不已。反观诸葛亮的继承者姜伯约,虽“敏于军事,既有胆义,深解兵意”,但终因其才疏学浅,难堪重负,最后洞开门户被人偷袭,使蜀汉政权在很短时间内即告灭亡。陈寿在《三国志·姜维传》中评曰:“姜维粗有文武,志立功名,而玩众黩旅,明断不周,终致陨毙。老子有云:‘治大国者犹烹小鲜。’况于区区蕞尔,而可屡扰乎哉?”魏延与姜维军事才能之高低,一目了然,可见后人美称为“智圣”的诸葛亮也有识人不智、所托非人之时。更有《三国演义》中家喻户晓的街亭失守、诸葛亮挥泪斩马谡的故事。

我们从魏延与刘备失散,无奈中投韩玄又杀韩玄归属刘备的一系列行动和心路历程中,就可看出他视刘备为谋天下之人,从心仪已久到舍生追随,未有半点含糊和贰心。“良禽择木而栖”,按现代人的观念,所谓弃暗投明也是看准了理想和目标,一生追求到底。他岂能因先主的早逝而背叛他,继而背叛自己出生入死打下的蜀汉江山?

但历史就是那么邪门儿,本来忠的说你不忠,本来奸的却能功成名就。这就是中国两千多年封建社会体制的怪圈。因为话语权、知情权、传播权都在以皇帝为首的一帮近臣幕僚儒士中,他们可说、可记、可传,他们可以混淆视听、颠倒黑白、指鹿为马。而武将大都在朝廷和权力外围,只知保家卫国、血染沙场,以自己的赫赫战功拜将封侯,到头来却被天下已定的主人因受奸佞小人唆使而被处置,所谓“狡兔死,走狗烹”是也。有的主子甚至连脚跟还没站稳,就急着戮杀有功之人。像南宋时宋高宗诛杀岳飞,明末崇祯皇帝凌迟英雄袁崇焕,许许多多,如出一辙。而大奸者却在世逍遥,不少人甚至悠悠老死,像秦桧、蔡京之流。

四

魏延在蜀汉后期的军事行动中,多次随诸葛亮北伐中原,屡立战功,被后主封为前军师、征西大将军、南郑侯,赐予假节,地位仅次于丞相诸葛亮,成为蜀汉晚期最重要的将领之一。

然而,这些重要的职位和光环并没有改变诸葛亮对他的“态度定式”。他的“脑后有反骨,久后必反”的贰臣形象并没有改变,相反,这成为诸葛亮心中的一个痛结。他既用魏延的勇猛过人又压抑他的军事才能。这从建兴五年(公元227年)诸葛亮率蜀汉大军第一次北伐时,魏延献“子午谷之计”而不被诸葛亮采纳即可略见一斑。三国史上“兵出子午、奇袭长安”的军事战略部署是一段历史公案。魏延献出的这个出奇兵方案到底可行不可行呢?按当时的形势,应该是可行的。孙子云:“兵者,诡道也!”又云:“善出奇者,无穷如天地,不竭如江河。”在当时魏强蜀弱的局势下,蜀汉想要以攻为守并战胜强大的魏国,除了出奇制胜,别无他途。而出奇制胜的关键在于选择好进攻时机,把握好进攻对象,从而达到“一招制胜”的目的,而当时的条件正好具备。一是在进攻时机的选择上,在蜀主刘备白帝城托孤后,大部分魏国人认为蜀汉无力进攻魏国,因此边界守备松懈、兵懒将惰。二是在进攻对象的把握上,当时率军镇守长安的是曹操的女婿夏侯楙,此人是曹魏名将夏侯惇之子。但老子英雄并非儿好汉,这个夏侯楙胸无韬略而喜蓄伎纳妾、聚敛钱财,标准的衙内式的纨绔子弟。如果兵出子午,奇袭长安,完全有可能一战而定。可由于诸葛亮的一向小心谨慎，失去了奇袭长安、光复汉室的最好机会。而此计最后却被魏将邓艾利用魏将钟会在剑阁与姜维相持之际，出奇制胜，凭偷越阴平小道之奇谋而一战败蜀，导致了蜀汉的最终灭亡。

诸葛亮是一个伟大的政治家，但不是卓越的军事家，这一点，古来早有定论。如陈寿在《三国志·诸葛亮传》后评论曰："诸葛亮之为相国也，抚百姓，示仪轨，约官职，从权制，开诚心，布公道；尽忠益时者虽仇必赏，犯法怠慢者虽亲必罚……可谓识治之良才，管、萧之亚匹矣。然连年动众，未能成功，盖应变将略，非其所长欤！"此评价真是一语中的，恰当中肯。治国与打仗是截然不同的，治国之道，讲究的是能行"示仪轨，约官职，从权制，开诚心，布公道"之正道，但"运筹帷幄之中，决胜千里之外"的军事行动，则是指挥者的多变谋略和不尽的智慧。诸葛亮一生谨慎，常见其正，不见其奇，所以对魏延的"奇兵突袭"战术思想不能采纳，便不足为奇了。再者，他对魏延心存反感。即使你说得对，我也未必用。所以后人叹息：为什么提出这计策的不是马谡，不是杨仪，不是其他将领，偏偏是你魏延呢？

诸葛亮曾隐居求志数年，虽为丞相，但也是传统文化濡染下培育的一介文人，他能博览群书，胸装天下，但文化人格和健康心理的构建和放射是极其复杂的，甚至是一个混沌的秘密或不可窥探的污海。嫉妒也许在他没有，但你魏延能想出的未必能合我意。况我诸葛亮历来以深通兵法、神机妙算而独压群雄，你一介"脑后有反骨"的武夫，难道能与我孔明争雄？

五

说到底，魏延之悲剧在于中国传统文化基因中当权者的"唯上"和"正统"，当然也有他自己的性格缺陷。

三国魏晋多名士。自汉以降，罢黜百家，独尊儒术，形成了一整套传统的儒家正统思想。魏延先随刘备事刘表，后奔韩玄，又杀主归降刘备。《三国演义》作者借孔明之口,说出了魏延悲剧的根由:"食其禄而杀其主,是不忠也;居其土而献其地,是不义也。"魏延食禄杀主,居土献地,是个"不忠不义"之人,下场是可想而知的。

而魏延本身,确实也有性格缺陷。《三国志·魏延传》曰:"延既善养士卒,勇猛过人,又性矜高,当时皆避下之。"魏延虽然"善养士卒,勇猛过人",但"性矜高",与同僚关系很差。因其桀骜不驯、性格刚猛,大家对其都畏避三分。但自恃才高八斗又深得诸葛亮器重的杨仪却偏不买账。杨仪是文臣,又是书生,他还真有点书生意气:我凭什么就对你这个武夫让三分呢?我是个男人,我也有我的自尊和独立性,难道非得所有人都拍你魏延的马屁不成?我杨仪偏不拍。于是魏延就恨得不得了:你小子居然不把我放在眼里!两个人就形同水火,水火不容到两个人不能坐在一起说话论事,坐在一起说话就要吵,就要争,争吵到激烈的时候魏延就会把刀拔出来,然后在杨仪的脸前比画;直逼得杨仪"泣涕横集",就是哭得眼泪满脸都是,直到参军费祎横坐到他俩中间,规劝说"别吵了,别吵了",让他们走开。一个很有才华的文臣被逼到这种地步,也真是够难堪的。其实,他俩本来没有什么大的矛盾,都只是心高气傲、各自逞能,又互相瞧不起,才积下怨结,发展到后来便潜为仇恨,都欲置对方于死地而后快。正是由于魏延狂妄,杨仪自负,两人在诸葛亮死后,为争夺蜀汉最高军事权及撤军布置而大打出手,导致严重的自相残杀,由个人恩怨变为一场国家灾难。最后,两人互告对方谋反。"一日之中,羽檄交至。"昏庸的后主刘禅搞不清谁对谁错,就问侍中董允、留府长史蒋琬,两位都保证杨仪不会谋反。这就等于定性了:三人之中,三比零,一边倒,你魏延纵有千种解释、万般忠心也枉然。因为众口一词常常成为一种歪曲事实、颠倒是非的灾难,使不明真相者真假难辨,而使受伤害者无话可说,严重的甚至引发社会灾难。况且,董允、蒋琬都是近臣,刘阿斗哪有不信之理。于是,一场个人大悲剧乃至国家大悲剧便发生了。朝廷派蒋琬率皇帝禁卫军北行堵截,行数十里,得知魏延已被杨仪指使的马岱追斩。

魏延的悲剧尘埃落定了。但他是否谋反却众说纷纭。其实,这显然是诸葛亮定位魏延天生“脑后有反骨”的牺牲品。诸葛亮临死时的最高军事秘密会议不让最高的军事统帅参加,而秘密地授权于杨仪、费祎、姜维等人;明知杨仪和魏延有宿怨,水火不容,却让下级去指挥上级,这不是个人恩怨造成的历史悲剧又是什么?纵观诸葛亮出山跟随刘备建立蜀汉政权以来,采取以攻为守战略,为实现个人理想和价值,知其不可为而为之,穷兵黩武,临死还不忘安排一场内部纷争,定下能按自己意愿行事的接班人,而置国家利益于不顾,埋下蜀汉灭亡的隐患。魏延果真有反叛之心吗?正如易中天先生在评魏延是否谋反时所讲:说到魏延谋反,简直不合逻辑。既然撤军布置安排魏延断后,他应在离魏国最近的前线,如果魏延想叛蜀降魏,何不就近向北,而要率军南下呢?也正如陈寿在《三国志·魏延传》传末所言:“原延意不北降魏而南还者,但欲除杀仪等。”颇令人玩味的是,被诸葛亮委以重任的杨仪,在权力欲得不到实现时却说:“往者丞相亡没之际,吾若举军以就魏氏,处世宁当落度如此邪!令人追悔不可复及。”此番话倒是真正告诉了九泉下的孔明先生,到底谁生了反叛之心。

有人说,诸葛亮死了还能治魏延,这是他的又一高明之处。实际上,这是诸葛亮死后又残害了一个人才,又制造了一个悲剧!这不是他的高明,而是他人生的又一败笔!

魏延犯了只会谋事不会谋人的错误。西方价值观取向是向物、向实,而中国价值观取向则是向人、向虚的。也就是说中国讲的是谋人,西方讲的是谋事。魏延不知揣摩孔明的心事,一味在聪明自负的上级面前表现得更聪明,他犯的错和“功高震主”是一个性质的,不吃亏才怪!

六

知人论世,各有所说。魏延有错,但无反骨,死去千载,任由评说。一代赤诚名将固因偏激自傲而有缺陷,但他绝对忠于蜀汉而无叛蜀之心。叱咤风云的大将因性格上的“不协不和”而与心胸狭窄的文士争锋，最终诸葛亮借杨仪之手致其身死族灭、魂飘他乡，年仅五十二岁，这不能不引起我们沉重的思考。

中国的文化精神应该是宽容、大度、忠义、仁爱、光明磊落、勇于担当。但事实上，这些往往构不成社会的感召力，更构不成自我保护力，越是仗义、高贵、耿直越是脆弱；相反，阴暗、狠毒、残暴、诬陷、奸佞、颠倒黑白、混淆是非却在短时间内几乎攻无不克、战无不胜。

中国传统的做人准则，是要人循规蹈矩、按部就班，权势一方永远是正确的，要听话、顺从。谁若越雷池半步，谁就是“出头鸟”，谁就会被淘汰。而一个民族的兴旺发达，却恰恰是需要人人都能创造，事事都要创新的。美国每年的创新项目占世界总量的40%，中国只占1%，原因就是我们的文化基因不选择创新、创造型人才，而只选择循规蹈矩型人才；不是鼓励精英，而是淘汰精英。西方的文化基因则是鼓励人们思想自由，特立独行，标新立异，竞争竞进，它恰恰是要淘汰平庸！

从魏延之死可以想象到，中国的文化基因几千年来淘汰了多少精英，中国因自由创新意识的缺失而失去了多少创新图强的机会！

魏延一生敢说敢为，直率开朗，善于思考，肯动脑筋，作战英勇，善打硬仗，对蜀汉政权的创立和发展起到了非常重要的作用。然而他却死在传统文化的桎梏中，成为历史上一位可歌可泣的悲剧人物。

魏延死后，被葬在自己曾任太守的汉中，有人撰联曰“将殉自相残，西蜀松涛怨诸葛；功埋人共慨，南阳枫火照文长”。我想，魏延之墓绝对不会像诸葛武侯的墓或祠那般，香客如云，苍松翠柏，甚或为名人效应而被争夺。现在，我著文而悲，只能献上心香一瓣，遥远祭拜了……

那一缕魏晋的暗香

——纪念史学家范晔先生逝世1565年

一

那是一个真正的乱世。

从此，古老华夏进入漫长黑暗的大分裂时代，长达二百八十六年。

二百八十六年啊！有多少英雄竞折腰，又有多少无辜的性命死于遍地燃烧的战火之中、混乱的马蹄之下。那时的中国，国家和王朝真像雨后春笋一样，遍地崛起。你方唱罢我登场。以华夏文明为主脉的东晋王朝，被胡骑摧毁，不得不拖着沉重衰败的病体，逃到江南苟延残喘。而中原地带，也在压迫者和反抗者的争杀中，一片血腥。

乱世被杀文人、写出皇皇史学巨著《后汉书》的杰出历史学家范晔，就在这样的历史背景下诞生了。他短暂的登场，虽没有改变中国的历史命运，但却留下一部千古史学绝唱，像一道神秘的史学天光射向青史，为一千六百多年后他的祖籍地，昔日顺阳川、今日之淅川，陡添了一道历史文化的风采。

二

乱世出英雄,太乱的时代却湮没了英雄。

上溯到三国时期,那挥鞭东指的曹操、勇立涛头的孙权、德膺天下的刘备,充盈着多少英雄的气概和光芒。即使军师和谋士,也有诸葛亮、鲁肃、司马懿等,让战争都变得有血有肉。单说武士,就有蜀汉的五虎上将,东吴的周瑜及曹操手下的诸多猛将。那刘、关、张桃园结义更是中国人耳熟能详,关羽甚至被推崇为“义”的化身而入庙成为“武圣”,供后世凭吊敬仰。一时英雄群集。正所谓“国家不幸诗家幸”,那个时代至两晋,还出现了一大批耀眼的文人雅士:曹操、王粲、蔡琰、曹丕、曹植、阮籍、嵇康、潘岳、左思、陆机、郭璞、陶渊明……他们,或播扬过烈烈扬扬的生命意志,或上演过成者王相败者贼寇的竞争悲喜剧,即便是冷僻的陋巷荒陌,也因震慑、崇拜、窥测、兴奋而变得熠熠生辉,光芒四射。陈寿一部《三国志》遍述了那段历史风云;罗贯中一部《三国演义》,让英雄再次回到有血有肉的人间。就是到了曹魏的晚期,统治阶级虽然昏聩、残暴、禁锢视听,但仍有“竹林七贤”的阮籍、嵇康等人,为文人贤士们留下一段山阳聚首的佳话。而到了东晋的末年,到了南朝的刘宋,突然,英雄们相继谢世,新的英雄没有产生的土壤,一刹那,华夏文明的太阳被乌云覆盖,天下一片黑暗。魏晋名士阮籍在河南广武山叹息:“时无英雄,使竖子成名!”其实,那个时代,连真正的“竖子”都没有!那是个什么世界啊,血腥、屠戮、惨无人道、人性泯灭。北中国五胡乱华,遍地草莽起义,一股军队换旗易帅就是一国;一伙人集结在一起,大声一呼,起个名字就是一朝。而偏安一隅、苟延残喘的东晋王朝已腐败透顶,一个个白痴皇帝登基,一个个昏庸暴君出场,最终,政权被它的宰相刘裕篡夺,而成为另一个朝代——南朝宋。刘宋政权短短的六十年寿命中,却上演了九任皇帝七任暴君的人间悲剧。

范晔就是在一个朝代式微和另一个朝代的血腥屠戮中诞生并生活的。

三

他出生于东晋白痴皇帝司马德宗隆安二年，即公元 398 年，顺阳县（今河南淅川县东南原埠口一带，现已淹没在丹江口水库万顷碧波的深水之下）人。出身于一个士族家庭，世代为官宦。从高祖到他父亲范泰，都是朝中重臣和著名学者，范氏家庭以儒学见称，范晔的曾祖父、祖父、父亲都有不少儒学论著和文集传世，可谓诗书传家。受家庭影响，范晔从小好学，更兼天资聪慧，因此尚未成年便以博涉经史、善写文章而颇负盛名，走上仕途后也常以名门之后自律，不断激励自己。

按说，在门阀制度风行、特别重视门第出身的魏晋南北朝时期，出生于这样的名门望族官宦之家，范晔应该会有一个幸福的童年，但事实并非如此。原来，晋代自“永嘉以来，嫡待庶如奴，妻视妾如婢”，嫡庶之别是官僚之家不可逾越的界限，因而也决定了子女的社会身份和以后的仕途。而范晔本人正是庶子，加上母亲不小心把他生在厕所中（很可能属于早产），并且在砖石上碰伤了前额，因而落下个“砖”的小名。据《宋书·范晔传》载，范晔身材不满七尺，比较矮小，体形肥，肤色黑，眉毛胡须也很稀疏。可谓其貌不扬，这可能与他早产有关。他也曾在文章中谦逊地说自己脑子不灵，缺少能言善辩的口才。试想，一个庶出的人，外表丑陋且口拙舌笨，又出生在如此龌龊之处，这就更引起家人的忌讳和反感了。嫡生的哥哥范晏瞧不起他，又特别嫉妒他的才学，就借故骂范晔，认为他是终家破族的祸害。父亲范泰也不太喜欢范晔，从小就把他过继给伯父范弘了。在这样阴郁的家庭气氛下，童年的范晔备受歧视，深深地感到了压抑和苦闷，于是在他年幼的心灵中便埋下反抗叛逆的种子。这些屈辱的童年记忆，也造成了他那种忧愤孤傲、狷介不驯、率性而为、不计后果、为政为文从不甘人后的顽强性格。这种耿直不屈的性格，既为他日后的文史研究带来辉煌的成就，也造成了他仕途坎坷，甚至给他招来杀身之祸。

四

平心而论，除了家庭的嫡庶之分，范晔本人一生的政治遭遇并不险恶。南朝刘宋沿袭魏晋的门第制度，士大夫家族子孙都可直接入仕，范晔的父亲范泰在支持刘宋代晋的过程中，立有大功，深受刘裕的信任，拜为金紫光禄大夫、散骑常侍，是宋武帝刘裕的得力助手。范晔受其父影响，在政治上是支持刘裕的。因此，范晔的从政之路应该是顺畅的。刘宋政权刚建立的公元420年，范晔就应召到皇帝之子彭城王刘义康的府下，为冠军参军，后又转为右军参军。此后十年中，他先后担任过秘书丞、新蔡太守、司徒从事中郎等多种职务。元嘉七年（公元430年），再升任吏部尚书郎。此时，已过不惑之年的范晔性情中自由孤傲的一面开始张扬，但他带着点魏晋风度的举止其实也不能算是直接的政治反抗，而他似乎执意要和彭城王和皇帝过不去，也只能算是一个性情文人生命形态和生活方式上的一种追求和自爱。

改朝换代斗争的残酷他亲睹了，门第制度的不公和偏狭他也领教了，既然没有一方是英雄行为，他也不想去评判谁是谁非。鲜血的教训，门第的歧视，难道一定要用鲜血和生命来再次验证吗？范晔从侍王侍君和前朝文人名士的坟丛中，猛然地领悟到生命的极度卑微和珍贵，什么帝王将相，什么才子佳人，一柄血刃、一把乱火都可能使一切化为乌有。活着，就要以生命的名义索回一点做人的尊严和自由。于是，一段坎坷的仕途开始了，对自由生命追求的隐患在他的行动中暗暗埋下了。

南朝宋文帝刘义隆元嘉九年，即公元432年的冬季，彭城王刘义康的母亲王太妃去世，刘义康把属下的旧僚们都召集到府内帮助料理丧事，范晔作为跟随刘义康的重要旧僚，当然也到场了。但王太妃长居深宫，范晔与其素无交情，他怎么也悲伤不起来，装出一副如丧考妣的悲伤样子去讨好主子，范晔不愿也不想，他只好应付差事。宫廷的丧葬礼仪繁复而冗长，只几天，范晔有些受不住了，临出殡的前一天晚上，轮到他的弟弟范广渊（时任刘义康府祭酒）值班，范晔便邀了一个朋友躲在弟弟屋里一起喝起酒来。酒过三巡，浑身燥热、醉意蒙眬之际，范晔忘乎所以，竟推开窗子，以外面丧礼上的哀乐助兴，边欣赏挽乐边饮酒，喝了个不亦乐乎。东晋和南朝刘宋都可谓乱世，越是乱世越提倡假仁假义的礼教。而礼教中尤重视“孝”。孝的名目和方式到晋时已繁复得无以复加。最惊人的是父母去世时的礼仪，什么三年服丧、三年素食、三年寡欢甚至三年守墓，真诚的哀祭扩充为形式上的虚假和伪饰，让活着的和死了的都长久地受罪，这已与子女对父母的实际感情没什么关系。但是，这最不该的虚假却是至理要节、名分礼仪，谁无视谁就要付出惨重的代价。范晔伴着挽乐饮酒助兴这件大逆不道的事情传了出去，刘义康异常恼怒，便告知皇兄，只几天，宋文帝就把范晔从首都建康（南京）贬到了安徽宣城。

这是范晔真性情和文人性格的流露，但在仕途上，从此就要付出惨痛的代价。

除了对礼教的轻慢和对虚假的抵抗，范晔对待皇帝的态度，更是让世人瞠目。

对历代中国人来说，垂涎朝廷、亲近官场、受宠于皇帝，简直比“洞房花烛夜，金榜题名时”还要快乐。而范晔给予皇帝的却是一种决绝的洒脱和追求自我个性的高洁。这在当时和后世都是让人匪夷所思的事情。

那是范晔在京还没有遭贬的一个春天，宋文帝刘义隆听说范晔擅长琵琶演奏，很想亲自听听，虽屡次向他暗示，范晔却假装糊涂，始终不肯为皇帝演奏。宋文帝无法，只好在一次春祭后的宴会上直接向范晔提出请求，说：“我想唱一首歌，你可以替我伴奏吗？”一个皇帝，话都说到这个份儿上了，范晔推辞不过，只好奉旨抱起琵琶弹奏了一曲。

宋文帝刚唱完，他立即停止了演奏，皇帝想再听一曲，范晔竟放下琵琶离台，不肯多弹一曲一音。大概此时范晔联想到熟悉的《史记》中，那战国时赵王为秦王奏瑟，而秦王又被迫为赵王击缶的故事。他感到自己现在像优伶一样为皇帝伴奏，丢弃了清高的人格。于是，倔强孤傲的性格使他放下了手中的琵琶。这一放使宋文帝极不高兴，而这一不高兴，也预示了一代才子终将被杀的悲剧结局。

让时光倒回到大唐，“诗仙”李白写下“安能摧眉折腰事权贵，使我不得开心颜”，但这也只是在诗中的流露。虽有传说中有狂傲的李白曾让贵妃杨玉环捧砚、让宰相杨国忠磨墨脱靴之故事，但我敢断言，这是后世文人的虚狂想象。因为有李白奉诏的《清平调》三首，把杨贵妃写成前无古人、后无来者的绝代佳人，他是肯定不敢让皇帝的爱妃和近臣捧砚磨墨的。虽有诗友杜甫的“李白斗酒诗百篇，长安市上酒家眠。天子呼来不上船，自称臣是酒中仙”，这也只能是文人互捧的溢美之词，哪个敢真真儿地在皇帝面前不听召唤，连皇帝想多听一首曲子的面子都不给？

但范晔敢，而且真真儿地就在皇帝身边、在王公大臣们的眼前上演了这一幕。这是恃才的范晔，这是文人范晔，这是古顺阳（南阳）人范晔！一曲终了，魏晋遗风尽现，壮哉！

五

率性认真、恃才傲物、意气用事、由着自己性子来的范晔，对皇帝、太妃尚且如此，他的被贬是注定的，只是早晚之事。但任何事情都蕴藏着多种玄机，在不同的价值判断里有着不同的结果，成就着一个人在历史时空里的不同评判和地位。被贬谪到宣城的范晔，在郁郁寡欢中亮出他的又一利剑——博学多识，他把目光投向了经史研究。

在逆境中奋起，在文史哲研究和文艺创作中寄托悲情幽思，张扬自己无与伦比的才智，从而展示才华，显示自己的人生价值，是中国历代失意才子的优良传统。左丘明双目失明而著《国语》，屈原被黜流放而赋《离骚》，司马迁受宫刑而撰《史记》，等等。被贬刺激了范晔，被贬也成就了范晔，三十五岁的范晔开始了宣城的史学研究，开始了《后汉书》的编撰。他要以个人之力，编撰出一部点评古人、警启来者的后汉史来。

而在范晔《后汉书》成书之前，有关东汉历史的史学著作，已经问世了不下十部。要在历史真实的基础上，展现自己对历史的深刻理解和独到发现，去伪存真，记事详赡，臧否公允，议论卓绝，超越前辈诸家，体现“欲因事就卷内发论，以正一代得失”的著史思想，从而一史定音，那必然是要下大功夫和具有超常智慧的。

这，范晔又做到了。

宣城任上六年，范晔不携眷属妻妾，谢绝交游宾朋，青灯孤影，只留书童陪伴相助。白天处理公务，晚上直至翌日黎明，他都遨游在始自光武帝刘秀南阳起兵推翻新莽（公元 25 年）、终于汉献帝被逼禅位于魏文帝曹丕（公元 220 年）的历史事件和人物风云中。他以东汉刘珍等奉命官修的《东观汉记》为基础史料依据，以华峤《汉后书》为主要蓝本，继承司马迁和班固述史治学的精神和成功经验，并博采各家之长，删繁补缺，整齐故事，序记赞评。历时多年，终于编著出洋洋百卷，详细记载了东汉一百九十六年风云变幻、血雨腥风的历史。虽有“十志”因与谢俨一起被杀而未竟，但留下的“十纪”“八十列传”已奠定了《后汉书》的史学地位。唐以前最受后人推崇的所谓史书“前四史”，即《史记》《汉书》《三国志》和范晔的《后汉书》。而东汉史书自范晔《后汉书》既出，由于见识高明、叙事周密、文笔优美、议论纵放，自唐以后，诸家后汉史书尽被淘汰，相继散亡。而《后汉书》成为我们今天研究东汉历史的唯一的一部正史，可谓一史定学界。

范晔成就了《后汉书》，被贬宣城成就了范晔。他因文人性格，在官运亨通的仕途上绊了一脚，才气冲天而又孤愤难抑，那就擦把脸，喘口气，和历史对话吧。他不知道，此时此刻，他已经完成了一场永载史册的突围,成就了南朝又一历史文化名人,并将以屈指可数的一部史学杰作与继往开来的后世进行一次壮丽的对话。

六

木秀于林,风必摧之。在中国这个中庸的国度,太优秀太卓越必是一把双刃剑,能削平敌人,也能损伤自己。精通经史的范晔几乎是一位文艺全才,能文,能诗,能书,通晓音律,能自曲自演。据《宋书·范晔传》记载,他"性精微,有思致(有思想和情调),触类多善,衣裳器服,莫不增损制度,世人皆法学之"。也就是说,范晔性情精专细致,风度儒雅,在当时社会上名声很大,相当于今天的公众人物,拥有众多粉丝。加上成功地编撰了《后汉书》,宋文帝比较喜欢他的弹奏又偏爱他的文才,而使他在政坛上东山再起,先是擢升为扬州长史,后又提升为禁军左卫将军、太子詹事,位高名显。这在有着文人相轻传统的士大夫社会中,自然会招致一帮奸邪小人的嫉妒和谗毁。而南朝刘宋政权虽偏安一隅,却恪守腐儒文化,任凭寄身要职的一群庸人对一个优秀人才诋毁和攻讦。他们嫉恨他的才能,更怕他再受到皇帝的恩宠而挤开自己,便串通一气,想方设法排挤他、打击他,甚至暗中陷害他。像工于心计的右卫将军沈演之,像见风使舵的小人徐湛之,还有在朝廷担任要职的庾炳之、何尚之、羊玄保等人。他们中任何一人都可对心地纯洁善良而又不善于政治斗争的范晔加以极大的伤害,更何况一伙人联手。而锋芒毕露、疾恶如仇、不懂得如何保护自己的范晔,岂能不在布满杀机的官场落入陷阱?

有时,我们也许会幻想一个时代要是出现几个闪耀世界的重量级人物,应该是他所处时代的无上骄傲,他周围的人一定会小心地珍惜他,虔诚地仰望他,在生出敬畏的同时弥补自己缺失的追求和无力攀登高峰的遗憾,而不去麻烦骚扰他。但事实恰恰相反,中国世俗社会的机制和人性的弱点非常奇特,它表面上为一位名人或英雄人物的出现鼓掌喝彩,暗地里却拒绝他、诋毁他、糟践他,起哄式的传扬瞬间转化为起哄式的贬损:“看,就你小子能,鲜花和掌声都叫你占了,我要是遇上你,不砸你黑砖或打你两闷棍才怪呢。”自卑与狡黠的小人心态让时代鲜有真正的侠士,以及拥戴英雄或名人的气度。

范晔的成功和他的社会名气注定了他要招致杀身之祸。

在范晔被杀以前,让我们掀开刘宋朝廷的一角,看看皇位之争的所谓正义与非正义。

刘宋开国皇帝刘裕在东晋安帝义熙十四年,即公元 418 年毒死了白痴皇帝司马德宗,立他的弟弟司马德文,也就是恭帝继位。两年后,又把恭帝罢黜并杀掉。这种杀戮从刘裕开始成为一种传统,亡国失位的君主和皇族像不祥的乌鸦一样,必须全部扑灭。

刘裕只当了三年皇帝便死掉了,他的儿子刘义符坐上了皇位,这个虽年少却很荒淫暴虐的少帝,在位不到两年即被托孤的大臣们罢黜且杀掉。继任的是他弟弟刘义隆,即文帝。文帝在众兄弟中“脱颖而出”登上皇帝宝座,他时常有如履薄冰之感:老子篡位,兄长被杀,那自己可得小心,不但要防大臣谋反,更得提防兄弟反目、觊觎王位。

说来也巧,文帝元嘉二十一年(公元 444 年)时,朝中有位名叫孔熙先的人,当年刘义康曾救过他父亲一命,为了报恩,孔熙先竟鼓搀刘义康找机会杀掉宋文帝自立为帝。为网罗更多的人帮忙,他看中了范晔。因为当时范晔不但掌握禁军,而且有盛名,又曾在刘义康部下为官多年,交情很深;而刘义康也为宣城之贬,多次向范晔表达歉意,双方已取得谅解。于是孔熙先事先联络了范晔的外甥谢综,又让谢综去联系范晔,希望范晔像父亲范泰支持刘宋代晋一样,事成后封官拜相,成就一番大业。开始,深明春秋大义、对历史上无数筹划谋反的乱臣贼子绝无好下场的历史教训谨记于心的范晔,一再表示不愿参加,并规劝他们不要有弑君夺位之野心。但他们不死心,通过各种方法拉拢范晔,并用当年朝廷嫌他是庶出又其貌不扬曾拒绝联姻之事相激,证明皇帝其实并不真正信任他。大概人性中都有励志向上攀升以证明自己力量的成分，才高八斗的范晔难逃人性中的权欲和好强心。他想到皇上的喜怒，想到因皇帝不明而受到同僚的挤兑和中伤，考虑到自己的未来，加上事成之后丞相高位的诱惑，一个一向以治史为鉴的聪明人干下了天下最蠢的事，在没有经过缜密思考和准备的前提下，甚至连刘义康本人还不详知的情况下，一群好事者竟怂恿范晔以刘义康的名义起草了宫廷政变宣言。正如俗语所说："秀才造反，三年不成。"可笑的是，这样重大的政变，这帮成事不足败事有余的文人，不但策划漏洞百出，而且毫无保密意识。这年十一月，一向妒忌范晔才名的刘义康部下徐湛之向宋文帝告密，并出于积怨和私恨，一口咬定范晔是这场未遂政变的主谋。于是，范晔作为首犯被捕下狱。宋文帝刘义隆因惜才而亲自审问。范晔从容而答："我辜负了国家，自知罪孽深重，甘受诛死。"文帝就定了他的死罪。元嘉二十二年十二月，也即公元446年1月，在南京数九隆冬的寒风苦雨中，一代才子、史学家范晔从容赴死，走完了他注定悲剧的一生，年仅四十八岁。

七

范晔因在那样的王朝中谋反被定下大罪，自知罪不容诛，回天乏术，只好引颈受戮。在等候处决的日子里他最为挂念的不是别的，而是自己的心血之作《后汉书》的命运。他担心后人可能不会正确理解自己，而使《后汉书》湮没不传，为此他给几位外甥和侄子写了一封信，希望借此把自己的想法和《后汉书》传布于世，这就是有名的《狱中与诸甥侄书》。

这是一封很长的书信，他在信中对《后汉书》进行了自我评价，当中有些话很是伤感，"无情未必真豪杰"，男人如此，优秀男人更是如此。信的部分内容翻译成现代文大致如下：

我因一时糊涂而误入歧途，懊悔不已，不该因疏狂放肆而遭杀身之祸，而且连累了不少家人，倍感不安和歉疚。我这个人生来脑子就笨，也不勤奋，稍微用些精力便觉得头昏脑涨，而且口才也不好，所以成熟得较晚。

但我对《后汉书》的撰写还是十分用心和谨慎的，自认为对研究历史的心得体会也是有启发意义的，对于治史，我的观点是：欲因事就卷内发论，以正一代得失。

我著《后汉书》，内容广博宏富不一定比得上他（指著《汉书》的班固）；但史料的处理和编纂体例的创新，我就不一定比之有愧。我所著的各种传论，都含有精深的意蕴，至于《循吏》以下及《六夷》诸篇序论，更是笔势纵博自如，实在是天下少有的奇妙文章。其中那些切中时弊的文字，往往不逊色于贾谊的《过秦论》。所以我将《后汉书》与《汉书》作过比较，实在不感到惭愧。

《后汉书》里的论赞，应当说特别体现了我的见解和思想，几乎没有一个字是多余的，文字变化无穷，同是议论文字内容却各不相同，以至我自己也不知道应该怎样来称许它。这书刊行以后，一定会获得知音赞赏的。

《后汉书》规模宏大，思虑精密，自古以来没有哪一家能做到这样。因为怕世人贵古贱今，不一定能了解详细，所以就恣意狂言自夸自吹了一通。

范晔对《后汉书》这些情不自禁、不加掩饰，甚至有点狂妄自大的言论，是可以理解的。首先，《后汉书》的确是一部极有成就的史学巨著，在不少方面超越了《汉书》甚至《史记》，范晔对此充满自信；其次，正如范晔意识到的，中国自古总有贵古贱今的传统思维模式，自己身陷囹圄，不日被杀，人一死，关于自己心血之作的种种想法如果不写出来，恐怕以后就很少有人能够理解了，所以这才迫不及待地倾诉，即便被人误以为张狂自夸，也要一吐为快；最后，书信开头对他自己的天资和才能已作了一番开诚布公的低调宣示，通过贬个人，褒史著，多少减弱了人们的反感。看来,范晔关心后人对《后汉书》的评价,远远超过了其对自己个人的评价,他把《后汉书》看得比自己的生命还重要。

在狱中,范晔除了写给外甥侄子们一封遗书,也依照文人惯例,写下了一首十四行的五言绝命诗,大意是:

是祸是福本来就没有事先的征兆,
每个人的生命最后都要走向极限。
生前的命运既然已注定无可更改,
谁又有能力去延缓哪怕片刻时间?
既往人生的一切当然都历历在目,
来世因缘的图景如何却无法知晓!
到头来君子与小人总归埋入黄土,
又何必去分辨为人的正直与奸邪!
说什么死后葬于高高的东陵之上,
我宁肯寻往首阳山与伯夷叔齐为伴。
我虽没有嵇康的古琴演奏《广陵散》,
却能像夏侯玄那样镇定神色不变。
这些遗言留给好歹活下来的子孙,
我就要远行与心仪已久的古人相见。

写下了《狱中与诸甥侄书》,痛赋了绝命诗,一代才华卓著的文人雅士将要从容赴死。

你看范晔与外甥谢综的奔赴刑场——那简直就是一篇精致的小说或一幕精彩的戏剧。

范晔与谢综身戴木枷,被前后一群兵丁押着。从大狱到刑场,还有一段路程,腊月的寒风吹乱了范晔的花发,凌乱而飘逸;年轻的谢综步履镇定,一副视死如归的样子。看着年轻英俊的谢综,范晔惋惜而又心痛地开玩笑道:“今日赴刑场,谁应该走在最前面?”谢综笑着答道:“当然是你这位‘贼帅’舅舅占先了。”他们说笑着来到刑场,一群刀斧手已束腰持刀,个个膘满身肥,膀大腰圆,满脸杀气。

范晔平静地问外甥:“行刑的时间怎么还没到?”谢综答说:“快了,你没看断头饭已端上,估计差不多就要到了。”接着他们开始吃饭。范晔像无事人一样大口地吃着,还不停地劝外甥多吃点。谢综说:“舅舅你这样就像个病人一样,不要强迫人吃饭好不好?”

又过了一会儿,家人和看客都陆续赶到刑场。范晔扬脸闭上双眼,一任寒冷的风从脸上呼呼而过。

妻子来了,生母来了,范晔承受着生死离别的痛和无法解释的沉默。妹妹来与他告别,他终于忍不住了,突然难过得声泪俱下,呜咽如雨,痛若寒风吹彻。幽默调皮的谢综看着舅舅难过的样子,突然记起舅舅那首临终诗中的话,讥讽地劝他说:“舅舅,你现在可没有夏侯玄将军临刑时那种镇定的神色哩!”范晔忍住了哭,强颜而笑:“舅舅不哭,再过二十年,舅舅仍和你抚琴和唱,只是,嵇康临刑仍弹一曲《广陵散》,我的音乐怕是没有传人了。”

凄风中,范晔和他的儿子范蔼、范遥、范叔蒌,弟弟范广渊,外甥谢综、谢纬等一同被斩首。只有孙子范鲁连(范蔼之子)因其母是公主之女,按律获特赦保全一命,算是为范晔留下了一脉香火。

那一天,是公元446年最阴冷的一天。

八

中国历史上有一个传统,那就是“以成败论英雄”。古往今来,历代封建高层统治者为争夺帝位的血腥斗争可谓不可胜数,他们之间的权力之争,本无所谓正义与邪恶、进步与反动,参与者成功了就是开国之勋,加官晋爵,失败了则成为乱臣贼子,被杀头抄家。如果刘义康争夺其兄刘义隆的帝位最后真的成功了,范晔自然就不会落到这般身败名裂的下场,历史对他的评价又另当别论。

实际上，到了刘义隆第三次北伐失败的次年（公元453年），他被他的儿子刘劭弑杀，与范晔被杀只相差七年！其实，刘义隆也真算不上一个英明的君王，他从小生长在女人围绕的深宫之中，一生可以圈点的大事便是遥控指挥了三次北伐，只是三次皆失败。不但没有收复失地，而且连年战争，从黄河到长江，纵深千里，只有断瓦残垣，而无人迹，燕子从南方归来，都找不到旧巢。而北方的北魏军团，则把愤怒发泄到战区那些没来得及逃走的农民身上，男人全部杀光，女人全掳掠北去，对婴孩儿童，就用槊矛刺穿肚肠，举到空中盘旋舞动，当作游戏。

历史不能假设。一个特立独行的文化人选择一种别样的生命方式，或稍清醒地看透了一点东西，那个时代或那个王朝就会有多种罪名置他于死地，能够解救他、为他辩护的人却很难找到。对他的死，大家都十分漠然，也许有段时间曾成为谈资，甚至会成为小人向主子讨好献媚的反面材料。所以，在古代中国，文化名人的成批被杀或杀人禁口的事例比比皆是，这是政权高压下社会的悲哀，还是人性中良知泯灭的悲哀？

文化名人和庸常人一样，刀光下咔嚓一声就可身首异处，他们的声音没有了，甚至连他们的文章也没有了。但被压制的东西就像野草，冷不丁，它又会在石缝或荒原上长出来，野火烧不尽，春风吹又生。

历史曾有过他们，是中国历史的幸运；人群中有过他们，是生命之花最美丽的绽放。范晔死了，《后汉书》缺失的也难以弥补，但一种文化人格或者一种文明的成果就是从这不合时宜抑或是在血与火的洗礼中迸射出的，它必将灿烂而久远。

母亲在我的书房中

人是种奇怪的动物，留在身边的总是不知道珍惜，而当失去或将要失去时，又痛心地想挽留甚至占有，包括感情。父亲离我而去已有多个年头了。他在时，像乡下最普通的劳动者一样，他的身影时常被掩在四季的庄稼地里。他瘦小的坚硬的身体曾是我们兄弟姊妹五人的山。如今，山随一缕天堂之风轻轻去了，而且再也唤不回了。每当看到书房中父亲生前唯一的照片，想起自己曾经的粗心，我的心都快要碎了，多少次禁不住泪流满面。

想想生命竟是如此脆弱，一天没见，或者是刚通过电话，甚至是一转身、一眨眼，那个鲜活生动的身影就不见了，想再次打捞他，就只能是想象和记忆了。

父亲走了，却把母亲送来了，就在我的书房中。

她已是八十八岁高龄，她不识字，甚至没有名字。未出嫁时，家人和庄上人叫她大妮；嫁给父亲后，长辈称她王女或王姑娘，别人因辈分叫她嫂子、花婶、花奶或花姥。直到我的大哥初中毕业填写个人履历表时，母亲才有了一个"名字"：乔王氏。

就是这样一个连名字都没有的沧桑老人，如今却在我的书房中，与书为伍。书围在她的四周，书展在她的眼前，她不知道这么多的书能干啥；她更不知道，这成架成堆的书何时能读完。她用陌生或惊异的目光打量着它们，有一些图案她也会凑近前去看看、摸摸。我发现，母亲一走进书房，脚步总是轻了许多，面容也都慈祥了许多。她每天蹒跚着来到书架前，用最干净的抹布擦拭着我的书架和书桌，那样用心，那样细致！

她不识字，但她知道，她的儿子老坐在这一堆堆书前，一坐就是半天甚至一夜。既然儿子喜欢它们，母亲就得好好护着。她想，这或许就是儿子在城里耕种土地和侍弄庄稼的家什吧。她的一生都离不开劳动和农具，儿子是个读书人，书，肯定是他的牛或马，或劳动用的锄头或镰刀什么的。

母亲很少说话，却时常在我离去时偷偷把我看的书合上或摆放得整齐些。为此，我多次让她不要动我看的书，甚至还对她发了脾气，过后想想或许伤了母亲的心。她整理书，就像她劳动后整理农具，一定要擦拭干净，放到合适的位置，一不让它们锈蚀，二不让它们受到碰撞或损伤。这个季节不用了，就让它们也休息休息，到下一个季节用时，保持锋利。母亲在用她多年甚至一生的生活经验呵护着我的书，呵护着她的儿子，她的儿子却不懂啊！

不懂母亲心的儿子让不识字的母亲住在书房中，让一堆堆无语的书和沉默陪伴着她，我被这城市底层的生活噎得泪水汪汪。因为这个时代的一介书生，几近一个废人，方方正正地生活和工作，挣的也只够糊口养家而已。自己居无定所，安顿不着，母亲就一直在乡下的大哥、二哥家轮流吃住。直到父亲去世后，我才把十几年来省吃俭用的全部血汗钱倾囊而出，换回了一套悬在空中的三居室。我们夫妇一间，女儿需要一间，接母亲来住时，她就只能和我的书为伴了。书是我的另一个世界，母亲在我的书房中呵护着我的另一个世界。有家，有书，有母亲，我很幸福。

书如母亲的奶水，就这样在依偎和吮吸中进入我的生命和灵魂。当我在深夜打开某一本书时，大师们总是在一个眨眼的瞬间，让我眼前突然一亮，心中某个角落亮了，精神的某个角落也就亮了。我从那蝌蚪般游动的文字中，与大师们的心灵幽会，沉思、焦虑，在一个晚上或一个黎明时分顿悟、狂喜、澄明，像阳光照着水草，空气融着养分，像春水一般滋润。

而我孩童时在哭声中吮吸母亲的乳汁，母亲也像书一样，毫不吝啬地把怀敞开，田间地头上，蓝天白云下，飘香的庄稼扇动田野的风，我伴着母亲轻轻的拍打入睡，睡在干净的土地上，踏实而安详。我是母亲最小的儿子，是我吸干了母亲最后的乳汁，所以，母亲就老了。她的身体变得佝偻而矮小，体重也在一天天降下去，那刀刻般的皱纹却像海，深邃而博大。她每天轻拂着她一个字也不认识的书，如同抚摩儿女们小时候的黑发，从涉过的日子里回望着一个个长大的身影和她青春已逝的岁月。这正如一本厚重的书，虽无声，却蕴藏着作者们最善良、最纯净的温暖和昭示。如水，如氧，如虹，如星，如月，如细雨，如冬日的炉火，如黑夜中的灯盏，如寒冷冬夜中母亲一声熟悉的吆喊和回家吃饭的匆匆脚步。

如果大雁还在/小雁才会感到幸福

如果父母还在/儿女才会感到幸福

……

我已被幸福和温暖包围了，八十多岁高龄的母亲，就在我的书房中。

生活比叙述更精彩。有家，有书，有母亲，我还奢望什么？

乡下母亲

母亲今年已是八十八岁高龄,仍在村头的树荫下和我家老屋前后的菜地边蹒跚着。二哥来电话说,母亲的耳力已不如过去,背也越来越驼,还不时唠叨着她死后的棺材是用柏木的还是用杂木的。二哥问我是不是人将老时会有预感,我苦涩地笑笑说,哪会呢。可心里也实在没底。生命都会衰老、死亡,生老病死,自然规律。但面对母亲,哪个儿女不愿她们永远长寿,即便我们也已进入垂垂暮年。

我是我们兄弟姊妹中最小的,已进入知天命之年。母亲在我那儿住时,每下班回家,一进屋我就大喊一声:“妈,我回来了。”那种撒娇,那种惬意,真是世间无与伦比的幸福。不少作家在文章中写道:母亲在,家就在。有家就踏实,心就宽松,觉也睡得安稳。也有人说,父母在,不会老。按心理学的精神分析,确有道理。因为父母是儿女面对死亡的心理缓冲剂、挡箭牌,他们在,儿女怎会老呢?又怎敢老呢?

又是一个母亲节将至,有报社让写篇关于母亲的文章,我欣然同意。虽然之前我已写过关于母亲的文章——《永远的母亲》和《母亲在我的书房中》。

我把《母亲在我的书房中》收入我的作品集,二哥来时我让他带回老家几本。回去后,二哥给了母亲一本,说上面有富玉(我小时的名字)写你的文章和你的照片。母亲不识字,我不知道她接过书时的表情和心境。但我想，母亲肯定是兴奋和自豪的。一个曾缠过脚的童养媳，一个若不是儿子进城一辈子都在围着锅台、田地转的乡下女人，怎会想到这辈子还能上书，还有大大的照片印在上面？我想，母亲那晚一定是把那书摸了又摸，然后轻轻地放在枕边，甚至是拥书而眠的。

又一个清明至，我带着全家给父亲上坟，晚饭后，我来到母亲的床前。在母亲的床头，我看到除了一些点心、保护心脏和降压的药，最干净的一块绒布上，放的是我的那本书。我悄悄拿过来翻看，印有母亲照片的那页前夹着一根火柴棒，书页右边沿中间有水浸破的痕迹，这肯定是母亲的唾液所致。有我照片的地方也是如此。乡下住屋暗黑且潮湿，书和照片已有些泛黄，但我分明看到，有母亲照片、写母亲文字的页面格外浓重。

几千年的皇权、男权，中国传统妇女的封建和矜持依然，母亲自不必说。母亲肯定是在没人看见的时候，或更深夜静时，偷偷翻看或抚摩着她儿子的照片；每抚摩一次，她就想起曾经轻抚过的儿子的脸。她在回顾自己也在想念儿子。她肯定无数次在心里默念：这是我最疼的小儿啊，他会写书，他是个识文断字的人。想到这儿，一辈子的辛劳、一辈子的磨难连同晚年的寂寞也都值了。然后母亲肯定是慢慢地合上书，慢慢地笑着进入梦乡。白天坐在门前村口，也许有人问她：想儿子不？她回答："儿子在城里忙啊，他要写书，还有很多很多的事，不想他，不想他……"可说着说着，母亲的泪水就流了下来，她忙遮掩着，说，看这风，还让人流泪呢。

这就是我的慈爱的母亲，生养了我们兄弟姊妹五人，一生把苦难和土地、劳动搅和在一起，又把生命和岁月分送给众多的子女和亲人们，已失去老伴儿多年的一个默默付出的乡下母亲。和她身旁的土地一样，她不想说什么，也不会说什么，但我却觉得很沉很沉。一个风吹，一片云彩，一阵雷雨，我的目光就会不由自主地抵达一个方向：我母亲的方向。我的童年时代、少年时代、青年时代，都丢在母亲身边的——我的乡下，我的庭院，我的小屋，我的源头！

唐代诗人孟郊《游子吟》中的“慈母手中线,游子身上衣。临行密密缝,意恐迟迟归”,倾吐了天下所有母亲的心声。

但母亲是会老的,更是会死的。正如女作家毕淑敏呼吁的:孝不能等,谁等,谁就会后悔终生。趁母亲还健在,趁我们还来得及,赶紧尽孝吧。几日前去外地,母亲节还没到,许多商店、公共场所都早早挂出了向母亲们致敬的标语,并以优惠购物让人们向母亲们尽孝,他们的真诚让人感怀。只是我乡下的母亲,已背佝、耳聋、眼钝,一天天矮小、衰老,风烛残年,任由岁月切割,我却无能为力……无能为力啊!

桌面上的父亲

如果存在上帝的话，神灵想必会为农村的衰败、农人物质和精神的分裂、单纯为活着而近乎死守古风的停滞而释放大慈大悲。然而，真的是没有上帝和神灵，不然，我父辈们的目光为什么都那样黯淡呢！

父亲去世十多年了，按照我们那儿的习俗，一个人过了十周年忌日，就算彻底消失了。父亲在世时，我为他没有留下半句文字，而今，父亲完全消失了，我却把他的照片放大摆在我的书桌、办公桌乃至电脑的桌面上。这，仅仅是为了怀念吗？

这张照片大概是在 20 世纪末父亲去世前的一两年拍摄的。照片中的父亲坐在菜地里祖坟的旁边。深蓝色上衣是我大学时代淘汰下来的涤卡中山装，沾满泥土的黑裤像是土布做的，一双破旧的黄球鞋没能遮住一个农人一贯的裸脚。父亲口中吧嗒着一袋旱烟，正燃着的青烟从他的嘴角掠过。眼睛无神却很慈祥，脸庞清瘦却透着善良。他的身旁是日常种菜卖菜的农具家什，诸如锄头、镰刀、菜耙子、卖菜的挑子和菜篮子等。

他的身后是我爷奶合墓的大坟，住屋就搭在祖坟间闲散的空地上。屋子建在祖坟旁，是在给祖辈守墓还是让祖辈庇护，父亲没说。我从城里回去，当初有些诧异，但习惯了，觉得在村外结庐为舍，守坟为家，白天树荫如穹，晚上清风明月，倒也清静自然。

照片中簇拥着父亲的有一片秋菊，它们用力地盛开着，洁白如雪。照片是我照的，我无意间选择让父亲坐在秋天坟场的秋菊里，是带给父亲一两年后就逝去的宿命，还是父亲一生的清苦如这顽强释放的菊香与我的内心契合着？这神秘我不知道。但坟、白菊、七十多岁的父亲，都是与落叶、晚秋凄衰相映甚或与死亡关联的景象，却被我无知地选入画面中，并定格为永恒。虽然我没有孽想和孽行，但这无意，却成了父亲死后我心中的隐痛，直到现在。

我期盼着与父亲对话，期盼着黄土中的父亲在那界耐心地等我。那时，我将像儿时一般，跪在父亲的脚下，抠着他脚趾间的泥土，感受着他吐出的带着浓烈呛人气味的土烟从我脸上轻轻滑过。

可我能回到故乡，回到父亲身旁吗？

父亲一生在故乡的土地上，耕种着一茬又一茬的庄稼，期盼着一季又一季的春光。爱抚土地就像爱抚我们兄弟姊妹五人，侍弄庄稼就像分节分段地给我们讲述做人的道理。泥土亲近他，时常用细碎的尘埃围满他的周身，阳光下，父亲把衣裳轻轻拍打一下，尘土就会腾腾而起，翻涌着，像二八月的巧云。父亲侍弄的菜畦，真像一幅幅山水画，大白菜如写意，韭菜如工笔，大葱的整齐、黄姜的葱郁、甘蔗林的豪放都在他的汗水和生命调色下，成为我们怀念的绝版记忆。

父亲走了，可他留下的老屋仍在；父亲去了，可他栽种的树木仍在。老屋的门楣上仍存放着他生前留下的钥匙，诱使我望乡的眼睛一次次流泪。那些树木，已成为一片树林，高大挺拔，守护着我的村庄、我的家。再过若干年，这些树木也将老去，但它们可用高大的身躯成为一条船、一扇窗、一套家具而被人使用，被人抚摩。一条船可载渡一船船回家的人；一扇窗可让无数心灵和眼睛寻找外面的风景；一套家具可让无数的食物和衣饰有所依护，从而滋养和温暖着一代一代的人。

而我有什么资格回到故乡？

我站在村庄的肩膀上，喝着父亲的汗水、母亲的奶水，伸着脖子拼着命挤进没有血脉的城市，有了一套房，有了一个家，可这些，咋能和父亲拥有的家和土地相比呢？鸽子笼般的空中家园随时可能会被摇荡或拆迁掉，妻子会老去，女儿也会远去，我几十年的经营，到头来只是两手空空。而我吃了家乡二十年的粮食、蔬菜、井水，连槐花、榆钱、荠菜、黄花苗这些质朴美好的野菜都享受到了极致，可我为家乡能做些什么呢？

看它的河水一天天污染消失而无能为力，看它的土地越来越少、越来越硬而无能为力，看它的乡风民俗逐渐退化而无能为力，看它的子孙们一拳将老子打趴下的道德沦丧景象而无能为力。我的村庄，红色的纸币多了，优美的黄花少了；龙头虎头的大铁门大铁锁多了，敞开的不设防的院落少了；麻将声中谩骂和争吵的吼声多了，鸡犬相闻的纯朴乡音少了；留守的儿童、老人多了，娶媳嫁女满村欢笑的场成少了。

面对父亲和乡村的种种，我都无能为力。没有播下一粒种，没有种下一棵苗，没有栽下一棵树，没有收下一粒粟，面对故乡，我两手空空。

实质上，我骨子里和涌向城市的农民工一样。农民进城了，以贱价的劳动力换取生活的必需品，直至掏空自己直至遭到遗弃。我也一样，只是用另一种方式在贱卖着自己。即使有车有房，但自由和尊严在哪里？牧羊却让羊骑在背上，养猪却让猪使唤着。归去来兮，默然但却一生想让儿子出人头地的父亲做梦也想不到，他的儿子比他更惨。他一生有土地陪伴，而他儿子却连土地也没有。

即使站在父亲的肩头，我也没有父亲高大。

所以，我把父亲的照片放在我的桌面上，当我懒惰时，他用粗粝的长满老茧的手“拍打”我的脸；当我欲望迷眼时，他用清香干净的泥土“拂去”我的迷惘；当我像猪一样活着时，他用期盼的目光提醒我别忘了回家的路。

虽然，我的内心悲苦着，我想极力地忏悔点什么，却拿不出一件像样的东西，为父亲为乡下将要消失的许多作证，为现代乡村新的灾难作证。

父亲的照片在我办公的桌面上，在我电脑的桌面上，更在我心灵的桌面上，照耀着我，超度着我，使我离黄土中的父亲越来越近。

以正义为界

敲下这个题目，我的心在堵、手在颤，因为我的兄长刘正义此时正躺在医院的重症监护室里。

他是在一天清晨准备起床的时候猛然犯病的。左大脑大面积栓塞，失语呓语而不能自控，握笔写字的右手右胳膊不听使唤。

我是在上班路上接到他爱人的电话："水兵，出事了，刘正义不能动了。"从嫂子恐惧急促的话语中，我感到了事态的严重。我说，嫂子，别慌，慢慢说。

我匆匆地赶往医院。病房在五楼，气喘吁吁的我看到躺在洁白病床上的正义兄时，他已是神志模糊，呜呜啦啦地在"胡说八道"着，各种连线和导管布满他身体的有口和无口处。看着他盈满泪水的眼睛和急切而又无奈的表情，准备宽慰调侃的玩笑话也不由自主地打住了。但泪水却不由自主地溢满了眼眶。

他是在一天两场酒的迷醉中被病魔报复的。喝酒，是他的最爱。他曾经不止一次地说，男人不喝酒谁喝酒？男人喝酒不醉谁醉？想必是为自己的贪杯开脱，还浑说什么男人一天醉一次属正常，一周醉一次是风度，一月醉一次是风雅，一生不醉一次的男人不叫男人，等等。无酒不成礼仪，但任何事物都是双刃剑，一旦超规越度，就会发展成另一种结果或滑向另一个方向。南阳是酒的故乡，"以白河为酒，迎着浪花喝一口”的豪放曾使多少文人骚客向往，就连一向恃才傲物放浪不羁的“诗仙”李白也心向往之，在南阳留下不少关于饮酒赋诗的诗篇。当下“大块吃肉，大口喝酒”的二月河也留下了有关喝酒的美谈。“文学风流属南阳”，“南阳作家群”也有些名声。身为南阳作协秘书长和《躬耕》主编的刘正义，文朋诗友的聚会应酬肯定不少。“李白斗酒诗百篇”，酒醉后江中捞月的浪漫，他也绝对明白不是那么回事。意气、豪放、热情，还是逞能、好喝？都有之，但这绝不是正义兄的全部。有一点可以肯定，他这几年喝酒已成病态。他血压高，睡不好觉，靠吃安眠药助睡；喜欢喝酒，但经常三两二两的就鼻涕纵横，腿软脚滑，站立不稳。

他的酒喝得酣畅，他的酒故事也多。

仲秋八月天，喝酒好时日。月明夜凉，虫鸣唧唧，酒后的正义兄摇摇晃晃就进了文联大院，又摇摇晃晃进了荷花池。由于腿软没劲，不知在水中折腾了多久，等夫人散步回来发现，忙喊同事一起去扶他，他仍是大大咧咧地说：“没事，没事，啥事没有。”第二天大家说他是想打探一下今年的藕长得好不好，还是月光下的红鲤鱼正向他摇头摆尾示好呢？酒驾入法前，他的车经常挂彩，连免费为他修车的本家小叔也调侃他说：“正义，车要都跟你这样开，保险公司必定关门。”一次清晨我刚起床还没有洗漱，他就打来电话问昨晚上车门在哪儿挂个窟窿，我说我也醉了，两个酒晕子哈哈一笑。有次去洗车，洗车的人说你那个老师（指刘正义）真逗，上午车修后刚来洗过，下午撞个坑说洗洗再去修。

他还给我讲了一个朋友醉酒的故事。说一朋友开着公车去喝酒，酒后半夜遇见另一个酒后的同事，两人一起回家属院，同事听他走路吱吱有响声，问咋了，他说没事。问他车子呢，他说没事。走到大门口的灯下一看，朋友满身的冰碴子。同事知道他开车出事了，又问他车子呢，他说保险得很。第二天两人去出事地点，咋都找不到车子。朋友灵机一动，顺着刹车的泥巴痕迹敲开冰面，用棍子在水下搅动，才发现车子在水下。原来朋友开车落水后从水中钻出回家,天太冷,衣服上结了一层冰。讲后他笑着说:“咋样,咱比人家,还小巫见大巫呢!”

他在小说中写道:我是骑着父母养的一头猪去上大学的。如今,他开着自己挣得的车每周回家看望父母。他每月为父亲剃头洗脚、洗衣做饭,那灶台上的饭多么香,那炊烟中的情多么纯,那瓜棚下的笑多么真!但现在,正义兄仍睡在不让外人探访的重症监护室中。他还能酒后大大咧咧、天地都在心中吗?他还能周周驱车回家去看望有点老年痴呆的亲爹亲娘吗?

生命如此坚强,生命又如此脆弱。假若万一留下生活不能自理的后遗症谁来长期照顾?自己痛更会痛及亲人。更假若万一白发人送了黑发人,于生命何忍?而于亲情友情,又情何以堪?那些由酒带来的一个个悲伤话题,那些酒后撒手人寰的一个个悲惨的故事,难道还不足以让人警醒吗?

文联、作协的朋友们来看正义,隔门不能相见,只有一声声叹息,一声声祈祷。晚上聚餐,但见“遍插茱萸少一人”。看着桌面上的酒,我说,我要写一篇文章,题目就叫“以正义为界”。

“以正义为临界,以正义为训诫”,快乐生活,健康饮酒,珍惜、敬畏生命。

酒本是好东西,有品位有情趣的饮酒于身心都有好处。既要尽情尽兴,更要节制有度。每个人的性情不同,能用情的时间不长,真正懂得如何用情的时间就更短,今日的酒其实是为明日的寂寞而造,嗜饮新酿和醉在当场的“高阳酒徒”,或许尽可取笑他们是酒晕子,但你何尝不是在嘲弄自己。你若从没性情过,也从没醉过,清汤寡味地活着,何有张扬生命的酣畅淋漓?生命应和酒一样香郁味醇、内涵丰富。若虚伪圆滑戴着假面具生活,欺骗别人也欺骗自己,较之坦荡露底而醉态可爱的酒徒,那绝对是更大的悲哀。

古今中外,像祢衡、阮籍、李白、尼采、凡·高、毕加索……有几人不醉?世上有几人能像他们那样,把蝇营狗苟和鸡鸣狗盗留给别人,只把桀骜不驯和狂傲不羁留给自己？

不为名垂青史，只为活出个人样儿。我是人，当然就要有个人样儿。有人样儿，就离不开生命的张扬和个性的释放。活出个人样儿，从来都需要一种修养和底气，因为它是一种原始的生命状态，本真的自然形态，世人谓之：狂狷之士，狷狂之美。

正是这狷狂之美，让自己心灵的高度、生命的头颅高高昂起，才有可能去创造人间奇迹。

人生难得几回醉，正义兄，你酒走偏锋，伤了自己，但也亮出了醉态可掬的真诚和风度。真诚地希望你能好人一生平安。

再写正义君

真正的好朋友,并不是在一起就有聊不完的话题,而是在一起,就算不说话,也能感到一种温暖和力量。

——题记

作家正义,大脑栓塞一年有余,现仍处于失忆短语状态。话语不清或词不达意,说出的像呓语。猛然说出往事中的某一个人或某一件事,总想尽力表达却总让人如丈二和尚。刚得病时,大家为他感叹、替他惋惜,可时光这堵墙,总把热闹和人情隔离。这也怪不得世情冷暖、人心淡漠,毕竟每个人都有自己的事情。只是每有文友聚会或熟知的朋友们见面,总有人问:“正义现在咋样?”这让我感激并感动。一个人能在另一个人的脑海中留下印象和记忆,继之以惦念,总是幸福的事情。可我怎么说呢?说好些了吧,实质上他和患病初期没多大差别;说仍是那样吧,可他确确实实能打熟人的电话,并能做简单的交流。也许他心里是明白的,只是某一个关口还没打通。问他过去的事情,总是说“知道,知道”,并不回答。有时看他也很着急,只哀叹几声,沉默着。

一个曾经横刀立马、大气磅礴,在局部或一个圈子里颇有些影响力并让人记住的人,一个热爱侍弄文字、著书立说并以作家显名小有成就的人,一个意气豪放、男人味十足且不畏任何困难的人,怎么就在一夜之间变成了另一个陌生的人呢?我该怎样描述他现在的状况?我该怎样述说他内心的焦虑不安?我又该怎样面对见到他时的困惑呢?

上帝像阳光,普照人间;上帝又像魔鬼,扰乱人间。一个人一生可以攻城略地,一往无前。但身体被病魔夺去半壁江山时却无能为力。正义兄,应该说是酒神魔杖下的牺牲品。"对酒当歌,人生几何""人生得意须尽欢,莫使金樽空对月",应该说,酒性的狂放与恣肆一段时间内覆盖了他的生活和性情,他因世事被酒那个神奇而多情的女巫麻醉而迷失了,肉体的麻醉变成了语言和记忆的缺失,他醉倒了,醉在酒中,醉在红尘和肉身中。

品味欣赏酒得有个度。驾驭得好,它为生活和人生快乐添彩;驾驭得不好,人生很多岁月甚至生命都会被比它更浓烈的东西带走。

正义兄猝然而病,突然失忆,酒肯定是个诱因。我曾歌唱过酒,也为酒神精神而倾倒,但生不如死地倒在酒下,做人做鬼都不风流。

又是清明,和友人师长一起去祭奠远去的亲人们,回来途中,谈起《红楼梦》,谈起曹雪芹和高鹗。张爱玲曾说人生有三恨:一恨鲥鱼多刺,二恨海棠无香,三恨《红楼梦》未完。更恨高鹗续写,怒说是"附骨之疽",刻骨遗憾之情可见一斑。评论家万年春教授说古典小说中《红楼梦》和《金瓶梅》的对话最好、最妙。因没读过全本《金瓶梅》,我就讨问周同宾老师有没有,周老师说他有一套在正义处。又想起正义,又说起正义,遗憾有加,悲伤有加。恨人生无常,恨生命脆弱,恨好人多难。

《躬耕》编辑部,我去年才去上班的一个新地方。每天上午,正义兄会准时来敲门,进屋后,也不落座,也不喝茶,只说一声"来了",再接着说一声"没事,你忙吧",转身而去。但我意会,这一个照面,有无尽的话语,满眼的渴望,无奈的酸楚,无声的友谊。

我也询问过医生，也曾遍查网络，都是“慢慢恢复，个体差异，无法预知”。无终无果，让人如入无物之阵，黑暗无边。

这是怎样的难耐和无助，岁月无限，可生命有限；这又是怎样的混沌和迷茫，往事如烟，一片模糊。我肯定地感知着正义兄内心的焦虑和急迫，因为有时他会带些当地人的粗口骂这个状况。他内心知道，时间如剪，它会剪断过去，也可能会剪去未来。唉，世间最强大的终究是时间，今天在这里，明天不知会被推到哪里。纵然在小说里万般睿智，谁又能看到自己的今后？

过去，我俩是多么喜欢调侃和开玩笑，在乐趣中游戏生活；现在，我多想从他的书柜上拿下那六卷本影印的全本《金瓶梅词话》，说声：“老正义，你终究看不成书弄不成文字了，借我阅读吧。”可我不忍，更不愿，因为当我稍有这个恶毒的念头时，我的泪水会不自觉地溢满眼眶。这或许就是我们之间的温暖和情义吧，所谓“情到深处泪满眶”是也。

正义兄得病后，我曾写了《以正义为界》，纸媒发表后，朋友们说，真切，但或许写得有点过了。可是正义兄不知，或许知道了也说不出来。我多想让他读后骂我个狗血喷头，骂我个无情无义，骂我写的是什么狗屁文章。

又一个新年将至，正义兄仍在复制着昨天。没有过去的记忆，思想该是个什么样子？不能想象今后和未来，活着的质量和趣味又在哪里？没有记忆与思想，连白天也会是黑的；没有语言与文字，黑夜里也不会有梦。人若无梦，夜的眼睛也是瞎的。

我心酸楚，我心祈祷：俯瞰一切的上帝啊，请洞开一扇善窗，让我的兄长好人正义快快醒来吧。

惟其微才见其大

——李白凤之子李惟微印象

他是作家，但不太显名；他是教授，也不以师赫；他是大诗人、书法家、金石家、教授李白凤先生之子，却从不炫耀。淡淡的，如一枝傲霜的秋菊。

大约有二十多年没有见到忘年交般的“恩师”李惟微先生了，且中断了联络。今从网上搜到他写的祭友人的文章《最后一面》，勾起了我对那段难忘岁月的怀念。

还是20世纪80年代，我主动要求分配到外地工作，以了却一个“出去了，就没打算回来”、一心想当诗人的青春梦。就在被分配到一个县级教师进修学校当教师的第二年，我认识了李惟微先生。那时，他已到驻马店教师进修学院任教，我们算是对口教育。有一个暑假，他来为学校的教师们做文学讲座（他当时在驻马店已名声大噪，各种社会兼职和头衔很多）。我拿习作请教，他推荐给当地编副刊的诗人、编辑刘根社，作品发表了——是一首怀念卧轨而死的年轻诗人海子的诗歌，叫《诗人之死》，并获了奖。颁奖时我们又见了面，他把当时本土文学圈的作家、编辑们都介绍给我，说些我如何如何有才，将来必有出息之类的溢美之词。还因我在大学时就在《诗刊》上发过诗，并和当时河南诗坛翘楚孔令更、郎毛有交往，在豫南那个算作“创作沙漠”的地方，我的小名声很快有了反响。在《驻马店报》《驿城晚报》《天中》《长鸣》等地方报刊都有了作品发表,一时,我成了所在县的文学旗帜。开文学座谈会、采风什么的,一提出文联都会同意并拨给活动经费。

我成了李惟微先生家里的常客。先生清瘦骨立,夏天喜戴一顶塑编遮阳帽,秋冬常穿对襟棉布灰衫和对襟小棉袄,似乎不太讲究但很干净整洁。他说话语速较快甚至有些口吃,有时还带些粗口儿。

他在院校内住,书房和客厅都不大。客厅里挂着些发黄和沾着些灰尘的他父亲留下的字画,好像介绍说是端木蕻良或施蛰存等前辈作家的。我那时刚走出校门,在书画上甚是“少不更事”,对这似乎也不感兴趣。现在想想不知那时都谈些什么,但总是谈,有说不完的话题。每次去他家,一进门,他就喊:“文平,水兵来了!”“小水来了!”他年轻的爱人(应是师母)就从卧室或书房走出来,说:“水兵来了!”有时手中还拿着教案或书本,大约是在备课或读书(她当时是师专的助教或讲师吧)。然后就是放下教案或书本,提个篮子上街买菜。她出门后,我总是不好意思地说:“又给王老师添麻烦了。”先生总是说:“别管她,女人家总是要做饭的。”可看出他的男尊女卑思想。而吃饭时,不知是怕影响我们的谈兴还是先生有意传递的家风,王老师总是带着孩子不入席,任由我们俩或几个文友在桌上大鱼大肉,划拳行令,觥筹交错。

就这样我在驻马店待了三年,在日子的流逝中已到了二十七八的大龄,也该娶妻生子了。父母慌,先生更慌。他便托人给我介绍对象,末了竟亲自上阵,把他学生的闺女介绍给我。记得是一个家在上蔡县的姑娘,长得端庄秀丽,朴素大方。我也动了心,骑自行车骑了一百多里赶往她家相见,她的父母也满意。约定一个周日一起到先生家再相见。许是姻缘由命,不成有定,我去火车站接她,她却坐过站到了下一站,我等到天黑也没等着。那时电话奇缺,更没有手机,她仿佛认定我不严肃,自尊心受到很大伤害,一气之下坐车返回家中。之后,任由我多次去信解释,终也没有回音,先生倾心撮合的这桩婚姻算作一次心伤。而后的更多事情先生总是跑前跑后,尽心如父。我想调回老家,“终于违背年轻的诺言,漂泊的翅膀,重又挂在故乡的枝头上”(我的诗

《又见故乡》),但缺老师的贫困县死活不让走,万般无奈下,酷暑炎夏中,先生亲自领着我找到分管文教工作的副县长(他的学生),求情让放我回去。

我回来了,可20世纪80年代末那场"风波",让安排工作的事再一次搁置,我仍在漂泊和流浪中。先生一封信又一封信地询问,焦灼如火。怕我难受,还以他受难的经历劝勉慰藉我,劝慰我要有耐心,天无绝人之路,希望和光明总在前方云云。大约在回来后的第三年,我的工作终于有了着落,先生总算放心了。可人心有碍,因有了那个初谈恋爱的故事,在情感的私地里,驻马店成了我不敢回望的禁地。为了情感的纯洁,我需要完完全全地忘记过去,甚至情如父子的先生。也许是时空的疏离,我与先生的通信愈来愈少。又两年的时光,当我回去办理有关迁移手续时,终于爆发了一定要见先生的迫切。当我带着微薄的家乡土特产站在先生的家门口时,颤抖的手竟沉甸甸的,不敢抬起。他用那如柴般枯瘦但温暖有力的手握着我的手,快速地连声说:好,好……好。我的眼睛湿润了。

那是我和先生最近一次见面。他问这问那,仿佛从前。临走时,他送我一张签名的照片和一本余秋雨先生的散文集《文明的碎片》,在盖有他印章的扉页上写道:"溽热盛夏,高温难耐,水兵小友携物来访,不胜欣喜。君子之交淡如水,几年不见,甚至音信全无,今相见却能如故,实在难得,实在难得!送秋雨先生所著《文明的碎片》,算作纪念。惟微。某年月日。"

我不是个有心人,更不是个感情凝重的人,先生为我批改的作品,以及送我的小照、珍贵的小幅字画,都因东奔西颠的生活被我遗失或不知放在了哪里。每每想起,大有憾怀,自恨而自责。

我淡忘了恩师,更淡忘了一段值得回忆的岁月,这是人生的悲哀还是人性的缺憾和迷失,我不知道。今又翻看开封作家、编辑赵中森(墨桅)的博客,他在《诗歌编辑小札》系列文章中写到我的恩师李惟微。想起我与他交往的那段快乐又锥心的岁月,忽感人生无常与无定，不禁慨然喟叹。我已接近知天命之年，先生 1938 年生人，比我大两个属相轮回，现在该是七十五岁高龄了。听人说他随夫人去了西南的重庆，那地方是火炉、山城，饮食又多米，先生能否适应？再搜网上先生不多见的文章，他评价友人："他的小说内涵投射出的内心隐秘，和他那种迥异于一般小城文人的浮躁、轻狂和疏远于名缰利锁、淡漠于人际交往的特殊个性，我认为他有些鲁迅式的自伤。"文笔仍是厚重而干净、朴实而撼人，云淡风轻，淡定天成，成熟于心，惜墨如金。这不也是先生的写照吗？再次唏嘘。

隔千山万水，用梦飞临；藏万般真情，用心感知。人生有这些苦苦思念与残缺，才有来世渴望重生相逢之幸福。所谓"人有悲欢离合，月有阴晴圆缺，此事古难全"是也。

生命的壮美

——悼周熠老师

一

盆地，南阳盆地。温润如玉，平阔如海。这些天却被雨水和泪水包裹着。季节上该是淅淅沥沥、缠缠绵绵的秋雨，却夏雨般倾盆而下，直下得果实垂落、黄叶翻飞，直下得平地秋水、泪水涟涟。有外地文友说：这些天你们南阳文坛像地震一般。是的，南阳文坛陨落了一颗文星，一个笔下文字如春花秋月般美丽的耀眼文星。天与人共泣，人与地同哀，是天意还是巧合？大雨仍在下着，泪水仍在流淌。

六十岁，正值现代生命的盛年，你却选择了英雄式的悲壮。纵然生命有限，一个人沉重的肉身不可能长久存于世，但决绝肉体却需何等的勇气！而你，我的师长——周熠先生，却用文人看似的柔软，在这已有虫鸣蝈叫的秋夜，在这如水如月的静美凌晨，纵身一跃，临窗而飞，做了一个人一生最后的飞翔。谁没有飞翔之梦？但那是有载体的飞翔之梦。而用生命，没有翅膀和外力的生命，却像伤鹰一样做最后一飞，这又是何等壮烈与凄美！周老师，你真真正正地飞了，飞向你一生一世的完善，飞向你永恒的灵魂和不死的微笑。

你的梦实现了。

二

我与你的相识、相知、相交，是小树对阳光、空气、天空的渴望，你却那样细心，扶一把，再浇点水，施点肥，如今，有这一点儿纪念你的文字，也可说是你汗水留下的回报吧，周老师！

与你交往的点点滴滴，我已在之前所写的《周熠老师印象》中记下了。而关于你的文章和作品，已有“南阳作家群”的众多师长和友人在研究和评论着，我也就不说了，但我想就“死”这个字赘言两句。周老师，你死在路上。不是逝世，不是牺牲，是死。是我们中华民族几千年来忌讳并想逃离的“死”。我只想用“死”这个字，它使我好受一点。因为，“死”，贴切，普通，简洁。正是这普通的“死”，让怀念者心悲眼湿，扼腕叹息！

三

这是几个你死后的“花絮”，你既然勇敢地决绝地远离红尘世俗，那我用“花絮”这两字，想你能原谅我的不敬。

之一：2007 年 8 月 24 日，我和段舒航、孙晓磊、苏菡玲一并去看你，一踏入那布置有哀幛挽联的灵堂，几个人同时肃穆起来，泪涌眼眶。向你鞠躬时，菡玲一句“周老师，我们看你来了”，她的眼泪已哗哗而流，好久不止。我敢肯定，这不是演戏，更不是作秀，那是来自心底的哀恸和对你的那份挚爱。

之二：2007 年 8 月 23 日，我用短信告诉汗漫、立红你的死讯。汗漫回信：“诗人昌耀也是飞翔而死。哀，大哀！如果江水能倒流，我的泪水将溯江而上，长江—汉水—白河—周老师身旁。”立红回信：“一生一次的飞翔，壮哉，壮美！”

北京，上海……各地。受过你恩泽的又何止这几人。

之三:你走后的第二天,北京的立红在新浪网立即开通了“周熠研究”博客,至8月29日10时,访问量已达13600多人次,怀念的文章已达25篇。如果不是心仪熟稔,如果不是感情如铁,何来如此快捷之文?

之四:9月3日,刚从北京回来的刘正义告知:8月23日,周同宾老师发来短信告知,周熠离去时,眼泪一下子就流出来了。

之五:先生离去,《南阳日报》《南阳广播电视报》以最快的速度、最完整的版面设专版予以悼念。听一官员说,这周熠还真神通,一个地厅级领导死了也不过发一小块版面,他,一个副处级干部竟占了整版。唉,这个官员呀,你脑子真是进了水,你不知周熠先生是个在全国都有影响的作家,他的肉体去了,他的精神和作品还活着。上下五千年,那么多位皇帝但让人记住的,又有几人?而李白、曹雪芹又有几人不知?连死的殊荣你都羡慕,你真是个官员!

一百七十多年前,北方的远方,那个俄罗斯天才诗人普希金,安葬母亲时怀想自己的归宿,平静地写道:让没有知觉的身体/腐烂在何地都一样/但我还是殷殷期盼/长眠在亲爱的故乡。周熠老师,你已走过诗歌的桥,涉过小说的河,在万紫千红的散文田野,你以最后的壮美,选择在禾稼黄熟时,带着秋天的暗香飞翔到了你的家乡——邓州城南大周营的田野。

你是幸福的,今后,“晚钟声声送别白昼/牧群咩咩缓过田野/农人踽踽倦归/把世界留给黑暗,留给自己”。家乡田野牧歌般终生陪伴在旁,谁说天堂不是一种幸福!

飞翔也是壮举和英姿。你去了,留下盆地一群文友,留下我。日子前行,时有郁闷和惆怅,也有秋天的果子和冬夜的漫长。

疯子玉顺

一

在我这前半生体验过的村庄中，我的老家乔湾算是一个美丽深厚的村庄。它位于南阳盆地的东南面开口处，受白河、淮河、唐河三条河流的夹击和浸润，经常是湿漉漉、水淋淋的。这里四季分明，雨量充沛，该长的植物都可在这里疯长。尤其是河滩上葳蕤的芦苇和河堤两岸茂盛的芭茅，铺天盖地，汹涌无比，像一片深厚的海，你不走进去或身临其中，真不知道这绿浪中还包裹着一个村庄。我的村庄不但美丽，而且深厚，深厚得就好像你在地里随便翻一锨土，就可能有种子、杂草根、虫子什么的，你未必知道一锨下去会有这么多东西，但这里的土地确实有这么多分量。在我的记忆里，我们村庄的土地从没有绝收过，再坏的年景也有半收。松软的沙质土既含水又透风，地肥得一跺脚就流油，庄稼苗在上面就像生长在天然的温床上，不想长都不行，这得力于开辟这片河湾的我的有眼光的始祖。早在明嘉靖年间，我的始祖一挑两担随移民大军从山西洪洞县大槐树下一路走来，走到这条河湾时眼睛一亮，停了下来，插杆为界，结网而渔。五百年的生息繁衍，水草肥美的无私养育，我的村庄现已有三千多人，而在这三千之众中甚或那一带的十里八乡,没有人不知道玉顺。玉顺和我同族同姓,全名叫乔玉顺,今年已六十出头,长得膀大腰圆,立起来,像一截结实的木头桩子,是个标准的中原大汉。他家徒壁立,不,严格意义上说他已没有了家。他的父母早年过世,离世时给他留下的几间土坯房,因年久失修,早已倒塌,只剩下一堆土坯碎瓦和从瓦砾中冒出的树秧子,还印证着他曾经的家。玉顺以讨饭为生,因无房可住,就睡草堆、钻狗窝,或在村委和学校门楼的屋檐下过夜。天暖和时干脆睡在大树下、池塘边,以地为床,以天为被。乡邻们都以为玉顺这娃憨(傻)了,看着他蓬头垢面、鼻涕涎水的样子,都移开目光或摇摇头,不知是惋惜还是可怜。而不知底细的外村人和孩子们都以为玉顺疯了。玉顺便又多了几个绰号——"疯子""二球""要饭的"。因玉顺人高马大,皮肤煞黑,又有"老黑头"之称。

玉顺要饭,很有规矩,先从外村要,如果外村要不饱或遇雨雪天出门不方便时,才在本村要。就是在本村,也先从外姓的人家要,之后才越来越近,但从不向邻居或近族的人要。即使有好心的叔伯兄弟、婶子大娘给端上一碗饭或拿几个热馍什么的,玉顺也从不接受。时间久了,人们觉得玉顺并没有完全憨,还知道自尊和脸面,只是不晓得这娃当兵回来后咋就变成这样?岁月销蚀着人们的纯朴,生存更淡漠着人们互相的关怀。春夏秋冬,播种收获,起房盖屋,娶媳嫁女,生儿育女,每人每家都在过着自己的日子,不是特别的时候,人们便把玉顺忘了,玉顺也就消融在乡村生活和普通农家的袅袅炊烟中。只是谁家有了红白喜事,玉顺便会准时出现。玉顺似乎很懂事,虽不说话,但婶子大娘叔伯爷奶的辈分总记得很清。凡喜事,玉顺会放一挂长鞭,递上两元钱(20世纪贫穷时拿两毛);凡白事,就放一串短鞭,提上半斤火(土)纸,甚至趁人不注意,跪地向逝者叩上几个头。我们村因有了玉顺,红白喜事上就没有了外村外乡的要饭者。这,也省了众家的心,免得被生疏的外来者骚扰,玉顺是我们村的守护者,善于对付二流子懒汉(游手好闲者)。有时,要是谁家准备开席时玉顺还没来,主人或主事的就会问上一句:“玉顺咋还没来?”就有人说:“玉顺可能病了,或到外村要饭还没回来,这几天都没看见他。”主人或主事就会摇摇头,拉着长声喊道:“放——炮(鞭炮),开——席!”人们就陆续入席就座,似乎玉顺来了不多,不来也不少。

玉顺虽然要饭,但从不接受亲戚族人的捐赠或施舍,更不做有违乡下人品性的偷鸡摸狗之事。玉顺把要饭当成了乡下人正当的做活或者是像城里人的一份工作,自己也是靠做活、工作挣饭。玉顺有很多让人想不明白的事情。比如,在不要饭的大多时间里,他总喜欢在自己的宅基地上挖坑打洞,挖到一人多深,再向侧面挖,地道似的。他父母留下的几间土坯房就是因他挖地洞而被雨水灌泡后坍塌的。他还总是喜欢拿一根小棍敲打自己的头或脊背,夏天光着脊梁时,人们总能看到玉顺脊背上红红的被自己敲打的印痕。还有就是玉顺总认得家,除了外出,玉顺总坐在自家房屋的废墟上,一坐就是半晌、一天,自言自语地说着不知里外、不着边际的话语。

玉顺是有兄弟姐妹的,他们也都想照顾他,给他送的东西每次都被玉顺扔出好远,他也不和家人搭话,他们无奈,也只好听之任之了。但玉顺曾经是个军人,每月有几十元的补贴,年底有几百元的优抚金,还有配发的衣服、棉被什么的。所以,玉顺经常穿着不戴徽章的准军衣,有时还反季节地戴着军帽,俨然仍是一名老兵。玉顺像乡下一条自由的野狗一样在自己的村庄和别人的村庄里游荡着,活着,显得自在、散漫,有时甚至有些傲慢。他不必看任何人的脸色,而人们还得看他的脸色,怕他不高兴或暴怒时干出毁坏庄稼、房屋、树木甚或伤人的傻事。玉顺说任何话做任何事都不必左顾右盼,不必眼高眼低,更不必唉声叹气、后悔跺脚,他不为谁负责。

我和玉顺诞生于同一个村庄,我有着和玉顺一样甚至和一条狗一样的贱处,那就是总也舍不了那个旧家、破家。三十多年前,自己踩着父母、哥哥、姐姐们的肩膀踏上走向城市的路,如今,却又泪眼迷离地牵挂着,回望着;还时不时地驱车数百里,耽搁三两天地返回。说来也巧，每当我回我的村庄和老院时，总能在村口或在他“家”的路旁碰见他。我递上带把儿的纸烟，玉顺总会放下手中摆弄的小棍儿或正在挖土用的铁锨，跑上来毕恭毕敬地与我搭话：“叔，你回来了。”我给他点上烟，他美滋滋地抽上几口，笑着，手比画着，舞动着。长期不换洗衣服的臊臭味扑鼻而来，直到我远离后，身后似乎还有刺鼻的气浪。

玉顺算作我们村庄的一员被大家麻木着但认可着，有小孩儿哭闹时，年轻的母亲会说：“别闹了，再哭，疯子玉顺听到了，把你抱走扔了。”哭闹的孩子马上被唬住了。玉顺成了管束孩子的魔头、煞星。他在我们的村庄里没有朋友，也没有人愿意和他交朋友。不过，在一个地方能做到一个朋友都没有，那也是一种至高的人生境界。人们会说，那娃算是活成了。你不必细究这话是正话还是反话，反正，没有朋友和家室，就不会有关于别人的事情，只是自己一个人在享受着自己的生命和内心。而到底是有朋友好还是没有朋友好呢？谁说得清！在这个物质和欲望都如夏天河汊水草一样疯长的年代，谁又能断定没有朋友是坏事呢？没有朋友和亲人，活着没人帮衬，死后无人送葬，管他呢；人死一堆腐肉或一把死灰，管那么多干吗？两千多年前的一位老先生还说：未知生，焉知死。所以说，疯子玉顺或傻子玉顺在我们村应该是最快乐的，没有人做他的朋友，天空大地、飞禽走兽、草木庄稼、土坯瓦砾、猪猫小狗都是他至亲至爱的朋友。有它们在，玉顺或许并不孤独。

二

我最近回到老家是在麦浪、麦客们已退场的一场夏雨后。我的老母亲要过八十岁大寿，大哥、二哥早在几个月前就已向我打了招呼，说母亲如何一生勤俭持家，操劳一生，现在日子好了，应该让母亲高兴高兴，等等。这我是明白的，过去贫穷，连温饱都难解决，过生（日）是只给小孩儿们过的，大人们只是口头上顺便提提，赶在农忙时甚至连提都不提就过去了。但现在不一样了,不缺吃不缺喝的,人们要借生日让大家欢聚一堂,兄弟姐妹们聚一聚,亲戚朋友们乐一乐,让一切活着的人们感到生活的快乐和日子的美妙。

亲生母亲只有一个,人生也只有一个八十岁,我们兄弟姊妹五人为母亲生日大大操办了一场,还浪漫地为母亲点上了生日蜡烛,播放了和城里人甚至外国人一样的《生日快乐》歌曲。那天,玉顺来了,放了长长一串鞭炮,还递上了从未递过的五元钱贺礼(被我大哥退回)。我说,玉顺怎么阔了?连衣服都是新换的,人也干净了许多。大家告诉我,前些日子镇里来了人,开着小车把玉顺接到县里,并参加了个什么会,在民政局宾馆一住就是几天,又是体检又是拍照,之后,换上崭新的白衬衣、绿军裤,嘿,玉顺还真人模人样哩!有的甚至说还在电视上看到了玉顺,他戴着大红花坐在头排。我问支书四哥,他说:"原来玉顺是参加过国家核试验的那一批军人,为国家的'两弹'试验贡献过青春和热血。现在,国家寻找这批兵,算作功臣。真算玉顺幸运,全镇就他一人属于那一批。可能是受什么的刺激,他的脑子有点毛病,但体格仍健壮。按规定县里给补发了几千元的抚恤金,优抚金也从每月几十元提高到八百多元。镇里还要求村委注意玉顺今后的生活和身体状况,待明年春天养老院扩建后统一安排到镇里养老。"大家都说,玉顺这娃真有福,真是赶上了好时代!我回头,见玉顺正蹲在我家门前的那棵老槐树下高兴地吃着一碗剩菜,我笑笑,鼻子一酸,想哭。

三

乡下的夏天是妩媚而多情的。一场夏雨,护寨河和沟塘都蓄满了水;村庄的空荡处,各种野草和树木都郁郁葱葱,阔大的树木遮天蔽日。正是水生动物们交配繁殖的季节,蛙们鼓胀了肚子和鸣囊,不分昼夜地叫着。忙过一阵子的叫驴和公牛们也都"休闲"起来,在房前屋后的树荫下闪亮着粗壮的性器,自慰般地伸伸缩缩。驴们高亢地叫几声，牛们浑厚地哞上一阵，都使村庄再次热闹起来。

我为母亲过完大寿后就准备起程，但在乡邻和兄长们的再三挽留下又过了端午节。而就在端午节的那天夜里，玉顺死了，死在村中央一个大坑（大水塘）里。当第二天人们发现尸体并打捞上来时，玉顺已被水胀饱了肚子并黑青着脸。据住在坑边的我的一个本家三爷讲，这几天吃过晚饭，玉顺就拿着他要饭的大海碗在那棵楸树下的一个临水的石板上反复洗刷，并用水顺头浇下冲凉。因是鱼摆子（注：繁殖）的季节，一到晚上，水边总有母鱼摆子拍动的水声，人们也没太留意。玉顺是不是看见闪着粼光或泛着白肚的鱼们浮上来，想捞鱼时掉进坑里淹死的？也有人说，玉顺向来怕水，不会是淹死的。他刚发了新衣新被，又补了那么多钱，会不会……还有不少说法和猜测，但疯子、傻子、二球玉顺千真万确是死了，死在他成为英雄之后，死在将在第二年春暖花开时节被接到养老院之前。

四

玉顺死了，死在2007年的五月初五，这是两千多年前一位忧国忧民的大诗人抱石投江的日子，但玉顺不识字，他死在这个日子纯属偶然或巧合；他的忌日沾了端午节的光，当人们吃着粽子，喝着美酒，喜滋滋地过节时，也许会想起玉顺，想起玉顺的不幸，但已想不起屈原，因为屈原离今天太遥远了。

端午节，死了两个人，一个是古代的诗人屈原，在白天；一个是现在的疯子玉顺，在晚上。

戏子大妮

一

从我记事起，我就特别喜欢地方戏。

这是一种纯粹的民间和乡野的声音。

大妮是我们村的第一个女戏子，并且是我家邻居。她长我十来岁，但按辈分，她应管我叫叔，因我在兄弟中间排行最末，准确地说，她应叫我小叔。

在那个只有鸟鸣狗叫的年代，看戏是乡下孩子心中的向往。但戏不是随便唱的，即便是“草台班子”的戏。除非是年来节到，大队或几个村庄联合起来才有可能唱几天戏。

大妮在我老家那些豫剧“草台班子”中算是出类拔萃的一个名角儿。她扮演的人物，如是杨家戏，她便是穆桂英；如是唐朝戏，她便是樊梨花或杨贵妃或唐王的女儿金枝；即使唱现代戏，她不是江水英就是李铁梅，或者是《朝阳沟》中的银环。在我的记忆中，凡我看过的她演的戏，她都是主角。而每次在台下看戏，只要她一出场，我就特别地激动和自豪。

其实她和我是同姓同族，也姓乔。乡下女子命贱，名字已记不起叫什么,因为她在兄弟姐妹中排行老大,我们都叫她大妮。听我的父亲讲,大妮她爹弟兄们多,除了她爹,她的父辈们几乎都是光棍。“断伙”那年,她的母亲随钉锅补锅的父母,从安徽一路来到河南,因在她爷家吃住,她的母亲便留下了。虽是饥肠辘辘的年代,但我老家的水土太养人了,临河的沙湾地,踩一脚就会流油,即使是野菜,也是鲜嫩的;大妮又被四五个光棍汉叔大们呵护着,十四五岁已出落得亭亭玉立,有模有样。“女大家不留”是我们那一带的俗语。何况大妮早熟又漂亮,红杏春闹,花香蝶舞,终于有一天,大妮跟一戏班子“跑”了。她的父亲气得要上吊,吊没上成,却用恶毒的话把大妮扫地出门:“死妮子,只当没生她养她,就当她死了。”

二

我的老家虽然贫穷,但不潦倒。人们总恪守着一种近乎古板憨傻的观念。崇尚名正言顺的勤劳和安生,而对挑担(经商)的、补锅修秤的、剃头唱戏的总是怀着深深的瞧不起,认为那是走江湖混饭吃的下三烂行当。尤其唱戏,对艺人们称作“戏子”,语气中总带着轻蔑,似有一入戏门就“下贱”之意,说什么“鹌鹑戏子麻利猴,说唱戏子不可留”之类的话。但是,戏还是要看的,不但看,而且随着剧中人物的喜怒哀乐而喜怒哀乐。乡下人没有文化,不少礼节和做人的道理就是从这戏中得来的。即便村中的“光棍儿”(能说会道、懂道理而有威望的人),劝人和事时用的也是戏中的道理。但说归说,就是瞧不起唱戏的。这,真是个无法解释的悖论。

乡下人还把地方或民间组织起来的剧团叫“草台班子”。实际上,“草台班子”还真是形象而生动。艺人们几乎都来自乡野村间,很少有出自书香门第的书生。农忙的时候,他们汗流浃背地耕作于田间。待到农闲时分,为一种内心的激情,更为挣几个小钱贴补家用而走村串户,流落在牛屋与马棚之下。这些艺人中,很多人根本不识字,全靠前辈们口授戏文和台词并死记硬背下来，再融入自己的天赋和感受尽情地表演着。而正是这些简陋舞台，把那个时代无数人内心的寂寞和空虚释放出来，使他们顽强地生活下去。这恰如雪夜的一束月光，不但照亮了乡间的崎岖小路，而且照亮了我们那段清冷的生活。

“草台班子”也许从灯光到舞美、从伴奏到音响都比不上现代化的正规剧团，但他们从内心发出的声音也许更激越、更率性，更能引起一颗心与另一颗心的共鸣和交流。尤其是那些经过民间演绎而又代代传下来的“大戏”，更带有乡野的淳朴，浸淫着浓郁的乡野文化元素。像那高亢的秦腔，带高音嘹子的“宛梆”，犹如光着膀子的放排汉子，在激流险滩处一声“嗨哟”，那排便箭一般冲浪过礁。

一声唱腔，几段豫剧，委实就是一株田间地头的野花，开放在那个艰难的岁月里，孤瘦而又妩媚。

三

大妮三年后又回到我的家乡唱戏，已经是有孩子的母亲了。

记得是在公社的礼堂，有海报说外县一个著名豫剧团来演出，主角是名扬豫南一带的名角儿乔大妮，剧目是《穆桂英挂帅》。我正诧异着，学校发了票，就和同事一起去了。豫剧的催场开门，音乐总是如暴雨般密集，大幕还没拉开，一阵急促的棒槌敲击和锣鼓声便响彻大厅。随着幕布的徐徐开启，身着一袭红缎披风、头戴金冠、竖插两根雉鸡长翎的穆桂英出场了。这是个我非常熟悉的剧目，其中的“辕门外三声炮如同雷震”唱段，我甚至能有板有眼地唱完。但我是冲着大妮来的。看到她在舞台布置的夜空与明月下，在布景映衬的大漠峻岭中，一招一式，一腔一声，为我们演绎着忠与奸的故事。一阵阵掌声如雷震天，一阵阵擂鼓如金戈铁马，巾帼不让须眉的豪气与柔情，仿佛把人们带进了那个羸弱的朝代。我一边看着戏，一边搜集、汇编着来自大妮唱戏的故事。

大妮跟那个“草台戏班”跑后，就一直唱戏。那班主（团长）拉一手好弦子，儿子也在戏班，他有心让大妮做他的儿媳妇，便对她悉心照顾，认真教戏。大妮不但扮相好，入戏也快，不久，便在豫南、豫东一带小有名气。她所在的戏班先是叫“大妮戏班”，后来进一步添了姓氏，叫“乔大妮剧团”。我们老乔家的“乔”也在那段岁月那个时代响了一片地域。因了大妮的出名，她的弟妹们便瞒着父母去找姐姐，吃住玩几天后，大妮给他们换上新衣服并叫捎些钱给父母。开初，父母把第一次去的二妹毒打了一顿，说她没出息也想跟姐姐当个戏子，并把带回的点心和钱摔在地上。但那毕竟是点心和钱哪！在那个称斤白糖也得要票、找熟人的年代，点心可是乡村极少享用的，何况钱呢。父母在打跑孩子后，捡起地上的点心，再拾起钱，甩甩灰尘，小心地塞进紧身的腰包。认了钱，也便认了大妮，大妮虽在戏台上漂泊，但心，总算有了娘家。

在又唱了几年戏后，大妮进了县里的剧团，正式成为一名“吃商品粮的人”。我是1989年考入南阳师专的，屈指算来，大妮算是我们村第一个走出去的人，虽然那“走出”，为自己和家庭的名誉带来了一定的影响，也带有些无奈和苦涩。

四

大妮现在已经老了，她已经有十多年没有登台唱戏了。她现在跟着她的儿子们和我住在一个县城，但因为年龄和知识水平的差距，我们很少往来。我不知道她的心里是否还依然惦记着她的年轻时代和她的豫剧。这个大半辈子都在跟着一个又一个戏班子奔波漂泊的乡村女人，也许这个时候才真正领悟到，她原来所饰演的任何一个金粉千金或娇贵名媛或苦难深重的贫女弃妇，都不过只是借助远远近近的历史与岁月的一种虚拟人生，就像现在的虚拟网络。只有走下舞台褪下戏服后的晚年人生，才是这样的真实而具体。“乔大妮”再不能换来无限的喝彩与揪心，粉墨登场，公主千金，三两步走遍天下，真真儿地成了戏词。大妮似乎很满足于现在的生活，偶尔也会唱一段豫剧，算是对过去生活的一次重温，又似乎是对渐行渐远的豫剧的一种挽留。听她儿子说，在她六十岁生日的时候，她让儿子在县电视台点了常香玉的《穆桂英挂帅》和马金凤的《对花枪》。她没有请戏班子或几个老姐妹来为自己祝寿，而只是选了豫剧的两位名角，这其实已是一个很正常的事实，因为那种用唱戏祝寿的乡村场景早已成为她记忆中的一堆碎片。

现在，那些曾经殷勤地行走在乡村的“草台班子”，甚至包括地、县一级的专业剧团，几乎都纷纷踏上了解散之路，而唯有省一级的剧团在声光跳脱的伴随下还在娱乐着人们的眼球。而真正的民间精粹就像乡村里那些被抛荒的田地一样，野草萋萋地守望着夕阳残照，晨钟暮鼓中敲响着今日的孤寂。

人们为什么要像厌弃村庄一样厌弃乡野的醇香清音呢？

人们又为什么身居闹市而频频回望农耕文明呢？

在这个传统文化价值普遍让位于流行与时尚的物质时代，谁也无权用指责与怨尤来界定一种文化与时尚的对与错、离去与存在。

只是，一朵真正的乡野之花枯萎了，我们再也看不到鲁迅笔下的社戏了，再也听不到从坚实的胸腔中发出的诸如“嗨哟”“吼吼”的人类原声了。

队长“个子”

一

“个子”，是一个人，但我不知道这个称呼的确切含义，是指这个人算个人物还是因为他个子大，或者是像乡下孩子们叫“狗蛋”“铁蛋”什么的，只是一种对健康成长的希望与寄托？

“个子”是20世纪六七十年代我们村邻近生产队的队长，从我记事起，人们都叫他“个子”或“队长”，他的大名叫什么倒被人们遗忘了。他本人对“个子”这个称呼，好像已习惯或者是无所谓了。见到他，总看见一脸的凶煞。

“个子”是我们那一带出了名的有杀气的队长，一则他高大雄壮，声如洪钟，上身一裸，隆起的肌肉成块成块的；再则他是条光棍，平常不多说话。据说他力大无比，与人打赌时，“吼”一声便能扛起石磙。他总喜欢打人，对农活干不好的或看着不顺眼的人总是出手就打，别人从不敢还手。孩子哭闹时，哄孩子的只要说一声“‘个子’来了”，哭声就会戛然而止，甚至狗见了他都不敢狂吠。

二

“个子”犯事犯在一个没出门的大姑娘身上。

那是正秋收的一个下午，一阵“当当当”的破车角子（破损的牛车铁轱辘子）敲过，就听“个子”站在挂“钟”的大槐树下高喊：“都上工了！妇女们下地摘花（棉花），男劳力们下地刨红薯，谁耽误活儿扣谁的工分！”喊过后，“个子”戴着草帽，扛个钉耙就下地了。

半人多深的棉花棵，枯叶还没有完全脱落，一朵一朵盛开的棉花像盛夏的白莲。姑娘、媳妇们腰上系着一个大兜兜，一人两垄向前摘着。突然，一个叫文香的姑娘叫一声就倒下了。几个跟她关系要好的喊着“文香，咋了？咋了，文香？”向她跑过去。还来不及扶起她，已看见血水顺着她的裤管流了出来。几个姑娘慌了，赶紧喊嫂子、婶子们。有经验的媳妇们围过来，赶忙解下围裙，铺在地上，还没等文香的大裆裤子脱掉，就听见了婴孩儿的啼哭声。“哎呀，这妮子咋生娃了？”“还没出门（出嫁），咋会有孩子？”领队的赶紧去报告队长和文香的父亲。“个子”队长二话没说，拎着老虎耙子（钉耙）就跑了过来，一看是金福家的姑娘，便把刚出生的婴孩儿摔死埋了。围着的妇女们看着这景象，惊吓得嘴巴还没合上，就听“个子”队长说：“金福，快把你的妮子拉回去，不准声张，今后半（下午）就不扣你们工分了。”然后对着在地里摘花的妇女们说：“这事就算了，谁也不准往外说，谁若说出去，我扒了她的皮。都散了，各（自）干活去吧。”

三

一个生命就这样不明不白地来到世上，又这样不明不白地消失了。村子仍旧炊烟袅袅，鸡鸣犬吠，驴嘶马叫，像什么事也没发生过一样，连一点议论也没有。

但公安局还是来了，那是在文香掉下孩子两个多月后。据说是她上高中的弟弟回来拿口粮，听说了姐姐的遭遇，就报告给了公安局。当警察开着警车来到村里时，“个子”正蹲在门口的饭场里吃着饭，没出声便被叫上车带走了。

过了几天，村子里又来了两名公安，由大队妇女主任陪着，挨家挨户问询着。调查了两天，除了掉孩子的文香说是队长在春上的时候，在堤外的早苞谷地里坏了她，没有其他妇女愿意承认和“个子”队长有染。但据文香说，“个子”在坏她时，说全队的媳妇和大闺女几乎都让他干过。两个公安觉得这样取证不是个办法，就对妇女主任说，晚上把全队的群众集合起来，动员后再查。晚上，大队干部和生产队的各家各户都聚在了生产队牛屋前的空场上。一看有公安，大家都收住了说笑，面无表情地蹲着或坐在地上，年轻的姑娘们直往人后躲。村支书简单维持了一下秩序，一个公安开了话：“乔大虎犯了杀人罪，性质很严重，恐怕是回不到村里来了，大家不要有顾虑，也不要害怕。他平时欺负了谁家的姑娘和媳妇，请大胆地检举揭发；如果大家都不说，乔大虎就会轻罪轻判，几年后一出来，如果他不思悔改，还会祸害大家。”人群中一阵小声嘀咕，这才知道，“个子”的真名叫乔大虎。另一个公安接着说：“我知道大家有顾虑，怕说出来丢人，名声不好，甚至怕遭人报复。大家不必有这个担心，我和王警官商量过了，以后的调查全放在晚上，到谁家不到谁家完全保密，希望大家好好协助我们调查取证，决不放过任何坏人！”

两个公安开会后在村里又待了两个星期，拎着厚厚的公文包走了。平静的村庄又恢复了往昔的平静，如寂静的乡下夜晚一样。

又到了一个秋天，大队部前墙上贴出来了一张新布告，乔大虎的名字上用红笔打了个“×”，以杀人罪、强奸罪、故意伤害罪、贪污罪数罪并罚，被判处死刑，立即执行。布告上还写着：十多年来，乔大虎利用生产队队长职务之便，共和 30 多名妇女发生了性关系，强奸数人，胁迫猥亵女学生 3 人，致伤残 2 人。

队里多数人再也没有见到虎背熊腰、满脸杀气的“个子”，而在村外的河滩边，一座新坟一夜而起，人们说，那是“个子”的坟。

四

“个子”走了，“个子”永远地走了。但他家的事却一桩接着一桩。

他二弟媳受不住村里人的指指戳戳，跑了；没有媳妇的二弟接着也走了，不知是死是活，至今未回到我的老家——临河的乔湾。他的三弟已订婚，但“个子”被枪毙后，女方死活要退亲，虽托亲告友说合，女方硬是不肯。夏天的一场大雨后，他的三弟偷偷潜入女方家，强奸了未婚妻，又跑到瓜地里杀了看瓜的未来岳父，后自杀未遂，半年后，也被枪毙了。老大“个子”死了，老二离家出走了，老三被枪毙后，尸首都无人认领，民政局多次通知，他的堂哥堂弟才把尸体拉回，草草地埋了。临河的滩上，两年冒出两座新坟，一东一西，并列着。熟悉的本村人走路都绕过去，害怕；不熟悉的外乡人，扭头看看，他们不知道，这坟里埋着曾经健壮如牛的两条汉子。

三个儿子都没了，死了老伴儿的“个子”母亲，仿佛一夜之间，头发全白了。偌大的院落中，一个老人无声无息，两三年后，也死去了。

五

一个曾经的五口之家因一个人而消失了，多年之后，人们又议论起“个子”队长和他的往事。

“个子”原来很本分，他的父亲死得早，长兄如父，他担负着照顾两个弟弟的责任。他的家很穷，二弟当兵娶妻后，“个子”已错过了娶媳妇的年龄，只得打光棍。但“个子”人高马大，又不惜力气，大队就让他当了队长。当队长的前几年，“个子”领着全队拼命地干农活，人勤地不懒，他们生产队比邻近几个队干得都好，分值也比邻近队的值钱。

那时按人头和工分分口粮和小麦,“个子”的生产队人均最高,最多的一个年份达到150斤,一千多人的村庄都羡慕“个子”和他的生产队。

“个子”生活的改变,来自于一个女人。那是邻居家一个寡嫂,拉扯着几个孩子,怪可怜的,“个子”就把轻松而工分多的活儿派给她,寡嫂感激“个子”就把身子给了他。尝到了另一种生活滋味的“个子”便放开了手脚,他利用当队长派活儿加工分的权力,先后与多个妇女发生关系,后来胆子越来越大,几乎是想搞谁就搞谁。也没有人说出来或报告上级,他感到没有人敢反抗,就盯上了队里的姑娘,管你是妹子还是姑辈、侄女辈的,一到成年,几乎都不放过。有家族大的,“个子”明着不敢,就暗地里施些小恩小惠,多分几斤菜或几条鱼,多送几尺布票或一斤糖,便把女孩子甚至孩子她妈都打发了。也有不从的,“个子”就利用队长派活儿的权力,把那些最重最脏最难干甚至是危险的活儿派给你,干不好不但扣你的工分,开会时还点名批评或羞辱你。在那个把日本尿素袋漂洗后当最时髦衣服穿的年代,活命是多么重要,不少女人也就认了。有被家里人发现的,但“个子”块头大且身体壮实,单挑不过,想父子爷们儿联手时,又惧怕“个子”弟兄和堂兄弟多。更重要的是迫于“个子”有上报抓人的权力,弄不好给你定个罪,还会被捆绑到公社里关几天黑屋。权力的魔杖就这样伴着罪恶诱惑着“个子”的疯狂,也酝酿着他的毁灭和一个家庭的悲剧。

六

那个年代的缺食少穿,那个年代乡下姑娘羞怯和无知,一个乡下女子的贞操和名声,犹如一把无形的利剑悬挂在头顶,比什么都重要。要么在道德的幌子下低头活着,要么在名声的光环中被恶棍欺辱着。人性中的恶就在这样的土壤中滋长着,他们用一点权力或利益的诱惑轻而易举地占领着乡村最神圣的领地,污染着人性中最原始的纯洁和善良,霸占一个人或打垮一个人,就像踩死一只蚂蚁一般。这正像田野或河边的一株野花，一朵刚刚凋谢，新的一朵又开始绽放，罪恶无休无止。无知无畏的“个子”，敢于在众目睽睽下结束一条鲜活的生命，而这生命，连一声哭叫都没有。一个队长的一声“都散了，各(自)干活去吧”或“这事就算了，谁也不准往外说”便是律令。一条生命和一个受辱女子，两个多月里，村庄竟平静如水，要不是那个读书的愣头小子在外边报告上去，这乡村的一个个屈辱的故事还将发生。乡村，不会因一个没有名分的生命而震颤，更不会因一个村姑的受辱而大惊。像一场暴雨或一场洪水，过去了就过去了，带来的创伤很快就会被深厚的土地掩藏掉。

那个时代的乡村，那个时代的人和事啊！

“呱嗒”三伯

一

乡村，好像是我生命的母系时期和原生状态，它天真而烂漫，恣肆而蓬勃，永远用无穷的魅力和不可抗拒的力量诱引着我，用草根的自然神韵和鲜活充盈着我的幻想并滋养着我的性情。

我现在还存留着的童心和力量，就得益于童年时候的一些人和一些事，他们像暗夜中一束柔弱的微光，一直闪烁在我的生命和记忆中。“呱嗒”三伯就是其中的一个人物。

“呱嗒”是村里人给他起的外号，按辈分排，我应叫他三伯。他不但能呱嗒，而且能“日冒”，用赵本山小品中范伟的话来说，就是会忽悠。娶媳的、嫁女的、当兵的、看病的、论理和事的，他都能忽悠着解决，这就注定了他是20世纪六七十年代中乡村的风云人物。到70年代末的顶峰期，甚至连大队干部和公社的头头脑脑不能办的事，“呱嗒”三伯也一样能办妥。

“呱嗒”，已不再是原先带有贬义的绰号，而是成了大家的一种希望，谁要是能攀上“呱嗒”或找“呱嗒”办事，那是天大的荣耀。全大队甚至连那一带的乡村都以“呱嗒”三伯为荣，说事或评理时总爱说“乔湾‘呱嗒’说的”，以彰显自己的正确或权威。

“呱嗒”三伯家和我家是房子搭山的邻居，但按血缘，到我父亲辈，已出五服，但仍算是比较近的。1975 年唐河流域的一场大洪水，把我们两家的房屋冲毁，倒在了一起，灾后拣砖拣瓦时发生矛盾而结下了怨，从我记事起，两家就不来往。但两家的树木是不管这些的，一有阳光和空间就疯长，他家的枣树枝伸进了我家院子，我家的洋槐花也能落到他家。儿时贪吃且又不懂大人们的恩怨，枣还没熟时，伸向我家的枣枝上已净光，“呱嗒”三伯好像也不在意。孩提时代的记忆中，他还是蛮和蔼的。

听我父亲讲，新中国成立前“呱嗒”三伯家地无一垄，房无一间，非常贫穷。他们兄弟五人，全是光棍，他们的父亲死得早，就由他们的母亲（我叫大奶的）领着他们给人家当长工、打短工，直到新中国成立后分地分房，他们一家子的生活才稳定下来。他们老四新中国成立前给郭滩镇的一个商铺当伙计，合作社时就成了一名吃商品粮的工人；老五被国民党抓了壮丁，沈阳解放时按投诚人员对待，留在了部队，后成为全军有名的模范和针灸专家，并因此蜚声海内外，“呱嗒”三伯也就是沾了五弟军官的光而名噪一时。

二

20 世纪 70 年代初期，正是全国山河一片红的造神时代，“呱嗒”的五弟当时已是营职的军队劳模、学雷锋标兵。敲锣打鼓的县、公社干部把大红花和慰问品送到了“呱嗒”家。有日用品、图书、毛主席画像及像章，还有登有他五弟模范事迹的《解放军画报》。而让我的村庄沸腾并为之骄傲的是赠送给军属“呱嗒”的一辆永久牌自行车。那是全村人见到的第一辆真正的自行车，人们围着它转来转去，为能亲手摸一摸而自豪。大队为了照顾英雄的哥哥，便安排“呱嗒”三伯到大队里当了通信员。那个时代，通信员也是万千人中的佼佼者。从此，只要村头响起“丁零零”的自行车铃声，不是邮递员就是“呱嗒”三伯报喜或报忧的通知到了。村头吸着旱烟袋的老人们，看着“呱嗒”三伯一跷腿飞身上车，睁大着眼睛一直追着看到老眼昏花，人和车都消失在田间，才回过头唠叨着：“唉，咱家要是也出个军官就好了，八辈子的福哟。”

自行车就是“呱嗒”，“呱嗒”就是自行车，名人加名车，成了乡下难有的绝配。谁家想说个媳妇，媒人和“呱嗒”骑着车子走一趟，准成；闺女想嫁个好婆家，由“呱嗒”骑车去一打听，对方便拍胸应诺。“呱嗒”看到了自行车的神奇魅力，就对它格外地呵护，甚至车比人都金贵。车架上，大梁上，凡是车子不转动的地方，都缠上保护胶条，外面再缝上布套。天一阴，“呱嗒”便步行去大队部，偶有赶在路上下雨时，“呱嗒”便把草帽或其他遮雨的东西盖在车子上，扛着车子回家。我记忆中的“呱嗒”三伯已是 50 多岁的年纪，每当看到他在雨中扛着车子吃力地回家，落汤鸡似的，雨水顺着他干瘦的身子往下流，我就纳闷：到底是人主贵还是车子主贵？

三

“呱嗒”三伯新中国成立时就已过了而立之年，加上他有哮喘病，虽风光无限却是光棍一条。他的二哥在 1960 年“断伙”时饿死，大哥是生产队的老保管，近 60 岁的人了也没有家小，只有四弟、五弟后来娶了媳妇。但老四媳妇因年轻时漂亮出众，被街上的恶霸和地痞霸占多年，吃香的喝辣的惯了，不在乎婚后生育不生育，能享受就行。听说她结婚后还风流不减，一天晚上和人鬼混时被丈夫撞见，那人一刀劈下，把我那可怜的四伯当头劈开个大口子，险些丢了性命。

“呱嗒”三伯为家庭的后继担忧，就跑遍四邻八村地为四弟抱养了两个孩子，一男一女。为占有一份土地，男孩过继给自己，也算是自己有了个儿子。这个儿子就是我龙哥，他 1960 年生人，比我大三岁。儿时为替家里挣工分，暑假时到地里割草，他总是篮子空空，就拿些糖块或街上孩子们玩过的破玩具，引诱着我们替他割草。他坐在地头或坟边的树荫下哼着小曲，我们却为挣一小块糖而拼命干活。中午或傍晚回家时，每人匀一份给他，他的大伯又是负责收草时过秤的，他也就一天又一天混过干活的假期，开学后，就到镇里上学去了。我四伯家还有一个叫凤的姐姐，简直就是一朵花，她到乡下来玩时，女孩子们争着看她的蝴蝶结和花裙子，她的漂亮也勾动着乡下的懵懂少年们，当然也包括我。后来她当知青，返城后嫁在唐河县城，现在已经儿孙满堂。20 世纪 80 年代我在唐河教书时曾去看她，提起童年之事，她说好些都忘了，只记得一次在寨河里洗澡，呛水被淹个半死，被大人们捞上岸后搭在牛背上来回跑动，水倒出后才活了过来，以后便再也不敢下水了。

四

我上初中的 1976 年，“呱嗒”的五弟——军官五叔回来探望已 80 多岁并有点老年痴呆的母亲。又是一队锣鼓红花，几辆小包车（吉普车）开进村里，乡下人再一次大开眼界。这次，军官五叔在家住了很长一段时间。

他挨家挨户串门，给小孩们留袋糖，给老年人一包烟或一袋点心，有腰酸腿痛或风湿麻木的，就取下随身的针为其针灸，好些老人感动得泪如雨下，拉着五叔的手不放。他每天总是早早地起床，背个粪筐子满村转悠，然后把拾的粪倒进集体的大粪坑；雨后他挽起裤管、打着赤脚为集体的庄稼排水、培土；他掏出自己的钱为村里修桥铺路。他还拍着我的肩膀说：“娃子，好好读书，将来为国家做贡献。五叔没文化，耽误了好些事，你们现在多好哇。”并把一支粗大的英雄牌钢笔插在我的书包上。这支笔，伴我度过了初中、高中五年的学习生活，现在仍和我的老海鸥牌 120 相机一起被我视为家宝。

五叔秋后走时，带走了有些驼背的“呱嗒”三伯。到春节“呱嗒”

三伯回来后，他家便成了村子里的新闻中心。

“呱嗒”三伯说：那东北实在是太冷了，说句话就得快点，不然，张开嘴就合不上了；耳朵是不敢摸的，一摸就会掉下来。还说我五叔在军队里是个大官，当兵的见了都“啪”的一个立正，敬个礼说“首长好”，并经常小车来小车去的，每顿饭都有红烧肉。东北的鸭子也比咱这里的大，一个鸭头和鸭脖子就一大盘子。他说回来是怕在那儿住久了，胖得走不动路，等等。村上的人跟听说书似的，一愣一愣的，心里向往着东北的大鸭大肉，只是害怕那里太冷会冻掉耳朵。

“呱嗒”三伯讲的东北，多少年来都萦绕在我的脑际，充填着我对东北和军人生活的向往，并形成一种情结。直到21世纪初，我去黑龙江参加一个笔会，并顺道看望了当年的军官五叔。想起“呱嗒”三伯讲的那些东北往事，我不由得笑出声来。

其实五叔那时只是一个享受团职待遇的军医，因针灸治风湿和胃下垂出了名，又是学雷锋标兵，曾受到周总理接见。20世纪80年代末离休，离休时享受副师级待遇，现在仍休养在沈阳第二干休所。他双目几近失明，腿也处于半瘫状态，下床走路都困难。他拉着我的手说：“谢谢你来看我，我小时还吃过我光荣花婶（我亲奶奶，我爷爷叫光荣）的奶。你三伯（指“呱嗒”）死时我就想回去，一是眼睛不好使，二是走路困难，就叫你几个妹回去了，我很想念老家，也很想在老宅里再住几天，可是人老了，回不去了。”我安慰五叔道：“三伯一生走村串户，虽没文化，可也没少给庄上办好事，晚年五保，乡里、村里都照顾得很好，他那个身体，能活过70岁，也算高寿了。当年上级奖的那辆自行车，也遵照他的遗愿陪葬了。也许若干年后，还算个古董或宝贝呢。”说得五叔笑了起来，病患的痛苦在谈论家乡的往事中消减着，故土、老家，看来在每一个游子心中，都不会被抹去。

如今，我也已人到中年，已融入城市的喧嚣生活，回想起乡村往事和乡村人物，总难以释怀。虽然时代的洪流撕扯着我，让我不自觉地陷入其中，但我并不是一个对生活有太多奢望的人，那些从我手下或身边走出去且发了财的大款们，我并不羡慕。看他们一天到晚如苍蝇猎狗般地忙碌，飞机火箭般地奔跑，磨破嘴皮地逢迎交易，真是心痛。唯一值得保留和珍藏的还是那一点对于生命的原初记忆——贫穷但很干净的童年生活。它像一杯浓淡相宜的茶，虽苦点，却越喝越有味，有味得甚至无法说出或描绘，只能闭起双目，保持沉默。

美人小英

田水湾是我老家邻村中最美丽的村庄之一。它和我的出生地乔湾仅一水之隔，具体地说，就是隔唐河相望。田水湾在河北，乔湾在河南。

田水湾依堤傍水，高而宽阔的河堤围绕着村庄，堤两旁有高大挺拔的白杨织成的茂密的防护林带，堤坡上是疯长的芭茅和几乎原生态的野葛条、蒿草等。一年四季，整个田水湾除了东南西北四个出村的寨口，几乎全部被绿色包裹着，只在冬季，树们草们凋谢的季节，才能看到村子的大致轮廓。但如果你不走进去或仅仅是匆匆而过，那你看到的只能是田水湾的袅袅炊烟。田水湾的土地是我们那一带最好的河湾地之一，沙质土松散而肥沃，种什么长什么，从来没有绝收的年景。只是每年夏末秋初，几场暴雨过后，河水会上涨，淹没绿油油的秋庄稼，怪叫人心痛的。但我们那里的水是不会长久停留的，雨一停，水即退。我的有经验的父老乡亲们会在夏季获得小麦的好收成后，在堤外的河湾地只种些花生、玉米等耐淹的作物。而经过带着淤泥和富含农家有机养分的河水浸淹后，土地得到了更好的滋养，不需用化肥，来年的麦季必是丰收无疑。即使秋作物被水淹没时间过长，沤坏了，有经验的乡亲们也会迅速地清除掉腐烂的青庄稼，赶时种上萝卜、大白菜、包菜等蔬菜。那肥沃的包蕴着被淹青苗汁液的土壤，要不了三四个月，就会长出肥大的蔬菜来。那水灵灵的大萝卜，一个足有四五斤重，而瓷实沉重的大白菜、嫩包菜也被整担整车地运往各地。这里的水土真是养人，就是河湾的沙滩上、低洼处，也生长着密匝匝的、一望无际的芦苇，那是鸟儿和野兔们的天堂，待秋风吹起，苇花吐絮，白云飘荡，一派芦荡风光。而与田水湾隔河相望的我的老家乔湾，也就连在这一片富饶的田园中。

下面这个关于性杀的凶事就是在这两个临河的村庄里发生的。

一

故事的主人公之一叫高小英，是乔湾两千多人的乔姓大村庄中不多的外姓高家之女。高姓迁居乔湾的历史，我得简述一下。

我的始祖是在明嘉靖年间从南京凤阳府砀山县（今安徽砀山县）月儿湾村逃荒而来的，距今已有四百多年。据始祖坟上现存清嘉庆八年（公元1803年）的碑文记载：明世宗嘉靖年间，我的始祖从山西洪洞县大槐树下移民迁至当时属南京的砀山县。为何落户砀山县，无资料可考。但可考的是，那些年，黄河竟像翻烧饼一样不断泛滥改道，听说中原土地肥沃而人丁稀少，我的始祖便又告别新的家乡，和侄儿一起，两挑四担来到了那时叫唐州的地方，在距唐州府四十五里的唐河岸边停下了疲惫的脚步，扎杆为界，搭棚定居，结庐为家，拓荒而活。与先前到来的田水湾人隔河为邻，因始祖姓乔，定居地又临河湾，从此，一个名叫乔湾的村庄便诞生了。侄儿因不会游泳而怕水，在第二年麦收后便移居唐河西边的高岗上，取村名乔岗，距乔湾十里之遥。

乔氏始祖临河湾而居，土地肥沃，地头宽绰，加上祖先从晋南的汾河流域而来，很会耕种。有了粮食和农产品，人丁自然兴旺，至清初，乔氏家族已增至二百多人，筑了堤，修了寨门，乔湾便真的成了方圆数里像模像样的一个村庄。

清乾隆五十年（公元1785年），唐河一带水灾、旱灾、瘟疫肆行，地绝收,人相食,不少姓氏绝。邻村高姓,因与乔氏有姻亲关系,便投亲于乔湾。至今,乔湾仅有高姓这唯一的外姓。

高姓亲戚迁至乔湾犹如林黛玉进了贾府,总有寄人篱下之感,加上因灾投亲,分地又薄又少,发展缓慢。族人中有点儿本事的不是外出就是搬回原址,到现在,与乔氏共居的仅有几十户,人口不足二百人。但就是这百余人中,到20世纪的70年代,却出了一个远近闻名的大美人。大美人叫高小英,个头在一米七五以上,肤色白嫩细腻,脸蛋白里透红,尤其是一双忽闪忽闪的大眼睛,会说话似的,勾人心魄。十七八岁时,高小英已出落得娉娉婷婷、风姿绰约,高挺的前胸如乡下六月的大桃,总有时不时要闪现蹦跳出来的颤动之美。小英的父母会说书、唱戏,在那个年代可吃百家饭,收百家钱,高小英的穿戴打扮自比一般农家姑娘俊俏时髦,这便引来无数艳羡和渴望的目光。当地有点儿头脸的,诸如村支书、校长、信贷员什么的,或者家中有吃商品粮的国家干部或工人,谁不想娶高小英或为妻或为媳。一时,高小英家成了高氏家族的名门。提亲的,想瞧一瞧小英动人美姿的,络绎不绝。小英家经常是酒席不断,猜枚划拳声响彻河湾。高小英上街赶集或看戏看电影时,人们望着她高挑的身材、粉红的脸蛋、高颤的丰乳、时尚的穿戴,无不惊诧,不少人看傻了眼,忘了干活,忘了走路,忘了乡下人的纯朴羞涩。有的人干脆跟上几里,赤脚踩着高小英的脚印,脸上洋溢着幸福。上年纪的老人说,这妮子不是凡胎,必是个妖精,将来嫁人必是克星;中年人摇着头说,这妮子咋会种地过日子,谁娶了会养得起;小伙子们则是青春无畏,夹着下身鼓胀高扬的命根,自言自语或对着同伴拍打着自己的家什说道:“高小英要是叫咱睡一回,枪毙了也值!”后来,不知是哪家贫嘴的后生,按照高小英的身材、肤色、衣着,给她起了个外号“高白俏”,一传出,大家好像不谋而合,“高白俏”就代替了“高小英”。在我的老家乔湾及隔河相望的田水湾,“高白俏”西施般的美丽便挂在人们的口头上或存留在人们的想象中。然而世间一切的运行都有其内在的规律,事物之间总要达到相对平衡,像达尔文进化论阐述的用进废退,聋子的眼睛好使,瞎子的听力超常。但越有长处越被长处所累。这"高白俏"因天生丽质,十四五岁已楚楚动人,但学习和功课却差到了极点,每学期总有半数科目不及格,她父母觉得这妮子不是上学的料,勉强上到初中毕业,干脆让她跟着戏班子走南闯北。她的唱功、嗓音并不出色,但扮相俊美,倒也为戏班增添了不少色彩。

那还是20世纪80年代初,我的老家刚实行联产承包责任制,农村虽有了收音机和广播,但电视机和各种音像设备还是少有的,文盲的大军仍是浩浩荡荡,乡下人的文化娱乐活动还十分贫乏。"高白俏"和她父母的戏班子便在我的老家一带应运而生。不需要办理任何登记手续,也没有什么演出要求,只要大家喜欢看,有村庄邀请,几辆架子车或一辆牛车拉上戏箱和道具,在村庄有空场的高地上搭一简单台子,挂上两个冒着黑烟的"夜壶灯",演出就可以开始了。从呆板单调的样板戏和两三个月才能看一次电影的单调中熬过来的乡下人,对传统戏十分渴望,可谓心向往之。每至年来节到,哪个村要是不唱上十天半月戏就好像不算个村子。尤其是大年过后直到春上的庙会,几乎所有大一点的大队都要起戏。不识字的老人和中年人从戏中感受着生活的酸甜苦辣,也从帝王将相、才子佳人的故事中分辨着忠奸善恶、礼义廉耻,感受着戏中人的命运起伏。多少人随戏中的人物哭哭笑笑;多少人因忠良遭灾、奸臣当道而激愤不已;又有多少人因陈世美的忘恩负义而捶首跺脚,大骂不已。人生大舞台,戏在人中,人在戏中。"高白俏"从一登台就感到了在乡下唱戏的魅力和被万人捧场的喜悦。到了十八岁那年,干脆成立了"唐南豫剧团"并自任团长。也就在"高白俏"当上团长的第二个年头,即1981年的秋天,我和她后来唯一的合法丈夫——田水湾的田顺才考上了老家唯一的一所农村高中——唐河五中。

"高白俏"既是团长又是主角儿,年轻貌美又丰满高挑,到哪里唱戏都是备受欢迎。不长时间,其他公社街镇的草台班子都纷纷收场。

“高白俏”也很有发展眼光，干脆用积攒下来的演出报酬从县城购回了音箱、麦克风、配电照明设备，甚至布景什么的，大大改善了剧团的设施及演出效果。这轰动了我们老家那一带的十里八乡，比如郭滩、上屯、黑龙镇、苍台、龙潭、湖阳、张店，甚至邻县的新野、泌阳，邻省的湖北枣阳、陕西商南等，剧团真正成了名副其实的“唐南豫剧团”。

“高白俏”成了我家乡一带的名人了。她领着她的剧团由村里唱到街上，由街上唱到镇上，再由镇上唱到县上，由县内唱到外地。

但她人生真正的戏剧却发生在1982年的春天。

那是我的老家郭滩人民公社改革开放后办的第一个工厂——唐南造纸厂试车投产举行的庆典，“高白俏”的“唐南豫剧团”应邀助兴，戏台就搭在厂门前的公路一侧。因春上是我们那里的农闲季节，看戏的人特别多。第一晚上，唱现代豫剧《朝阳沟》，“高白俏”扮的自然是银环的角色，她的唱功并不出类拔萃，但她的高挑、白嫩、丰满仍是迷倒了不少观众。因这是人民公社在改革春风中的第一个社办企业，当天晚上公社领导和县工业局的领导都坐在前排观看。在这一群领导中，县委宣传部派来的挂职副书记朱天奇格外惹人注目。他二十七八岁的年纪，一米八五左右的个子，一头蓬松的自然卷发，白净的面庞上镶嵌着男人难得的一对双眼皮大眼睛，一身绛紫色的西装配一条白色领带，不化装登台就酷似剧中的栓保。演出在有序进行着，观众对演员的精彩表演不时报以热烈的掌声和口哨声。而朱天奇那双大眼却像现代舞台上的追光灯一样，一刻也没有离开“高白俏”的脸蛋和前胸。虽说从城里下来，自认上大学时在大城市里见过世面，形形色色的女人也见过不少，但从没见过如此漂亮、丰满、迷人的女人。朱天奇初来郭滩时，也有人提起过“唐南豫剧团”的高团长如何美艳惊人，但当时朱天奇心想：她一个乡下女子，大不了就是风骚一点，被没见过世面的乡下人误吹罢了。今日一见，果然是凤凰落地，仙女下凡。回头再看台上“银环”的脖颈、前胸、腰肢、大腿，就血管膨胀，浑身燥热起来，脑子一闪便是床笫交合之事。他借一场戏拉幕之际，赶忙溜进厕所,打扫那裤裆中早已黏糊的一片。

“娘的,真是没出息!”他暗骂着自己,“好钢用在刀刃上,连对手都没有碰一下,你着的什么急呀。”朱天奇草草收拾一下那个不争气的东西,就从厕所出来,刚坐下,最后一场戏的大结局便开始了。

不到半个钟头,幕闭上又拉开,全体演员集体出场谢幕。县、社领导上台与演员一一握手祝贺。当朱天奇走近“高白俏”的一刹那,像有一缕迷香漫放,他用有些颤抖的双手紧紧握住,不,简直是抓着“高白俏”一双嫩白细软的玉手,直到前边领导已距离朱天奇有四五个演员的位置,朱天奇才如梦初醒一般松开“高白俏”纤长玉润的手,大步朝前跟上,竟忘了与其他演员握手。

幕再次闭上,演员们到后台卸装,职员们收拾着乐器、道具。

剧团人员住宿安排在造纸厂刚落成的大会议室,四张桌子一拼,算是一张床,中间用一幕布遮挡,便是男女演员的分界线。在会议室门口,朱天奇叫住了正往屋里走的“高白俏”。

“高团长,请留步。”“高白俏”回过头,见是朱书记,忙说:“朱书记,你有啥事?”

朱天奇说:“高团长,这里住宿条件太差,你一个团长怎能住在这儿?”

“高白俏”大笑着说:“朱书记你真是官人不知戏子苦,这里的住宿条件虽比不上旅社、宾馆,但对我们而言,已经算不错哩。前几年在村庄里演出,不是在大队部打地铺,就是在生产队的牛屋磨房打地铺,屋子平时不住人,四面漏风,还有牲口的屎尿味,多少次熏得姑娘们都睡不着觉,直想吐。”

朱天奇也笑着说:“现在时代变了,你们也算演艺人员,又是到公社来演出,咋能叫你这鲜花再插在牛粪上。快,收拾一下,跟我到公社招待所住。”

“高白俏”说:“谢谢书记了,我这姐妹们都在这儿,我哪能独享特殊待遇啊!”

朱天奇说："一个剧团不就一个高团长嘛，走，秘书还在公路边等着呢。"

"高白俏"半推半就，跟着朱天奇来到了公社大院里。

郭滩人民公社大院位于郭滩街的东头，紧挨唐河防汛大堤，大堤外便是四季水声如歌的唐河。"高白俏"家离郭滩十五里，在郭滩东北的上游。"高白俏"和其他姐妹一样，自小在农村长大，上街赶集买东西看热闹便是乡下女子们向往之事，而公社大院是不多进的。只是这几年到外村外镇演出，到公社开介绍信是必不可少的，但夜半时分走进公社大院，"高白俏"还是头一回。整个大院黑洞洞的，只有院中央过道两侧的墙壁上的灯还亮着，但上面扣一大灯罩，树荫下一排排的青砖瓦房便隐没在夜晚的朦胧之中。朱天奇领着"高白俏"走向中排房子的东侧，拐过这排房子的角门，高白俏看到东面门朝西一溜儿有五六间房子，南面三间的门楣正中写有白底红字的"食堂"两字。朱天奇对着屋子喊了声："小王，几号？"小王应声而出："朱书记，6 号。"

进了 6 号屋，"高白俏"大吃一惊。屋中间的餐桌上，三荤三素六个菜沿边摆着，中间一大盘郭滩烧鸡和一盘烤得焦黄的锅贴馍，还有一小盆鸡蛋汤冒着热气，白底蓝花的细瓷茶碗里已倒上了正冒着白烟的纯正郭滩黄酒。

"高白俏"惊诧着一双凤眼："朱书记，这……"朱天奇忙拦着话说："知道你们演出后要加夜餐，我让秘书叫师傅专意准备了一顿便餐，不知是否合你的口味。来，请坐，请坐。"

"朱书记你太客气了，你对一个乡下演员如此关照，一定会是我们这儿最好的父母官。""高白俏"半是奉承半是撒娇地说。

"岂敢，岂敢，演出是很累人的，我们坐在台下看到现在还饿呢，何况你们唱念做打。来，吃鸡，吃鸡。"朱天奇说着夹起一只鸡腿放到"高白俏"眼前的小碟里，又端起黄酒和"高白俏"碰杯，吃喝着。

"高白俏"说："朱书记，这次造纸厂庆典演出，公社准备唱几天？"

朱天奇说："现在是农闲季节，又快逢三月初八街上庙会，你们想唱几天就唱几天吧，一直唱到庙会开始都中。七八万人的大公社，一人一毛钱，不就是七八千元，还养不起你这几十个人的小剧团？”

“高白俏”说：“朱书记你真是个好书记，这么年轻就当书记，将来还不知当什么大官呢！”

朱天奇说：“我从县委宣传部下来挂职，干一段就调回县里，下来时组织部找我谈话，回去后很可能到文化局。你好好演吧，凭你的条件，将来我如果回到文化局，一定把你调到县剧团，转成一名正式的演员、国家干部。”说“国家干部”时，朱天奇特别加重了语气。

“高白俏”忙说：“那感谢朱书记的好意，我一定记住你的话，好好演出，到时一定去找你。”

两人就着话兴、酒兴，一壶黄酒早已下肚，“高白俏”因酒劲拂面，真是面如桃花，眼似春水，风衣脱去，一袭紧身毛衣更衬出优美的身姿和丰满高挺的前胸，解下丝巾，白皙而颀长的脖颈犹如天鹅颈。朱天奇让厨房再热一壶黄酒，“高白俏”赶忙制止说：“朱书记，都快一点了，你明天还有恁多工作，改日再喝吧。”

朱天奇说：“我挂职乡下，也是一人寂寞，你演出这些天，夜饭我就陪你吃吧，也顺便了解一下乡村文化情况，便于我今后的宣传文化工作。”

“高白俏”说：“劳累书记陪我，哪敢哪敢！我一个乡下女子，说不出个沟沟道道，别误了你的大事。”

朱天奇站起来走向“高白俏”并拍着她的肩膀说：“你这么漂亮的团长，你就是文化。”边说边拉着“高白俏”走到后院的西侧。后院西侧门朝东有几间招待室。朱天奇取出钥匙打开其中一间，拉开灯，对着“高白俏”说：“这是我刚来时公社安排的住处，一切都是新的，你以后这些天就住这儿吧！”“高白俏”忙说：“谢谢朱书记了，如方便的话，我就住这儿几晚，静下来也好考虑一下演出的曲目。”

朱天奇走近床头，俯身提了提茶几旁的暖水瓶，又取出瓶塞用手在瓶口试了试。“都是刚打的开水，你休息吧。”转身要走时，又回过头对"高白俏"说:"这屋后墙外都是街上老户人家,晚上可能有猫叫,春上发情哩,你别害怕,这屋子北边朝南那一排房子的西头两间就是我的办公室和住室,害怕了就喊,我准能听见。""高白俏"红着脸甜甜地说:"谢谢朱书记关心,你真细心。"

看着朱天奇离去的背影,"高白俏"关门和衣躺下。

不知是酒劲刺激,还是春夜难眠,这一夜,"高白俏"真的失眠了。

她心里想:人家堂堂一个大书记,又是县里下来的,能陪咱高小英吃饭,还问寒问暖,关心自己今后的生活、工作,算命先生说我二十岁时遇贵人,这贵人难道是朱书记吗?要是人家朱书记真当了文化局局长,把我高小英调到县剧团,那才真是天底下打着灯笼也难找的好事哩。想想我高小英十五岁跟着父母跑江湖,乡下戏子麻利猴,谁真正把咱当一个艺人看待?跟要饭的差不了多少。走乡串村,给人取笑逗乐,夏天一身汗,冬天一身凉,多少次演出只为混口饭吃,多少次夜宿戏场后台甚至牛屋,夜里醒来担惊受怕。到外乡外村演出,几次被地痞流氓纠缠,听脏话,遭非礼,忍气吞声。为吸引低俗观众,没出门的大姑娘在台上还要打情骂俏,多少声淫笑中伴着泪水,多少双贪婪的眼睛中含着邪念。已二十岁了,因为唱戏,提亲的人中除了几个不成样子的接班工人,连一个国家干部都没有。可怜我高小英,真像大观园中的丫鬟晴雯,心比天高,命比纸薄。想到此,高小英哭了,再想想朱书记对她一个戏子的关心,两行热泪在高小英的脸上无声滑落。

接连几天,古装戏如《穆桂英挂帅》《樊梨花征西》《打金枝》《铡美案》等,现代戏如《小二黑结婚》《朝阳沟》《红灯记》等,"高白俏"都越演越带劲,戏里戏外,她真的是要给朱天奇书记唱几出。朱天奇也真兑现了诺言,每晚雷打不动,要么看完全场演出,要么准时准点来接"高白俏"回公社吃夜饭,回招待所住宿。

又一晚的演出结束,朱天奇准时来接"高白俏"。

"高白俏"说:"朱书记,你每晚都陪我一人吃夜饭,怕对你影响不好。从明晚起,让师傅把饭送到我住的屋子,你就不用陪了。”

朱天奇说:“在你住的屋子吃饭可以,但我一定要陪的,这么年轻貌美的团长,谁不怜香惜玉哩?况且我晚上下了班也没事,能陪你也是我的福分。”

就这样边吃边聊,“高白俏”发现今晚除了一壶黄酒,还添了一瓶宝丰大曲。朱天奇问“高白俏”:“晚上唱的啥戏?”

“《西厢记》。”

“那你一定演那崔莺莺。”

“那还用说,我虽是团长,但也是团里的花旦,不演莺莺,难道还演张生?”“高白俏”娇嗔地回答。

朱天奇笑着说:“你高挑的个儿,端正的脸盘,真来个女扮男装,保不准还真出彩哩。”

“朱书记白净的脸,笔挺的身,要会唱戏,演一公子或书生才真出彩呢。”“高白俏”斜着凤眼瞅着朱天奇笑着说。

朱天奇说:“你还别说,在上大学时,我还真演过剧呢!要不你教我两句戏词,我给你来两句。”

“高白俏”念道:“桃花三月向阳开,春光催出玉人来。描鸾绣凤针线好,弹琴唱曲有诗才。前生欠你姻缘债,今朝还你白头来。”

朱天奇真的脱去西装,手舞领带,和着“高白俏”手打的节拍,一眼一板唱起来。

两人边饮边唱,不觉间已把一壶黄酒、一瓶白酒喝干。两酒一混,“高白俏”不觉酒劲上来,站起来唱一句“上西楼,挑竹帘,看哪家才子披锦缎……”刚抬起手臂作势,不觉天旋地转起来,摇摇欲倒。朱天奇急忙站起,顺势将“高白俏”揽入怀中。当朱天奇脸贴着“高白俏”的脸,手揽着“高白俏”挺拔高耸的乳峰,他也真的天旋地转起来。口中急促地呼着:“小英,小英,我要你,我爱你……”左胳膊用力向上一抬,把软如面条的“高白俏”平抱起来。

三月正是桃花盛开、春水响动、虫鸣鱼跃的时节,听着堤外水声,伴着黑暗中几声公猫的叫春，朱天奇情难自已，他把高小英平放在松软的毛毯上，急切地拽开领带和领口，半跪在高小英修长的大腿间。他解开了小英的腰带，把她掖在腰中的毛衣、内衣向上卷起。霎时，一道如雪的白光刺着朱天奇的眼，高小英下意识地用手拽着毛衣，但当朱天奇俯下身子猛劲去亲吻她时，高小英平静得如一池秋水；朱天奇看高小英闭上了凤眼，更是如鱼得水，一头扎进高小英温暖洁净的怀里……高小英真的醉了。

她梦见自己跑在一条开满鲜花的大路上，因急着要寻找厕所，奔跑的速度惊人，可大路两旁都是盛开着的金黄的油菜花、雪白的萝卜花，小麦已没过脚踝，干农活的乡亲们都在田野里不时弯腰又抬头，好像盯着自己似的。哪里有厕所？即便有个遮羞的废墟或机井房也好。她向前跑呀跑，终于看到一间小屋，她迫不及待地想躲在屋角方便一下，刚一蹲下便听到屋内咳嗽一声："谁呀？"她站起来继续奔跑，急得要尿湿裤子了。终于跑到一片桃花林，正好还有一道篱笆墙，左右看看无人，她终于酣畅淋漓地舒服起来。正当她惬意地准备起身时，一条坚硬的桃枝向她刺来，一阵剧烈的疼痛把她击醒。朱天奇正大汗淋漓地喘着粗气，脸因用力有些变形，失去了平时的温文尔雅、干净平和。高小英看着满头大汗的朱天奇，猛然坐起，抱着朱天奇的脖子在他肩上用力一咬，鲜血如桃花般涌出。

"这是演的哪一出啊？是崔莺莺月下会张生，还是李香君血溅桃花扇？"高小英第一次清醒地哭着。

戏终于在 1982 年春天的三月间唱完了，不久，朱天奇书记也从郭滩人民公社调回到县文化局。真是天有巧合，人生如戏，当春天过去，高小英怀着朱天奇的骨血进城时，朱天奇却领着他的夫人和孩子随县剧团慰问演出去了。

唱戏的高小英像悲剧戏中的旦角一样几乎疯了。在县城转悠了半天，最后在文化局大院后边朱天奇家的大门上狠踹了几脚后，果断地找了一个同学作陪，在唐河岸边竹林掩映的一家医院里做了人工流产手术。此时，她的家乡乔湾临河的一片桃园里，摇曳的青果正纷纷坠落。

二

我和高小英的丈夫田顺才都是在1983年的夏天从唐河五中毕业的。那时，农村高中的升学率极低，在百分之十左右，我是为数不多的幸运者，虽然只考取了豫南一所农专，但跨进了大学之门，哪怕只是小中专或技校，在那个时代也是可以光宗耀祖、改变一个农家子一生命运的。虽然后来我毕业分配到一个乡下的兽医站工作，但毕竟是拿了工资，吃了商品粮。

却说高小英被郭滩人民公社挂职副书记朱天奇诱奸后，疯过一次，死过一次，终因青春生命的旺盛，又回到了我的老家乔湾。梦破灭了，剧团散了，戏不唱了，但她的美貌仍吸引着人。

我的同学田顺才高中毕业后，因没考上大学便回村当了一名民办教师。所谓民办教师，是20世纪七八十年代一个特殊的教师群体，因农村当时快速发展的教育而生。他们都是农民身份，初中或高中毕业后被村办学校聘任，被公社一级的教办室登记入册，待遇由大队、公社统筹解决，大部分从乡村提留款中支付。他们教书不离家，亦教亦农，上课时是教师，下课后是农民。田顺才任教的乔湾学校，就在我的出生地乔湾村，临河而建。学校西边是一片桃林，东靠村庄，北面是大片沙滩，长着些芦苇、芭茅和柳树等耐水的植物，南面是一望无际、平展如镜的河湾地。村庄被寨堤护围着，学校，算是在村外。能从村里的老宅中搬到寨外，在临路而又平阔的耕地上另扎新宅的，不是村干部就是村里有头有脸的人物。高小英家能搬出村子在寨外居住，完全是因高小英的美貌。老支书家有个小儿子，发疯般地看上了小英，支书想让高小英家离自己家近些，以便促成这桩婚事，便准许高小英家从寨墙内迁出。而当高小英出事而后剧团又解散，老支书说起高小英家新划的宅基地时后悔不已。

高小英的家就坐落在村西头的寨堤外，离学校最近。她家因唱戏多年，积攒下了不少钱财，房子在我们村也盖得最好。一个方方正正的院落，两层小楼上下六间，东屋两间。东屋北头一间为厨房，南头一间临路，就在南墙上开一大窗口，成了一间小卖部，卖些油盐酱醋、烟酒糖果一类的日用品和作业本、笔墨纸砚等学生用品。田顺才每天上下课都要从高小英家的小卖部前走过，他又嗜烟酒如命，放学后回家时从小卖部打上二两散装白酒，上课困了再到小卖部来包香烟，一来二去，便成了高小英家小卖部的常客。高小英晚我们一两届，田顺才被高小英的美貌吸引，高小英也为老校友的实在、大方动心。终于有一天，憨厚的田顺才趴在小卖部的窗台上向高小英吐露了心声。

“小英，我也都二十六七了，给你爹妈说一声，我想娶你，我是真的喜欢你。”

“田顺才，我曾经是个戏子，又是被人坑过失身的女人，娶了我，你不怕别人笑话？你不后悔？”高小英也认真地说。

“我不后悔！那个时候，谁知道城里下来的干部也恁孬，当了书记还是个坏杂种，咱又不知人家底细，看上去年纪轻轻，跟没结婚似的，我要是个女的，也可能会上当。”田顺才带着安抚和理解诚恳地说。

“俺乔湾不和田水湾做亲，你是知道的，你要真想娶俺，就找个得力的人给俺爹妈说说，他们要是说中，我愿意嫁你。”小英说。

“姓乔的不和田水湾做亲是指本姓，你家是外姓，又不姓乔，哪有这规矩？”田顺才满有信心地劝着高小英。

高小英“嗯”着点了点头，递给田顺才两包烟，扭头回到里屋。

高小英的父母因女儿已吃过亏，现在也二十多了，就让学校校长做了媒人。

这年(1983年)的腊月十八，高小英跨过唐河嫁到了田水湾，成了我同学田顺才的媳妇，几百年来两庄不通婚姻的历史宣告结束。

三

田顺才兄弟姊妹五个，一个姐，一个妹，两个弟弟。二弟田顺福，十岁左右到河里洗澡被淹死。三弟田顺宝，小名田小三，生性顽皮，性倔而野，这将是后面故事中叙述很少但却很重要的一个人物，这里暂不赘述。

田顺才比我小两岁，结婚那年已二十六岁，比高小英大四岁。

婚后的高小英也算勤俭持家，只是当姑娘时在外混荡多年，仍好吃好穿。婚后第二年，便和公公婆婆分家单过，接着，生了一个女儿；再一年，又生了一个女儿，因怕计划生育罚款结扎，二女儿一出生就悄悄送到亲戚家偷养；到大女儿满五岁时，又按农村准生政策生了第二胎，这回是个儿子，皆大欢喜。又过了些年，田顺才和高小英在交足了多子女费后，又把二女儿接回，一个五口之家在农村就这样合法地诞生了。

田水湾和我的老家乔湾一样，都属典型的河湾地带。俗话说，三十年河东三十年河西，这话在河湾地带一点儿不假。在儿时，我家寨堤外就是河水，三十年不到，河水在乔湾北边已向北滚滚远去。田水湾的良田都在庄南的河湾里，随着河道滚动，田水湾的土地越来越少。两村世代以河为界，眼看着大片良田土地随河而去，田水湾人心痛得直想流泪，可又没有办法。为了阻止河水继续向北冲刷，田水湾人就从北岸向河中筑了一个挡水码头，逼迫水向南改道流动，隔河的乔湾人当然不愿意，两庄便各聚起几百人抢修抢挖，田水湾白天修，乔湾派人夜里扒，后来发生集体械斗，伤数十人，死三人，成为 20 世纪 70 年代初唐南一带集体械斗的重要案件。正是因为祖祖辈辈的争地之事，乔湾与田水湾几百年来“断绝来往，互不为亲”的祖训不断强化。后来县水利部门协同河道管理部门前来勘察、调解，最后还是决定河道的走向依照河水的自然流势，不可人为阻挡和改变，这件事才算有了一个了结。

但这一决定却真是苦了田水湾村民,刚实行联产承包责任制时,田水湾人均土地二亩多,到现在人均不到七分,就是科学种田,小麦亩产超千斤,一家五口三亩多地,缴过村、乡两级各种提留款、税款后也就所剩无几了。不得已,各家的青壮年男子和姑娘们便都外出打工,挣点外快,以娶妻嫁人,起房盖屋。

我的老同学田顺才便是在1995年前后来南阳开摩的的。那时,我已从兽医站辗转调到南阳一家小报社当记者,租白河南农村两间民房为家。房价便宜,田顺才租的房和我相邻。我的爱人因新厂招工到广州一家老厂学习,我的孩子那时也只有三四岁,顾不上带,我就把她留在乔湾老家,我俩便都成了快乐的“单身汉”。每到晚上,我俩就吃住在一起,喝几杯小酒,杀几盘象棋,无话不谈,连房中秘事也不避讳。

我说:“顺才,你老婆可是咱们老家那一带的大美人,你把她独留家中,不怕被别人占了便宜?”顺才说:“鲜花不常开,再美的女人生几个娃,奶子一耷拉,脸一起皱,就什么都不说了。”我说:“听人说你老婆三十大几了,外表看着仍像一个大姑娘。”顺才说:“哪里话,人又不是花,今年败了,明年再开。只是小英皮肤白嫩,不细看不觉得罢了。”当我问起刚结婚那阵儿时,田顺才兴奋起来:“老乔,不瞒你说,那高小英真是美呀,新婚那夜,闹洞房的人们离去后,我端着红蜡烛上床,高小英在大红喜字和一床红缎被面的映衬下,好看得简直不是人!我脱下她的内衣内裤,看到她浑身白嫩得就像刚剥过皮的熟鸡蛋,瓷光瓷光的。我抱着她喘着粗气,只是那不争气的还没到指定位置就走了火,还没战斗就败下阵来,气得小英又是掐又是拧。”我说:“顺才,南阳是个小城市,在这儿打工挣不着钱,你想挣钱还得到南方或大城市。”顺才说:“我早就想走远点,老实说,走远了还真是对小英不放心,她人长得漂亮又唱戏多年,又被人家骗奸过,这个岁数,对那事的需求又特别旺盛,她又好吃好穿,万一再有些出轨之事,孩子们都懂事了,丢人现眼不说,叫娃们今后咋做人!”我问:“你弟弟多大了?”顺才说:“已经十八了，小学没上完就不上了，生性彪悍，长得人高马大，完全的一大小伙子了。”我说：“那你就放心地走吧，一家只要有一个大汉子，谁还敢欺负？”顺才连声说：“也是，也是。只是我的父母身体不好，父亲有哮喘病，母亲有风湿病，三弟才不能出去。要不是一双老人没人照顾，他也得出去挣些钱，盖几间新房，快到娶媳妇的年龄了。”

我们在离家不远的这个小城市里谈论着家事农事，并咬着牙抗争着。但田顺才比我更艰难，因为他有三个孩子。

时光真是飞快，不知不觉，一晃半年就过去了，顺才跑摩的一直跑到年三十下午，才取出枕下积攒的钱，恋恋不舍地开着他那辆破“雅马哈”回家了。

这年的春节过后，田顺才没再来，又过了一阵子，他给我来了个电话，说他已去新疆一煤矿当挖煤工，每月能挣上千元，嘱我把他租的房退了，屋中的一床铺盖和做饭的物什先放在我那里，如我回老家，捎给他家里人。

四

惨案发生在2000年的夏天，一场大暴雨过后。

高小英被人杀死在自己家的院子中。她上身赤裸，下身仅穿一条内裤，身首分离，蓬乱的血头滚在一旁。她十五岁的大女儿文文半跪在她妹妹睡的床底下，脸朝地趴着，脖子中间有个大血洞；十三岁的二女儿静静和九岁的儿子虎子都僵死在两张撑着蚊帐的床上，脖子上都有明显的掐痕。

血案在第二天就惊动了村、镇、县。县公安局刑侦大队和本地派出所民警声势浩荡地来到田水湾。走进高小英家的宅院，现场让警官们都惊呆了。一位女警官背着人群流了泪，低声说着：“从未见过，从未见过。”一位老警官摇着头说：“太惨了，太惨了，真是惊天血案。”

带着白手套的验尸官、戴着眼镜的勘查人员都在现场拍照、测量、勘验、取样，工作有条不紊地进行着。其他警官们则封锁了田水湾的各个寨堤口，一家一户地问询，搜查与血案有关的蛛丝马迹。结果是除一老汉去邻村闺女家送瓜仍住在闺女家外，全村近千口人除了外出打工没回来的，这一晚外出不见人影的就只有田顺才的三弟田顺宝，庄上人习惯称呼他为田小三。

田顺才的父亲田老汉刚过六十岁，要说还应该算是硬朗的年纪，但苦于被多年的哮喘折磨，早已像七老八十的样子，听说了大儿子一家的惨案，田老汉拄着拐棍，喘着粗气往大儿子家赶，没赶到现场就气绝身亡了。可怜的老汉连个收尸的都没有，赶来的警官和乡邻只好把他也抬到高小英家的院子里。一夜加一早上，田水湾五条鲜活的生命就这样在一场大暴雨后消失了，幼年的、少年的、中年的、老年的，他们的生命永远停在了不该停留的年轮上。

一米八五的壮汉田顺才风也似的从新疆赶回来了，五床白布包裹着五具尸体停放在院子中，因天气热，院子中已有苍蝇群飞并有刺鼻的气味。田顺才逐一将白布掀开，瞧瞧，猛然抓起一根碗口粗的木棒，大吼一声，把屋内屋外的家什砸了个稀巴烂。再折回院中抱起最小的儿子，双膝跪地，仰天大喊道："天啊，我造了什么孽？为什么这样惩罚我？"说罢，口喷鲜血，昏厥过去。

天来横祸，五口暴毙。田水湾的堤外，一溜儿添了五座新坟，谁看了都揪心啊！

田顺才来看母亲，母亲已几天不吃不喝，只用枯柴般的手扇着自己的脸，口中喃喃地说着："造孽，造孽，天打雷劈呀！"顺才劝慰母亲，母亲说："这都是你媳妇惹的祸。杀你一家四口的，必是咱家小三。"田顺才吃惊地再问母亲，母亲只呼天抢地地干号着："造孽，造孽！"什么也不回答。

田顺才来到邻居二婶家苦苦追问，二婶哭着对田顺才说："才娃啊，你家遭此惨祸，都在你媳妇身上，只是连累了你的三个孩子。那小三也太狠毒了，都是他亲侄儿亲侄女呀，咋就能下如此狠手？"田顺才更是摸不着头脑。母亲和二婶为啥都说是三弟干的？他跪下追问二婶，二婶便竹筒倒豆子般一五一十地将事情始末告诉田顺才。

“你去新疆下煤窑，你那媳妇一开始还能恪守妇道，可村上那几个二流子懒汉时常到你家去打个小牌，带点卤肉、豆腐皮什么的，时间长了，就和小英勾勾搭搭，胡混乱来。这事风言风语地传遍了全村，你父母嫌难看，就叫小三去帮助嫂子干活，也是为了看住你那媳妇。谁知你那媳妇破罐子破摔，她看小三人高马大，强壮有力，就动了邪念，勾引小三。小三先是不肯，还曾动手打过他嫂子，这可捅了马蜂窝。你那媳妇三天两头跑到你父母住的老宅闹腾，哭天喊地，骂不绝口。说你走了，她一个女人家带三个孩子，家里地里，怎么活呀？要挟小三再不帮她干活，她就带着三个孩子走(逃)哩。还指桑骂槐说你父母老不死的偏心。无奈之下，你父母让小三再去帮嫂子干活，叫他干完活赶紧回来。谁知你那媳妇满有心计，一次拉完庄稼正赶上下大雨，小三被你媳妇留下吃饭，晚饭有肉有酒，小三一会儿就有点醉了，正要走时，你媳妇说：‘小三，你哥外出打工，亏了你照顾俺家，你一来干活，那几个孬货也不敢再来欺负我了，嫂子真得好好谢你。等你哥在外挣了大钱，我给你攒下钱娶媳妇！今儿个嫂子有点发烧头晕，你来陪嫂子多坐一会儿。’然后又说头晕得厉害，让小三扶她上床。小三趁着酒劲扶嫂子上床，你那媳妇一下子解开上衣，拉着小三的手不放，十八九岁的大小伙子，哪经历过这阵势，木呆着站在床边，你那媳妇顺势勾着小三的脖子把他捂到她的大白奶子上。事情过后，小三有些后悔和害怕，回到家不吃不喝，在你娘再三追问下，小三才说他干了对不起大哥的事，干了伤天害理的事。你娘怕丢人就不让小三声张，也不让小三再去你家干活了。谁知你那媳妇不依不饶，每次下地路过你家老宅门口时就破口大骂。骂你父母老不死的，不要脸，骂小三占了便宜就想溜。警告小三如再不到你家干活，她就要把这件丑事张扬到四邻八乡，让小三想娶媳妇也娶不成。她还扬言说不想活了，骂小三是个忘恩负义的王八蛋，占了她的便宜，便成了缩头乌龟，等等。刚开始你父母挡住小三不让他吭声,回数多了,越骂越难听,庄上人都能听出点道道来,你父母实在气不过,就到你家找你媳妇,想说一说。一进院,你媳妇就大骂不止,还把你妈推个坐蹾子,在你爹的胳膊上抓出血道道。可怜俩老人气得两天不吃不喝,小三见状青筋暴突,手拿砍刀要去找嫂子算账,被你爹妈死活抱着。小三把砍刀掷地上,说:'总有一天,我要剁了这个贱人、泼妇!'"

二婶接着说:"就在出事那天近黑的时候,因天大阴,都急着去拢场堆垛,你那媳妇又当着众人大骂,小三忍无可忍,就掂起一木杈要去打你媳妇,被众人拦抱着。你那媳妇不知好歹,一蹿一蹿地骂得更凶,并指着小三鼻尖说:'你个王八蛋,有种就把俺家灭了,灭了俺你才算是个人种!'小三当时就气得脸发青,牙咬得咯嘣咯嘣响,扔下木杈,疯一般地跑了。晚上一场瓢泼大雨,到现在还不见小三踪。你说,不是他杀的是谁杀的?"

田顺才不问了,手哆嗦了半天从腰中摸出一布包,跪下向二婶说:"婶,你把这个包交给俺娘吧,俺这一家就剩她一个老人了,你让俺叔和俺弟们照顾照顾她,顺才不孝,让她好好活着,熬到老吧。"

"娃,那你以后咋办?"二婶流着泪问田顺才。

田顺才什么也没说,扭身消失在唐河岸边充满蛙鸣和泥土气息的夏夜中。

第二天,人们发现田水湾堤外一溜儿五座新坟变成了四座,消失的那座新坟是高小英的……

飘逝的红气球

滨城的夏季多雨,但我喜欢这多雨的滨城。尤其喜欢在夏夜的雨中听窗外淋漓缠绵的雨滴声和若断若续的隆隆雷声。这是男人们的季节,这是男人们咬紧牙关攥紧拳头,在沉沉黑暗里爆发激情,想在一夜间播种无数个孩子并想在一夜间干出许许多多事情的季节。虽然这感觉只是一个夜晚或一个瞬间,或者只是一个梦;虽然这梦随着天亮或雨停就可能消失,甚至消失得干干净净,就像街市上千千万万张平静木然的面孔,一会儿就消失得无影无踪,更像大街上的迎宾花卉,一场风或毒太阳过后就萎蔫成了一地垃圾。但谁会想到就在刚才的雨夜或黑暗中曾有无数变形的脸和雄浑的力量,面向苍穹,张牙舞爪。

今夜,又一场豪雨,雨滴噼啪作响,窗外屋檐下那株葱茏的芭蕉抵挡了砸向地面的雨,噼啪声更是清晰、响亮。被惊醒的狗儿声狂叫便引来成片或一条街甚至满城的狗吠。偶有叫夏的夜猫也许发情期还未过,几声像婴儿的啼哭声的猫叫更增加了这雨夜的神秘和幽深。一道闪电划过,谁家阳台上进城的公鸡在深夜的雨中起劲地打起鸣来,它一定是发生了时空错乱或是生物钟出现了倒错;还有谁家婴儿烦躁的号哭久久不息,莫非他们也预感到了人生的悲哀与不幸?

往事如烟,往事难忘。

20 世纪 80 年代从故乡唐河五中考上大学毕业回滨城的十来个同

学当中，黄伟是和我最要好的，这不仅仅是指感情，更主要是指思想、性格和脾气。

黄伟，一个著名财经大学的高才生，阴差阳错地被分配到滨城供销系统一个日杂公司，当上了一名仓库保管员，从锅碗瓢盆、鞭炮土纸到油盐酱醋、生产工具，一个只要会数数、记账就能干好的工作，非让一个学经济、懂贸易、能说一口标准流利英语的小伙子干熬着，一年、两年、三年，黄伟终于灰头土脸，忍无可忍，秋雨打芭蕉一样蔫儿了下来。在一次次以自慰的方式释放出旺盛的荷尔蒙后，以一个寒暑的闭门和汗水，参加了当时全国司法界的第一大考——律考，并以滨城第一名的成绩进入当时宛城一家有名的律师事务所——滨城涉外律师事务所，成了吃法律饭的人。

说起黄伟有点可笑，他人从小就瘦，干柴棒似的，天一冷就鼻涕涎水的，鼻孔到嘴的位置红红的两道，像两条小蚯蚓。他最喜欢的是红色，像西班牙的斗牛一样，见红色就激动。儿时家里都穷，他喜欢啃生红薯。地里田里的野花他喜欢采摘红色的，时常被带刺的野玫瑰、野月季扎得直哭。他不知道越是鲜艳越是暗藏着毒素和杀机，小手和小胳膊、小腿经常挂彩，血淋淋的。父母见了心痛得直跺脚，骂他是个二愣子、傻子。上学了，他非让母亲给他缝个红书包，像姐姐们那样。上街赶集，他喜欢吃冰糖葫芦，玩红气球，直到“嘭”一声气球爆炸，碎片他也要吸在嘴里吹成极小的气球，直到玩到什么也没有了才罢休。到了高中，他偶尔还像儿时那样拽着个硕大丰满的红气球迎风奔跑。他把红气球当成了母亲的乳房还是女性的丰满乳房？这是怎样一种对生命的暗示或隐喻？我不得而知。总之，黄伟喜欢大红气球，我们同学是都知道的。

律师表面看是“卖嘴”的，但伶牙俐齿的背后却是深厚的社会关系和扎实的法律知识，黄伟做到了。几年间，他参加了滨城自新中国成立以来金融系统第一女贪的辩护，他参与了由全国十几位人大代表联名督察的山城运输公司保安打死顾客一案。在工作和业务上，他是出类拔萃的,正是因为这出类拔萃,他成了滨城首届最年轻的"十佳律师"之一;也正是因为这出类拔萃,他有更多机会进入司法的内部;正是这更多的进入,使他困惑不已,良心一次次震颤,心灵一次次受到洗礼。他向我讲述了不少案情的审判内幕,他说作为一名小小的律师太无力了。他为权力对司法的倾轧而激愤,他为办案人员的良心泯灭而痛心,他为作为律师不能用法律维护当事人的合法权益或生命自由而痛哭。他多次对我说:律师我不能再干了,再干我必疯!终于,在一次老同学的聚会上,大家举杯相祝,正为他在滨城律师界声名鹊起而鼓掌时,他却出人意料地泪流满面,大声在众人面前宣布:大家作证,从今天起,我不做律师了,再干律师我是狗娘养的!大家以为是酒醉的话,也没太在意,不料那天他真的辞去了律师工作。

也就是这一举动,有了我和黄伟那一趟南方之行。

在海南一个著名的风景旅游城市,我们有一个中学同学,原先在某省的高院工作,因政治、婚姻问题去了海南。才能和机遇使然,他很快从省直机关的处长被下派到那个旅游城市当了组织部长。黄伟约我游走一趟,一则看看几年没见的老同学,顺便散散心,二则想打探一下能不能在老同学当权的那个城市有所发展。

2004年,我们乘坐夏夜的一班长途列车南下。那天从傍晚开始一直下着大雨。因是旅游的淡季,车很空,几个车厢的乘务员凑在一起大谈有关彩票的事。说一个同事的表哥下班回家途中拾到两元钱,购了一注福彩,本不在意,吃顿饭就把这事忘了。谁知第二天的报纸上登出了中500万大奖的号码,翻出彩票一对,竟中了。然后谈中奖后如何冷静,如何不动声色不使人眼红,又如何到南方一个城市悄悄买了一幢别墅过起了贵族生活,等等。看情形仿佛他们都中过百万或千万元大奖似的,可事实是他们当中没有一个人中过奖,连5元、10元甚至2元钱的小奖也没中过,这逼使他们在夏夜当班的寂寞行程中超常地发挥着想象力,分享着别人中奖的喜悦。车上的旅人大都蜷缩着身子睡着了,我和黄伟却无睡意。列车在雨幕中穿行,窗外一片漆黑,偶有一点星火，流星一般倏然而过。夜像一个大幕笼罩着列车，而列车又像一口长长的棺材包裹着我们。我们年轻，谈人生，谈社会，谈活着的意义和无意义。人和命运的搏斗往往是残酷的，走向成功固然好，富有激情和诗意，但一棵欲望之树，只是给予芸芸众生美丽的憧憬与梦幻，人生充满荆棘，美好总被雨打风吹去。《老人与海》中大鱼逮住了，但老人的生命也消失了，虽然搏杀坚守的过程富有人生启示和哲学意义。黄伟最后说，人生就像这彩票，我们在无奈中只能赌，虽然中奖者只是十万分之一、万万分之一，但毕竟有这“之一”存在着，或许这“之一”明天就是我们的。

列车疾驰南下，一切在雨中孕育着。

南下的探访可想而知，官做到地厅级的同学让我们充分享受了海南的美丽风光，也大饱了生猛海鲜的口福。但现实不是吃豆腐，柔柔软软，也不是喝凉粉，滑滑溜溜。我们在抱拳拥抱的话别中北归。

然而，这一趟散漫的南方之旅，却改变了黄伟以后的全部生活。

彩票、彩票，一夜之间，黄伟选择了人生一搏，并拿出了中 500 万大奖的博彩计划。

他开始行动了，开始了他第二次改变命运的抗争。彩票预测书、图表纸，中奖分析软件，各种彩票快报，有关彩票选号和中奖分析的各种资料，应有尽有。福彩、体彩……凡中国市场上现有的彩票他都买，从刚开始的每次几元、几十元，到后来的几千元、上万元，他买疯了。

好友劝他，他说：“人家捡菜叶的老太太，两块钱就中了 500 万元，我一个财经专业的大学生，连计算机程序都会编，难道还不如一个不识字的老太太？”大家都说黄伟走火入魔了。在又一次同学聚会上，微醉的我借着酒劲劝黄伟道：“老同学，彩票只是生活的调剂，不应是生活的全部……”还没等我把话说下去，黄伟就站在椅子上向同学们宣布：“我有一个决定，请诸位老同学作证，如果今后我买彩票中了 500 万元，将拿出 20 万元买下‘黑脸’（我的绰号）的使用权，第一项活动就是在他脖子上系个绳，在大街上像遛狗一样遛着他，我到哪儿他到哪儿。让满街人都看看,我牵着一个名人和作家。”在同学们的大笑中,我感到透心的凉,胸堵,真想借着酒劲到白河边大吼一阵,然后大哭一场。

一个是有才华的律师,一个是在滨城小有名气的青年作家;一个以彩票系着自己生活的走火入魔的人,一个以 20 万元即可买去的玩物——这是怎样的一种情形啊!

不做律师,又不选择别的工作,黄伟的生活乱了。上午睡大觉,下午买彩票,晚上分析彩票和选择第二天的彩票号码或者混迹于灯红酒绿的夜生活中。

2006 年的夏季来得早,滨城又在几场大雨中积聚了难得的水灵和丰盈。白河在湿地公园的映衬下,蓝天白云,绿树碧水,妩媚之至。我喜欢这雨后的清新,总时不时装成学问人或知识分子来河边散步,偶尔嘟囔出几句古诗或自己胡诌的诗句,有人回头看看,觉得这个人有点儿神经或是个疯子。忽想到黄伟以前好游泳,激情飞扬,壮志凌云;如今却是很少见到他了。想不到两年的光景,我和他却有些疏离了,这不是指发小和兄弟般的感情。他整天埋在彩票中,研究、选号、后悔、感叹、惊喜,深居简出。给他打电话,不是关机就是没人接听,他陶醉在彩票的世界里。

老婆来闹过几次,父母来训劝过几次,都没能使黄伟醒来。博彩让他“博”完了全部积蓄,听说他又要卖房子再“博”,而且是志在必得,非中不可。

父母和妻子朋友们想尽了办法,都无计可施。最后决定,设法把他的媳妇调过来。一是有个约束,二是想用感情弥补他心灵的创伤,再者是尽快叫他们生个孩子,让一个可爱的小生命去拯救这个有点儿脱轨或正在沉沦无力自拔的丈夫。

看着老泪横流的父母,看着至亲厚友真诚渴盼的目光,看着妻子凄然的脸,黄伟同意了。

关于调动,黄伟和他的家族动用了一切可动用的力量,但调动工作之门坚如磐石。看着人家官家子弟们在不同的工作部门和岗位来来去去,轻易得如进出自己家门或电影院一样,一家人除了叹息还是叹息。无奈中,黄伟想起了刚来滨城的市长。他的老婆不是省供销社的吗?现在是滨城一家棉麻公司的老总,来之前是省供销社一个处的副处长,处长正是黄伟大学时最要好的同学。让大学的同学打了电话后,黄伟和我商量如何到市长家送礼。我俩想了一个又一个方案又一个个否决。我说礼大了你送不起,礼小了又引不起人家重视还可能起副作用,对你办事不利。我提议送一个本地原生态的大西瓜,选一个超过 30 斤重的大西瓜,一表明咱实在,二能引起重视。市长进到屋看到这么大的西瓜,肯定要好奇地问一问,他媳妇也肯定会说是谁谁谁送的,为啥送的,兴许会起到意想不到的效果。高兴时市长或许会抱一抱。人生如戏,市长是人,也在戏中。

在一个傍晚,我和黄伟骑着我的杂牌 125 摩托车,从一条街到另一条街,从一个摊位到另一个摊位,终于在临河的东关梅花寨旁的琉璃桥上,相中了一个个大而卖相好的西瓜,一称 38 斤,不讨价也不还价,递过 50 元抱上摩托车一溜烟儿进了市长家。市长不在家,市长夫人接了西瓜,因没准备,打了个趔趄,好悬,差点儿跌坐在沙发上,我忙帮衬着放在地上。黄伟急急巴巴说明了关系和来意,夫人说市长回来了给他说说,能办的话一定帮忙。我想笑未笑,附和着不知说了些什么话,匆匆离去。过了一段时间,他的同学传来话说市长说别急,等一等,等一等。这一等就是三年多,市长从滨城到了邻近省城的另一个地市当了书记。黄伟也等到了接近三十岁还在流浪中,调动的结果可想而知。

确确实实该要孩子了,夫妻俩虽经百般努力,可总是怀不上,上医院一检查,两人都有病,还是那种羞于启齿的病。同时住院,同时输水,几个月才达到可以生育的体质。我不知道他俩在医院中相互埋怨了没有,但主要责任肯定在黄伟。我听另一个经商的同学说,有一次和黄伟一起去嫖娼,黄伟身上只带了 70 多元钱,办完事小姐不依,黄伟说咋了,不就是十几元钱吗,下次给你补上。你闲着不是闲着,是瓢挖面,挖一瓢会少一块?要不咱俩都去派出所,看处罚谁!小姐在嘟嘟囔囔中只好作罢。还听这个同学说,黄伟的媳妇是个乡里的副书记,脸皮虽白净,但患有皮肤病,满身鱼鳞癣。黄伟酒醉后曾说,每次做爱时看到满身像飘下来的头屑一样的东西,就没了激情,对做爱有一种潜在的恶心和抗拒,很多次不了了之。媳妇在乡里,多少夜孤灯野火,寂寞难眠,是否来点干柴烈火,飘一二点火星也未必。他俩到底是谁传染给谁的,只有自己知道。

老婆调不来,孩子也怀不上,黄伟的心,更冷、更凉了。

既然这个社会金钱有如此巨大的功能和魔力,既然这个社会对知识和能力这么糟蹋与漠视,既然这个社会看背景比看风景还重要,一个男人,活不能立业,死不能正寝,还有什么可在乎的呢?

还是彩票刺激。

黄伟卖了房。不是,他彻底地卖了自己。

他疯狂地买,有时心中确认着能中奖,他能连着买上几万元。也确实有小奖获得,他欣喜若狂。不管你有事没事、愿意还是不愿意,拉上你就去喝酒、洗浴,甚至嫖娼。他不谈家庭、亲情,也不谈社会、世道,只谈彩票和数码。什么什么只错两个数了,要是某两位数颠倒一下,就可中几百万了,等等。有时醉后一句话也不说,只是哭,只是哭,哭得天昏地暗,哭得让男人也跟着落泪。都说黄伟要疯了。他自己也说,我这样,是我自己要去送死。

后来听说他住过医院。那是一次酒后,雪天,路面已结冰,他来大街上拦出租车,不知不觉中就摔倒了。因酒后不知疼痛,爬上床就睡,凌晨酒醒,疼痛难忍,打120,救护车拉到医院一检查,锁骨和股骨头已断。锁骨好长,几周就好了,可股骨头需换,但没有合适的替代品,只能保守治疗,现在他的腿仍跛着。

又听说黄伟割过脉,他让汩汩的鲜血在手臂上流淌。醉酒后想着彩票的鲜艳和中奖的喜悦,像体育健儿获得冠军或英雄凯旋时高高飘扬的五星红旗。他做不成冠军也没有像英雄一般凯旋,但他要让自己的鲜血像五星红旗一样在自己的心中飘扬。都说黄伟要疯了。

他做律师要疯,买彩票也要疯,难道他骨子里有疯的基因?

我却不以为然。

到底是谁疯了,是黄伟一个人还是这个社会的一群人?是黄伟一个个体还是这个时代的集体?他为什么会疯?是谁让他疯的?

作家阎连科集30年心血挣了一块属于自己的园地,可在一夜之间,他最后的田园——北京711号园却土崩瓦解。他写了《北京,最后的纪念》,抱头痛哭。他春节回老家过年,从父亲到外甥,都劝他现在日子好了,有白馍吃了,要他千万要对人家领导好,人家叫你干啥你就干啥,千万别跟领导过不去。还说都托他是个作家的福,政府照顾得非常好,可别做对不起政府的事,云云。阎连科是个大作家,他看到了还是少年的外甥和他父亲一样的命运,他甚至不敢想自己和其他人的命运。回城的路上他停下车抱头痛哭。日子过好了他为什么要哭呢?他也要疯了吗?河南有个叫张宇的作家,跟着人家到了南极,看到可爱的生命们生存的空间和活动的空间越来越小,想想地球已被人类糟蹋得千疮百孔、支离破碎而人仍不自省,想到亿万年前庞大恐龙群落的灭绝,想到我们的地球只能承载100亿人的生存极限而现在人类已达70多亿,再想想我们的子孙们多么可怜,也许不知不觉中就在一夜之间炼狱般地灭绝了,他写了《对不起,南极》,他在冰天雪地里抱头痛哭,哭得昏天暗地。他说,说不上来为什么,就是想哭,哭得死去活来。他哭什么呢?他刚60岁也要疯了吗?

我有一种预感,黄伟不是要疯,而是要死了。

发现黄伟的尸体是在白河大桥与第二橡胶坝间一块水草丰美的浅水处。

那是又一场夏天的阵雨后,晨练的一家三口中的女儿站在岸边惊喜地发现水草上飘着一只鲜艳的红气球,就喊爸妈过来看。垂钓的人们用鱼竿一挑,发现气球下系着东西,再用鱼竿一拨,漂着的头发随水草一起摆动,大家惊呼着报了警。原来是一中年男子,穿一游泳裤,脖子上系着这鲜艳的红气球。

妻子从老家来了,家人和同学们从四面八方来了。黄伟干瘦的身躯在岸边松软的草地上,水淋淋如一尾刚出水的鱼,鲜艳的红气球仍然系在他的脖颈上,轻轻地飘动着。大家抹着泪,他的妻子哭得死去活来。

都说没想到他会死,可他却是真真切切地死了。

他不该死,可他不死又该干什么呢?彩票,500 万元大奖,拉一个小文人满街乱转,这真是他的向往吗?

500 万元的彩票梦牵着一个人的梦无可厚非,但黄伟绝不是走进彩票太深了,我想。他懂经济,知法律,理性的思考远远大于他对财富的渴望,不然,他为什么不重操律师旧业呢?他一定是被另一种东西或另一种东西之外的东西深埋着,埋得他痛苦、无奈、憋闷,几乎不能呼吸,他要选择一只轻放的气球,他要像一只飘飞的气球那样,轻快地越飘越远,飘向他生命的另一方。

他的妻子从他的脖颈上取下那只晃动着的孤独的血色气球,随手丢了去。那气球倏然便飞了起来,飘向远处,越过河面,越过桥梁,飘飞着……

又一阵夏雨袭来,那血色的气球又飘了回来,在我们的头顶转了几圈后,又被一阵风刮了去,越飞越远,越飞越高。

天空很蓝,很漂亮,风吹过,气球美丽地飘扬着。或许它被哪个孩子拾起,稚嫩的小手拽着它走向田野,走向黄伟渴望去的另一个美丽的地方。

滨城第二天的报纸上,都用不同的标题,甚至是爆炸性的、血腥的变形题头传播着黄伟的死,提醒着人们珍爱生命,注意夏季游泳安全。

我的同学黄伟的死,就留下这一点供人们闲谈的新闻。

用心守着最心仪的地方

我居住的小区东侧新修了一条路叫健康路，这个名字与一个历史文化名城的底蕴似不相称，但与毗邻的滨河湿地公园和体育场馆的功能有些吻合，很真实。这条路的绿化档次很高，名贵树木居多，以银杏为主，桂花树、香樟、梧桐为辅。路还没有完全开通，行人稀少，车辆几无。秋日的下午，那么美，那么静！马路两边的道牙上，三五人席地而坐，看天看地看人。年轻人玩着手机，年长者则聚在一起闲聊着。路的一侧是文联，一个培育作家的地方。但时下的中国，这里多半是作家们工作的地方。就像一本刊物，为了生存要承包出去，让一些广告商操纵着，不管艺术不艺术，只要赚钱就行。还比如艺术考级什么的，也成了一些家长炫耀自己孩子的资本。我身旁的一棵树下就坐着三个女学生或文艺青年，一个摆弄着吉他，一个试拉着小提琴，一个身边放着一把二胡。满地落叶金子般铺满树下。心形的落叶，厚重到触目惊心，撒落在草坪和花带上，油画一般。

路的最南端是知名的白河，满岸秋色，一河风月。她是南阳人的母亲河，一浪一浪地滋养着芸芸众生和无数的名人；我的眼前，是前几年修建的体育馆，天蓝的玻璃幕墙反射着秋阳的光芒。整个建筑四个柱子朝天，造型极像一个翻倒的板凳，既不时尚也不古朴。不知道当初的设计者和决策者是怎么想的——像板凳一样稳坐官位，还是四柱擎天,期望着有更好的晋升?一个城市的标志性建筑,应该是实用的,更应该是美的,让子孙后代瞻仰它、注目它,敬畏祖先的智慧和眼光,像巴黎圣母院、爱丽舍宫、白金汉宫、罗浮宫等。文联的北边不远,便是南阳莘莘学子向往的地方,培养清华、北大学子的摇篮——南阳一中。名校牌子熠熠生辉,高大的报时钟高嵌云端。繁茂的树木,漂亮的宿舍楼,都彰显着这里是一个适宜读书的地方。

想到读书,就想到了一篇文章里介绍好老师是这样上课的:

授课不在教室,而在望江楼竹丛中的茶铺里。学生按指定分组去品茗,由先生招待吃茶。不是先生出题考学生,而是学生出题问先生,往往学生的题目一出口,先生就能知道学生的学识程度。如学生的题目出得好,先生总是大笑不已,然后点燃叶子烟猛吸几口,开始详加评论。学生细细聆听,溪水潺潺流过,竹叶微风含羞。望江楼边,讲解之声,温润如水。先生有真性情,他给予学生的是不拘一格,随心所欲。传授的不仅是知识,更是生命的浸染、熏陶。这位老师是经史双绝、通佛颂道的蒙文通先生。还有陈寅恪先生,一位旷世绝代的踽踽独行的国学大师,一生倡导为人、治学当有"独立之精神,自由之思想"。双目几近失明仍坚守不已。不为权势折腰,不为伪真理折腰,不为颠倒黑白的世界折腰。用一介知识分子的铮铮傲骨,谱写出师道尊严的最后挽歌。

时光荏苒,先生、大师早已音容不在,但能够聆听这样的课,是多么令人神往。那样的课堂里,充满了鲜活的生命气息,老师与学生之间,学生与学生之间,心灵相互交流、沟通,会达到怎样的一种生命融合与升华。

其实,人文远远胜过风景。人格、精神、品质……精神层面的东西,总是物质所不能企及的,比如骨气、气节,比如坚守。

这让我想到了固守南阳本土的三位作家:老乔(乔典运)、周同宾、二月河。老乔偏居伏牛山腹地的一隅,改革开放后,平了反,提了级,升了官,却哪儿都不去,连省城的诱惑也不顾,一心扎根于山乡,接连写出《村魂》《满票》《冷惊》《乡醉》《问天》等深具影响力的惊世之作。老乔因西峡而得济,西峡因老乔而扬名。真真儿地应了刘禹锡的《陋室铭》:“山不在高,有仙则名。水不在深,有龙则灵。”周同宾大半生历尽坎坷,几乎经历了新中国各种政治运动却痴情不改,立志为农民立言,做一位农民的忠实歌者。写出了《皇天后土》而震惊文坛,被授予首届“鲁迅文学奖”。之后他的《乡关回望》《古典的原野》更是被文学界盛誉为描写“中原农耕文明的活化石”。他也曾被省城邀请去,甚至还在那里生活了一段,但他还是回到了作践他、让他死让他活的老家,如今已 70 多岁了,还精神矍铄,真诚地为农民鼓与呼,为底层大众鼓与呼。二月河,一个山西来的南阳人,以长篇历史小说“落霞三部曲”闻名于世,一层层光环罩着他,他都不屑,只应了郑州大学文学院院长这头衔,但大部分时间仍散居在南阳他那爬墙虎遮门、小菜园葱郁芳香的幽院中。他动情地说,我生在昔阳,长在洛阳,将死在南阳,“三阳”是我的来去,但我对南阳情有独钟。

一个人,一个名人,一辈子能蜗居一地,确是不凡。他们都寻找到了和自己秉性最相近的地方,以一种神秘却又自然的气息贴近自己,至高至深。

坚守不一定崇高,但坚守是一种成熟和信念,和孤傲自赏、洞明清醒一样,都需要资本和定力。

太阳在橘黄的微光中将要隐去,三三两两的人们也陆续走向了家。一首优美的小提琴曲奏了起来,夕阳余晖下,是那样新鲜和充满活力,青春逼人,美妙动听,落叶也翩翩舞动起来。我无限陶醉。

现代都市,大多已被时尚糟蹋得面目全非,幸好还有这样一条待开通的路像我老家的小河山冈,值得留恋。宁静乡下和美丽田园的失去,意味着农耕文明的消退,但绝不会消失,我坚信。不少人说我怀念过去纯粹是一种不合时宜的矫情,我要在这里对着太阳说:我不是!待我熟悉了一点城市,我一定要回到农村,并干干净净地死在那里!

城市是虚假的外表、肮脏的内心,而农村是朴实的外表、干净的内心。

生活是肉体的出行，真正的出行是陪着自己的心走过心仪的地方。

我的乡村是我最动情最心仪的地方。

春天从一棵树开始

三月了，一切都在萌动着，大地崭新。又一个春天随着温润的小南风漫过树梢，燕子们越过山川河流、乡村都市，在大地上跳跃，翅膀画出优美的弧线，呢喃在苏醒的屋檐下。

回想蛰伏一冬的困惑，真想如冬眠的蛇一样，来一次破壳般的突围，一声惊雷或一场大雨，抑或是一场见血封喉的箭雨。

日子和岁月贴着我的生命，像一场梦，像一场毫无准备的情感盛宴，直奔我的胸怀，把我打得一个踉跄接着一个踉跄。假面的生活和伪饰的情感不知道是从什么时候开始的，我把自己蹂躏或驯化为哈哈镜中的变形人，甚至连自己也不认识自己。假话像水雾中的塑料花摇曳多姿，矫情被包装成各种各样的面目招摇过市，以适应活得舒服的本能需求。心中想长出一片绿叶或开辟出属于自己的一扇窗口，却被湮没在都市物欲的丛林里。除了仰天长叹，就是把自己紧紧地包裹起来，从一堆肉和又一堆肉中伸着血脖子挣脱逃开，在回望祖先的心路历程中或在线装古籍里寻找一点过去。因为，当下的书本抒情也在迅速地干涸化，假情假义像子弹一样呼啸在我们的耳边，一切都在激素的催生下疯狂地生长，并开出恶之花。在星空下漫步，与树木、云朵待在一起，看看那些柔软、缓慢的炊烟已成为生命和心灵的奢望。工业化、城市化覆盖了一切，它几乎像一条条强制装配的流水线，不知不觉中就把我们搅进、吞没，甚至连骨头渣也不吐。柔软的躯体已失去人的弹性和光滑，血液黏稠成果冻状，不是堵住心脏就是栓塞住大脑，放支架的人越来越多，走路摇摇晃晃的人越来越多；人们的眼泪少了，少得想硬挤都挤不出来。都市的心在盐碱化，硬且苦涩，不相信眼泪，更缺少动情而怜悯的眼泪。

我看见一棵树，一棵春天的风中之树。

风来了，风从我的身旁刮过，也刮过树的身旁，我被风吹得摇摇晃晃，我抱着树，紧紧抱着。风越刮越大，雨也来了，一群鸟猛地钻入树冠中，树成了我们的天和地。我们不走，树却像有急事般，把头摇得呼天抢地，它从雨中汲取生命和营养，直到夜色苍茫，一群鸟叽叽喳喳飞离，犹如后山坡上的果园里黑色的山雀一哄而起。雨停了，树止住了脚步，我们却该回家了。月牙儿出来了，遥远的星河泛着白光，树木在星光下闪烁，它的根躲藏在被雨水浸泡的大地中，挺拔的躯体在夜的神秘中，一片昏暗，仿佛传说中一尊令人敬畏的神。

当阳光在天空中绽开，两只鹿或羊在树下或山坡上悠闲地采摘着叶片或啃着青草，你一生有漫长的光阴，可以读点儿闲书，喝点儿小酒。直到后来，暮色漫进衣襟，你永远躺在那棵树下合上永不睁开的眼，树已成林，林里传来天堂的风声。

一棵树在雨中走动，匆匆地。你不动，却和这棵树擦肩而过。神鹿们从大地蒸腾的烈焰中浴火重生，那么干净，那么美丽。一只蝴蝶落在它们带有白色圆点的背上，像一片柔软的叶片被风吹动。

然而，我就是在这个时候认识了这棵树，一棵在雨中走动的树。我不知道它是什么时候被种下抑或是什么时候由被鸟衔落下的一粒种子生长的，树干挺拔雄伟，浑身披满了青苔，湿漉漉的，仿佛水浸过一般，虽然被数以万计的人注目和抚摩，它依然冠盖群芳，呼风唤雨，一种天然得有点傲慢的姿态。即使千年后它倒下了，在地下，在水中，化为煤或重生为风。水在它的周围静静地流着，它用身躯改变了水的姿势。如果有流水从它身上滑过，在它的胸部，可能又会长出另一棵小树，那小树颤颤地站了起来，临风起舞，搅动起叮咚的水声，风铃般在山坳回荡。当人们踏着溪水匆匆而过，一个趔趄，弯腰或伸手想去抓住那棵小树时，小桥或流水已经过了。老树和小树就被人们所记忆，所牵挂。

我怀想着沉在水底的那些树。我觉得它们真正的气韵和美就是沉静，沉静得一睡千年也不喧嚣浮华。它们巧夺天工或大气磅礴，行走在哪儿就和哪里的山水、花草鱼虫融在一起。水涨了又落，落了又涨，山浓了又淡，淡了又浓，而那些风干或沉在水中的树，总是藏静于心，大智若愚，只被风或水亲昵着。风和水永远活着，大树和小树就永远活着，老树生花，树真的是成精成神了。水声淙淙，树影婆娑，瀑布雷鸣，一切都像一个纵情的少年把性情拨弄得如四季的风，树在风中旋转和奔跑，活一千年，死一千年，朽一千年，再生，永远不死！

我不是一棵树，我不能。

我真的不能吗？当生命仅仅被活着所用，漫长的光阴又有何用？而当暮色漫进衣襟，谁在风雨里懊悔？红狐爬上树梢，一切消失得无影无踪，漫山的树林里只传来孤单的风声。

爱一棵树甚于爱一个人

又到落叶季节，不少树木又光秃秃地立于坚硬冰冷的大地上，它们满身疤痕，走在它们身旁，仿佛听到它们于风中呜咽。爱美的艺术学生借着树的疤痕形状做了彩绘勾画，惊艳诡谲，可谁知树心？我的朋友从新疆回来，带给我一个胡杨笔筒，一再嘱告我：这可是个坚韧有品性的好东西，并不好买，是提前托朋友买好才带回的，让我保存使用，不要轻易送人。朋友是位品格、修养都上好的人，不时写点小诗和我交流，暗香浮动。我知道他的用意，想用胡杨“活一千年不死，死一千年不倒，倒一千年不腐”的精神暗示我。我很感佩。

诗人何三坡说：“如果你孤独，就去种一棵树，如果你爱一个人，就去种一棵树。”三坡抛却红尘闹市，只身幽居燕山中，劳动、读书、写作，每年以“松鼠会”的形式倡导、组织诗人、作家、艺术家朋友们前去植树，他诗句的内涵一定是充盈而有力的。一切在大地上生长的生命都是大地之子，人虽不是大地亲生，但谁又不是吃五谷杂粮成长的呢？谁又敢说自己不是大地之子呢？只有那些不知天高地厚悬天离地的不肖子孙们。

树是大地挺拔伟岸的儿子，它依着大地母亲，用深深的根和密密的根系紧紧抱着。树是聪明的，表面看它不走动，实质上它在地下行走，它在母亲的怀抱里撒娇，摇曳多姿，风情万种。大地用母亲的情怀从河流、山川，从地球的各个角落里汲取营养并喂养着树木。树们一天天长大了，成为树林，成为大地的风景。它们用自己伟岸的身躯保护着母亲，风沙来时，它们的树干是一堵墙；洪水来时，它们的根须是坚韧的网；霜雪来时，它们的落叶是厚厚的被。它们引来小鸟为大地歌唱，让美丽的动物为大地舞蹈，它们落下种子为大地增色。它们倒下了，身躯成为大地上沉默的桥，让人们在上面行走歌唱。即使腐朽了，如诗人所说：化作春泥更护花。树们，我真看不出它们的缺点毛病来。十年树木，可多少败家子一夜之间会使一座山光秃、一片林消失。可恨这人类中的大灰狼比真正的大灰狼更残酷暴虐。

长久以来，“乐圣”贝多芬用音乐表达着他的坚毅孤奋，热情奔放，爱与救赎。一次，我猛然读到他的一个句子：“我爱一棵树，甚于爱一个人。”霎时间，我惊呆了！这句柔软动情的话，竟然出自天才的音乐大师！难道，他是在控诉吗？人是一切的罪恶之源。在某种意义上，植物的确比人值得尊重，它们索取少而贡献多，而且从不作恶。它们钟情于大地，只服膺阳光与雨水。除此之外，别无他求。

人类却不，为了利益索取一切，甚至不择手段，伸出无情的罪恶之手，把树们一棵棵逼折或拦腰砍断。树们没有长出恶之花，而假言伪善的人类朋友却成了刽子手。在这类人眼里，没有过去、历史，没有今后、未来，他们只活在当下。他们不知，日益硬化的土地上，在钢筋水泥的丛林里，树是多么弥足珍贵，它们不但是人类的朋友，更应是人类的孩子。树是引领孩子们仰望天空的向导和眼睛，它们和星空一样，已成了想象的隐喻和文明的符号，成了人类诗意栖居最为体贴的伴侣。

我没有土地和私人空间去种植一棵属于自己的树，也不应该只种植一棵仅仅属于自己的树。树立于天地之间，面向河流大海，树的理想一定比我远大。但我想，人活一世，至少要去种植一棵树或守望一棵树，一棵风中之树、雨中之树、心中之树。无论命运怎样，都可以让这棵树来见证，而所有的悲与苦，也会被这棵树慰藉与释放。

2013年的清明节,我在父亲的坟旁亲植了两棵小柏树,在阳光雨水和父亲的呵护之下,小树已随风摇曳,柏实飘香。金秋回去,成串的果实散发出油脂的清香,我轻轻抚摩着它,心里祈祷:小柏树啊,你们就是我的兄弟姐妹,代我守护在家乡和父亲的身旁,感恩大地,感恩大地上一切的美好与善良。

敬畏之心

北京的天坛、地坛，是古代皇帝祭天拜地的地方，我们的先人早有敬畏之心，敬天畏地。

有人说，衣服脏了用水洗，道路脏了用水洗，那么，水脏了用什么洗呢？我们的日常饮食来自于大自然，治病的药物来自于大自然，那么，大自然有病了又由谁来医治呢？

曾经有一个市长，多年前在他家乡一个地方当县长的时候，看到每年植树节栽了很多树，但却是挖旧树栽新树，树木毁坏严重。他让大家把被毁坏的树根集中起来，组织上万人的集会，为毁坏的树开了一个隆重的追悼会。他亲自对树跪拜。他说每个人必须孝顺父母，父母是我们的生命之根；同理，人类必须尊重大自然，大自然是人类的生命之根。他请大家从我做起，从栽种一棵树做起，尊重自然大地，以此在全县掀起了一场场轰轰烈烈的植树造林活动。十几年过去了，现在，每当他走在当年栽种树木的林荫道上，就感到每棵树都在向他点头致意，即使没有风，他也觉得凉风习习。他说，树是我们的好朋友，你给它一份爱，它就用十份回馈你。

史料载诸葛亮喜欢柏树，武侯祠就长满了郁郁葱葱的柏树，相传成都武侯祠的古柏都是诸葛亮亲手栽种的。杜甫的《蜀相》云："丞相祠堂何处寻？锦官城外柏森森。"想象着徜徉在柏树参天的青石道上，踏进古色古香的大门,仿佛穿越时光隧道,回到了一千多年以前。诸葛亮就在那里运筹帷幄,是古树给了他智慧启迪,还是他借了古树的阴凉滋养?

树不只给人们提供了绿色、林荫和氧气,更多的是给人们带来历史的余韵。但凡有大树的地方就有源远流长的历史,就有厚重的文化底蕴。

一个作家在一篇怀念家乡古树的文章里写道:如果一个村庄没有古树,那就断了根,断了魂,没有了厚重感,没有了沧桑感。没有古树的村庄,就少了分量。

可现代的城镇化建设,到处是肆无忌惮的乱砍滥伐和土地滥用。许多大树毁于一旦,许多土地惨遭污染。道路越来越宽,房子越来越高,树木却越来越少了,漫步在城市中,几乎没有绿树成荫的地方。

一棵大树长成需要几十年上百年,而一棵树的消失只需几分钟。城市一旦失去了绿色,也就失去了灵气和内涵。人们也显得浮躁空虚,飘浮不定。

诗人何三坡幽居北京燕山多年,他会把一年的时间交给一只灰喜鹊,看它怎样在一棵长满眼睛的白杨树上"叽叽喳喳"地叫出一个鸟巢;他会在燕山脚下的湖水里裸泳,仰望蓝天白云,紧盯一只蝴蝶轻舞翅膀,根本不在乎嘈杂的千里之外。他是一个拥抱燕山的诗人。"小隐隐于野",他不做隐士,但他说,他愿做一个自然的还债者。

他聚集一大帮诗人组成"松鼠会",每年在燕山栽树,培植新绿,让更多的松鼠、鸟雀们有家可安。他在诗集的扉页写道:"人世的一切都不足记取,唯有自然值得珍视。大自然缺乏的只是赞美,我愿意做一个赞美它的人。"

2012年的夏天,奥运会在英国伦敦举行。在奥运场馆的选址上,英国人做出了一个让世界震惊的选择:将奥林匹克公园建在伦敦东部斯特拉特福德的垃圾场和废弃工地上。而更大的决定是:他们要为被污染的泥土洗澡。

为泥土洗澡,听起来有点不可思议,但英国人做到了。他们用六年时间给泥土洗澡,把污染的东西一一清洗,把丢失的养分一一还原,直到泥土成为自然的泥土,被自然重新认领的泥土。这是一项了不起的壮举,不是因为他们的科技手段,而是他们开启了一种有关人类对环境欠债的弥补的尝试,即不惜代价,让被自己污染的环境再回归自然,重现生机。负责这一项目的总工程师萨瑞芙说:"直接把受污染的土壤挖出来运到垃圾场然后填满,这其实是一件特别容易的事情。但这种做法在现在的时代是完全不能接受的。"萨瑞芙的这句话,再次告诉我们何谓真正的环保,其并非只是拆东墙补西墙,这里挖坑那里掩埋。修补地球,保护自然,人类应有彻底的清醒和觉悟:尊重自然,有敬畏之心。

其实,保护自然和时代发展并不矛盾,如果大家都有"先自然之忧而忧,后自然之乐而乐"理念的话,相信人与自然会更加和谐,大自然会更加亲近人类。很多人并不是有意要破坏自然,内心也并不坏,只是他们需要被唤醒,需要意识到:自然也是有生命的,需要相互温暖;大自然更是一切生命的母亲和根,没有了母亲,哪有新的生命?没有了根,哪有生命的源远流长?

即使清贫一点,听着大自然美妙干净的天籁之音也是好的。

一夜秋风

窗外，大雨倾盆。已过立秋时节，但充满威力的夏雨仍浇灌着街道，聚水成河。来来往往的行人，在翻涌的浊水中，无奈。《月令七十二候集解》："立秋，七月节。秋，揫也，物于此而揫敛也。"可今秋，并没有敛。雷神远去时，天色仍像个黑寡妇，猝不及防的雨中人，仍被伤害。

有些事情总是来得太快了，一如我满头的黑发，瞬间脱落如剃，对着镜子，我度过了一季中最长的一天，甚至都来不及哭泣。

我曾以我满头的黑发而骄傲。每天，它伴着我一起奔波亮相，夜睡晨起；也见证着我风风雨雨的劳顿与忙碌、愤懑与郁闷、收获与喜悦。如今，一切全没了，是什么对我如此惩罚？又是什么如此无情？如这场雨，把我们兄弟般的情谊一扫而光。

暴躁，无序，慌乱，恐惧。我无法摆脱这"鬼剃头"的阴霾。

天黑时，我躺在阳台上，想着这无发之头今后如何面对社会上的人事假面，也想着今后熟悉的人们对我这突然而至的陌生面孔，沮丧而懊恼。怎么会这样呢？我无绪地望着夜空，倏然，几只萤火虫远远飘来，它们燃着火把，几丝忽明忽灭的光游动到我的眼前。夜神秘着，我也神秘着。

但阳光下的一切似乎都不解风情。

早晨，蟋蟀们仍在南窗下歌唱，竹子仍旧迎接着东方的太阳。柿树上已结满青果，橘子也已拳头大小。热风中，屋檐下的猫咪慵懒着。宽阔的露天大阳台上，一条腐烂的绳子正套着一群蚂蚁，它们只在圈内急促地爬动，细小的触须颤动着，每个蚂蚁都被它套住了，也都岌岌可危。我觉得好笑，站在绳子外，看着它们。它们是那么小心又那么胆怯，如果有一只蚂蚁跨过了那绳套，就是另一番天地了。我不就是一个光头，抑或被朋友们喊两声“秃子”吗，何必大惊小怪？静下来，心里也就就释然了许多。

人生如自然，造化到那里，风景就到那里，不该也不应强求什么。想那山雨欲来时，疾风过林，山冈上响起雷神的脚步声。像一页沾满墨迹的宣纸被放入洗墨池，天空愈来愈黑。雨燕在屋檐下低飞，它们慌张的沉默加深了万物的暗度。野草们万马奔腾，天如倒扣的锅，阴暗、巨大，瞬间的平静，一切暗怀着野心。蝙蝠从屋檐下钻了出来，以为是夜晚，一道闪电画过，我听见蝙蝠说：请你把黑暗缝合，我不要见光线。

一场暴风雨过后，万物披上了奇异的光，雨洗过的山冈安详而又清澈，山冈之上满是彤云，奇幻至极。而当蝉声又起，最神秘的美丽和天籁转瞬已逝。天地不语，却变幻无穷，而活生生的人生，又何必纠结于一物一事呢？蝉鸣中饮茶，看小狗在柿树下闭目养神，浓绿的爬墙虎上偶尔路过一两只健壮的绿蚂蚱，免不得忘了尘梦。谁不想健康长寿、花落不惊、庭院静好、幸福萦心？

诗人兰德说：我和谁都不争/和谁争我都不屑/我爱大自然/其次就是艺术/我双手烤着生命之火取暖/火萎了/我也准备走了。一切到最后都是自然大地，什么名利花环到最后也都是花圈。所以，你就做你自己的皇帝，不要让那些花花绿绿的诱惑像罂粟花一样冒充皇帝来统治你。

人生多情，情多累人。像秋天绵密的雨，一下起来总让人惆怅伤感。想起少年时许多年的秋天，因迷惘和饥饿，我曾与一场场秋雨一起在马路上哭泣。

如今我不哭了,雨却少了。

再过些时日,又将听到高天雁叫,带来自然神的令箭,秋水静且凉,桑树上的蝉鸣缓了,秋虫声起。何不像这秋天的一朵云、一棵树,悠然活下去,而且活得有滋有味、逍遥自在?像老子出关,一头青牛、一袭青衣足矣。

在这落叶将飘的秋日,我为落发而祭,也为心空而喜。

惶恐与迷茫

东风夜放花千树,疑似春天不是春。一大早从寒冷中醒来,脑海中猛然就蹦出了这样的诗句。大概我心中潜伏着对雪和春天的渴望吧。

这个冬天,真是有些落寞,身体的衰退,头发的脱落,心境的幽闭,写作的迟缓,都使我仿佛陷入一个大冰窟,欲罢不忍,欲进艰难。有些事又不便与外人道,包括最亲最近的人。

头发无情地脱落,友人们见了都觉惊诧,一向黑密发亮的壮发,怎么一下子就变成这般光景了呢？于是,朋友们,文友们,周围的,外地的,霎时间各种治脱发的偏方和秘方接踵而来。用一位友人的话,就是:“是石头也该长出毛了!”但我的头比石头还硬,就是不长。

我的心向往着雪和春天。雪的洁白和干净,春天的雨水和花朵,多么让人激动向往。经过冰雪的洗礼,雨水和花朵的滋润,我的“不毛之地”也许会疯长如春草,油亮如春雨。那时我委顿的心或许会跟着春汛高涨,随着春花怒放,从而再次拾起一个中年男人的朝气和雄风。

但现在,我必须承受严寒的逼近,靠近孤独,靠近北风,靠近我荒寒的北方。透过直觉,我知道,我的冷藏在心间。

我选择在痛苦里泅渡,让窗外的冰雪,覆盖住记忆的脚印。我不说内心的秘密,除了冷,我还拥有一份欲望。我的信念不灭,是等待大雪后的风景,雪融化后的新生。冬夜索问黎明,凝固成冷。我想到了父亲,一个卑微而坚强的乡下小老头,他站在茫茫雪地上是那样渺小,又是那样高大。因为天地在他心中,天地拥抱了他。他最后倒下了,倒在农事的悠长和劳动的苦难中。送他走的时候,我的内心比寒冷更冷。与他告别,我的眼泪已冻结成冰。拥抱遗体让人悲伤欲绝,而拥抱已逝至亲更让人痛而又痛。

父亲远去了,黑发远去了,我与父亲愈来愈近了,我与故乡的黄土愈来愈近了。但父亲被我记忆,我又被谁记忆呢?

我着意地留下点文字,是想让文字记忆着,可记忆着又怎样?《史记》让人记忆的是历史,而那个受了宫刑的瘦老头也不过在历史的烟云背后被忆起一点罢了。鲁迅,用一生的心血留下皇皇十六卷大著,他的孙子尚可认知、记忆,而他的重孙辈却几乎不知他是谁。时间的河流流淌得愈来愈远,记忆就愈来愈显得模糊。祖先模样地存在,祖先模样地活着,那是血脉在一个家族的物质领地和精神领地里巡视。无论是谁,他们都会在一些时间的片段里对先祖膜拜,充满虔诚和敬意。但一切皆是为了生,让记忆和炫耀成为生的铺垫。因为生才是实实在在的。两千多年前那个圣人随口而吟的"未知生,焉知死"也是他一生颠沛流离的体悟吧。

有极端的说法:我无视任何人的存在与死亡,我无视任何生命的来源与意义。我坚信,存在的就是不存在的,不存在的就是存在的,时间在毁灭一切,时间又在记忆一切。时间是衡量生命的唯一尺度,唯有被时间记忆的才是永恒的。似乎有些道理又似乎没有道理。

还是鲁迅先生透彻,他在他具有遗嘱性质的文章《死》中曾写道:

"赶快收敛,埋掉,拉倒。

"不要做任何关于纪念的事。

"忘记我,管自己生活。——倘不,那就真是胡涂虫。"

在这个无雪的寒冷的冬天,我望雪盼春,我的记忆片片断断,我的思考片片断断。我的内心需要突围,我要撕碎这个冬天,用行动靠近春天,靠近南风,我要高声唱诵:大风起兮云飞扬,送我长发浩荡荡。残冬黑暗何所惧,黑发飘飘回故乡。

我再度而死

我倚靠在一棵大树上,和夕阳一起滑进暮色。四野静寂,而落叶却纷纷扬扬。此刻,你无法想象我有多苍老,你更不知道,吹过我的风有多凉,我的心有多凉。

叶落无声,我再度而生。我再度而死。

“绿蚁新醅酒,红泥小火炉。晚来天欲雪,能饮一杯无?”想起白居易这首温馨且极富情趣的小诗,就有邀几位朋友相聚的渴望。正值天寒,天灰蒙蒙仿佛没天没地,无边的风不知从哪个方向就钻到了肌肤,有透肤彻骨之感。

昏黄街市,行人稀疏,大家应约而至,围桌而坐。可我往哪里寻找红泥小炉呢?绿酒,这酒上泛着绿色泡沫的未滤之酒啊,我又到哪里去寻找?天欲黑,大雪欲来,连这时光也没有了啊。红炉、绿酒、白雪,我往哪里去寻找?只能梦回唐朝。

想象的一切都是过客,都是一无所有,我的朋友,能饮一杯无?

“风云有鸟路,江汉限无梁。”诗人谢朓喟叹路远,可那是古代。现在,我们能像鸟儿一样飞,能像鱼儿一样游,通信便捷,时空相隔不再是问题,但我们的心境真的就熨帖温暖了吗?

邻居不相识,同城不相见,甚至隔墙办公,就隔着一道“天堑”。正应了一句台词:大家都忙啊!

那就让我们喝酒吧，不醉不休，一醉方休。

“风云鸟路相慰望，已惹尘埃暗自伤。与君若只如初见，何来离愁扎心房。”

无法说清这首诗，就像儿时说不出什么，但玩伴很好，两小无猜，心也很近很近。

红尘滚滚来。我们已没有大雪覆盖，更没有小炉可围。我们失去了桑麻、土地、河流，我们更失去了亲情甚至语境；难道我们连醉一回的意趣也没有了吗？

“风云鸟路相慰望，已惹尘埃暗自伤。”我们来自哪里？我们又将去向何方？老白啊老白，你的诗勾引着我，可我向哪里去寻找你那情趣，你那意境，你那份友情？

叶落无声，我们真的老了！

看着窗外纷纷飘落的黄叶，仿佛一夜间一切都变了样。这次去一个风景区参加省散文创作年会，大家似乎只是见个面，祝福和问候几句，创作的热情和畅谈的痛快似乎都消退了许多，甚至连愤懑的意气也没有了。一切被物质的泛滥遮蔽，一切被表面的繁荣湮没。官家笑了，钱家笑了。我们的心灵普遍麻木甚至退到了落叶之后。说什么呢？什么也不需说，像一片落叶，我们都老了。

叶落无声，我们真的老了！老得如这块土地，如这块飘满落叶即将腐败腐烂的土地。有个已成泥土的诗人说：为什么我的眼里常含泪水？因为我对这土地爱得深沉。可现在，遍地黄叶，遍地黄金，但眼泪已不再流，因为土地已很轻很轻、很硬很硬。

叶落无声，我不惊讶，更不失望，我从容的死像万千落花。

这里就是我从生到死的地方，我不在乎再多看一眼。只是谁能记清一个名字，留下他陶醉的样子？

我真的老了！我将再度而死。

车上日记

“白露了，鸿雁与燕子结伴南飞，骄纵的蝉声变得凄切，不打算迁徙的邻居们在树洞里存放食粮。开始怀想南方的亲人。”

——题记

正是汶川大地震一周年祭日，我和友人在北上的列车中。车上，人很多，几乎满员。但现在的列车条件蛮好的，床铺是干净的，窗帘和桌布是干净的，还配有暖水瓶、果盘和插花。物质条件的改善也提升着旅人的素质，车上不再像过去一窝蜂地你推我扛，满车的臭气和汗味，方便要拥挤排队，打水要拥挤排队，垃圾和食品共存，烦闷和焦躁同在。

看行人的穿戴和谈吐，确实能感受到时代的变化。年轻人要么插上耳机听音乐，要么在手提电脑上看剧或玩游戏；上了岁数的，要么轻松地闭目养神，要么平静地看着窗外。也有几个同路人或朋友聚在一起打牌或喝酒的，不是吆五喝六的粗话，而是欢声笑语或妙语连珠。大家在行进的时光中，等待着远方和终点的到来。

车厢中来回走动的人大都是列车上叫卖东西的，他们都穿着整齐的工装，叫卖或介绍着所谓列车上专有的东西，诸如报刊、畅销书、小玩具、小纪念品之类，再就是水果、食品、饮料之类，从这里可以看出经济和利益支配下的社会和生存百态。

广播播放着最新的消息和新闻,汶川大地震一周年似乎对旅人没多大影响,倒是猪流感被大家关注着,生怕染到自己身上。这就是人的现实,逝去的已逝去,活着的毕竟需要的是现在和将来。现实的可怕处也即在此,好了伤疤就忘了痛,一切都是当下和快餐式地活着。

诗人帕斯在《朴素的生活》中写道:"把属于汗水的给汗水,属于梦的给梦,属于短暂的天堂和地狱的交给天堂地狱。"诗人这样的感悟,也许正是生活的深处。时代背景、文化习俗和生存经验迫使人们全神贯注地面对现实,充分感受生活和生命的每一天,并不意味着"忘记过去就是背叛"。博尔赫斯说:"有一面镜子,我照了最后一次,有一扇门,我将它关闭,直到世界末日降临。"生活,向内又向外,充满生存的尘土和想象的美妙,也交织着幸福和痛苦的感触。世界没有尽头,但生命的关闭也即一个人世界的关闭。一切皆有缘由,存在的就是合理的。地球爆炸而再生,谁也无法预料。"活一天,算一天,其他的,都是扯淡!"

列车在初夏的美妙夜晚中穿行。当我闭合的眼睛被纱窗滤过的光线照醒时,已是凉爽的清晨。窗外,待熟的小麦正在饱满和成熟着,阳光照耀下,涌动着微黄的波浪,大漠一般。葱茏的行道树如阅兵式上的绿色队列,整齐地划分着北方的平畴沃野;看远去的列车一辆辆渐化为一条条黑线或一个个小点,高天之下,大地之上,人如蚁之感油然而生。"念天地之悠悠,独怆然而涕下",一千多年前的陈子昂,大概也如我此时所感吧!

一声汽笛长鸣,北京到了,车如流水马如龙。想那历朝历代帝王将相,正如鼓词所唱:人如流水车如风,楼如森林地如龙。看那些钩心斗角众生相,听那些风生水起人间事,到头来,都是做鬼容易做人难,呼啦啦一堆碎瓦片。真是感慨良多,几多唏嘘。

一个人的夜晚

一个人的世界，容易堕落。

但今晚，在城市的深处，一幢楼的高空，只属于我。

我不堕落。

因为我听到了一种闷闷的声响，这声响仿佛从心底出发，让我震颤。“活着难受，真不想活了。”一个博友的一句博文，今晚，让我独立空中，思考平时不想提及的话题——生与死，活着与死去。

无月的天空下，街市依旧璀璨，橘黄的路灯下，情侣们依偎成模糊的线条或黑点。万木葱茏的仲夏，疯长的绿色，呢喃相拥的甜蜜，构成一道道都市风景。一个曾是军人的小伙子，一个博文写得风生水起的小伙子，怎么就不想活了呢？校园的血腥使孩子们倒下，矿难使底层的人陨灭，贫困使饥饿的人消隐田间，不公使含冤的人流落街头……难道是这可怕的现实，摧毁了你一个刚成熟的男人？怎么一下子就想到死呢？

没有月光和星辰，我身旁的金银花、月季、玫瑰仍散发出浓郁的花香，它们因我的喜爱而改变了固有的命运，从广阔的田野、花圃，甚至美丽的山间，来到我的花园中，一盆土、一缸水、一撮肥，它们顽强地生长着，不失本色地依然绽放、留香，装点着我寂寞的个人空间和自私的空中花园。离开了田土、故园，也许，它们很不情愿。

一阵轻风，竹枝摇曳婆娑，把暗夜的幽静打破，它们也在密语，相互慰藉对夜的惊惧。一个人的世界，我的脑子里也充盈着爱与愧疚。已是麦香季节，我远在乡下的八十七岁高龄的老母，她在盼着收获，也盼着儿子漂回。人生混浊，世事缤纷，她的心和眼却愈老愈明，几天前，还打电话嘱咐我要照顾好孩子，说孩子上学，正苦着，还说，她很想她——我的女儿。但孩子已经长大，繁重的学习和青春的逆反已使她有些迷乱，人生的垂暮她不懂也不愿顾及。放下电话，不觉间我已热泪满面。生活，重要的是生命体验和过程。得与失，爱与恨，情与仇，都在这体验和过程中。

其实，任何生命都很渺小，渺小得甚至不如一粒黄土，黄土可以千年永驻，而人生早已人去楼空。生之勇气就是能倔强地活着；活着，就是生命的价值；生命的价值就在于活着，耕耘着，收获着。

夜更深了，临河的蛙鸣声穿越街市的嘈杂和一片绿地，把我拉回到一弯新月下老家的千亩荷塘边。夜风微凉，荷叶田田，荷箭亭亭，露凝苞尖。在这思绪万千的夜里，要不是栖居城市，这时，或许正和叔伯兄弟们在清凉的塘边肆意酣睡呢。那么多装神弄鬼的烦恼，都会被这古朴干净的乡村仲夏夜荡涤。百姓只管劳动、收获，连做梦都是简单的，纯净得如一股清风从荷叶下的水面上轻轻滑过。人生有限，思接千载，目通万里，忧国忧民是一种境界；“心安茅屋稳，性定菜根香”也是一种境界。不能如乡下肥猪般地生活，但也不能做城市夜幕下禽兽般的人。蛙声飘过树梢，暗香进入肺腑，我在一个人的黑暗中凝固。我再次告诫自己：生命宝贵。世间，终会有月光，终会有满目的星子，照耀我们时光中的脚丫，踩着光，嗅着花香，回到那碎花裙、临风而飘的长长秀发的年代里。喜悦像风，幸福像花，停在幽静的窗前，停在今晚我一个人的空间里。

看看日出，读读月亮，林间如果走出姑娘，不去牵手，就听她在天地间歌唱。

春天的叩问

闻到青青的草味就想激动，这是骨子里与生俱来的乡村血脉；闻到浓浓的花香就想扑上去，这是自小饥饿在田野里采摘形成的生存惯性。

记得去一个叫“油桃沟”的地方，那满坡的桃花把一切都覆盖住，人在花海中，点点攒动，仿佛蚂蚁般。今春去菩提寺旁的樱桃沟，樱桃花满树绽放，一簇簇一枝枝如白云凝聚，美若新娘。更有金黄的油菜花熙熙攘攘，在阵风里高低起伏，辉煌得如油画一般。大自然一出手，真是天地大美，人间大师巧匠岂能比？在官场人海，人似是主宰，可悠悠天地间，人却如此渺小。

拍一拍浮尘泥土，转去寺中礼拜。沿蜿蜒台阶走向寺门，但见黛瓦红墙边，古柏翠松下，一个个老妇老翁、十二三岁的姑娘少年们坐摊兜售叫卖，有小玩意儿、黄花苗、芦苇根、野韭菜、野山花之类。询问老翁，正值春早人勤，何不春耕春播？而这些儿童们又何不上学求知？老人们爽朗笑笑，大声告诉我：现在种地简单了，种地有机器，除草有药剂，施肥有化肥，谁还整天泡在地里？况且现在地也越来越少了，不是被这儿占用，就是被那儿开发。农村政策是好了，不缴提留款不缴税，种地买种还补钱，可各种农资产品却价格飞涨，种地还是不划算。年轻人都出外打工了，连媳妇们也耐不住都去了，家里就剩下我们这老的小的，在家闲着没事，就出来挣俩小钱儿，也算消磨日子等死吧。孩子们不上学，上学有啥用？又不分配工作，毕业了还不是一样去打工？而且他们的父母都走了，我们也管不住，由他们胡混算了。我说：他们没有知识，不成了新文盲吗？老人们的话匣子一下子又打开了。新文盲，连新文盲都不如！过去，乡下娃不识字是正常的。他们虽然不识字，但大义孝道还是知道的，娃们憨厚善良，有他们一碗吃的，父母就不会饿着；他们做错了事知道脸红，更知道羞耻，甚至会给父母长辈们磕头下跪；乡下虽然贫穷，但民风淳朴，厚厚道道，安安全全。现在的娃们可不行了，父母长辈一嚷，不是抬腿就跑，就是与父母争吵，有的甚至打骂父母。前几天村里有个不孝子赌博欠了赌债，问家里要钱不给，竟丧尽天良地招来一群混混儿，把母亲推到坑塘里，把父亲毒打一顿，把家里积攒的买农药化肥的钱拿走了。还有抢劫、偷盗、男女伤风之事也时有发生，你说这世风是咋了？俺们没文化也没见过世面，真是弄不明白。一声长叹又一声长叹，老人们不觉已泪流满面。

凝望乡村，我的视线被抬得很高。越过田畴薄雾，村庄透着历史的古朴与苍凉。我有一百种可能待在乡村，但我从它的怀里挣扎出来了，留下我的父母和兄弟姐妹们守护。像庄稼一样，他们在四季风雨中被一茬茬收割并被土地掩埋。祖父祖母墓碑上的字迹在风雨剥蚀中已经漫漶。我无法拒绝脚下的黄土及黄土之上的花开花落，我带着期盼在祖祖辈辈耕耘的大地上行走，并背过身怀念那些逝去的日子和过去的村庄，我的村庄确已经跟从前大不同了。

小时候，大人们相互帮衬，长尊有序，互谦互让，笑声爽朗；而今天，欺骗奸诈裸露在阳光下，并被放大成生存技能招摇过市。屋舍和道路是漂亮了，但阴暗却如乌云在乡村的上空飘荡。我无法排解笼罩着乡村的迷茫：道德伦理出现裂缝，教育信仰发生危机，传统秉承遭到遗弃……贫穷落后可以改变，人心又该如何改变？

我感到很陌生，也很后怕。

礼拜完众佛爬上山顶，俯视村庄田野，大地如画。远眺白河流域的城市阡陌,白河就像子宫一样包裹佑护着南阳。我熟悉和不熟悉的人们都在忙碌着,照料着家,也照料着日子。

一列列火车从东西南北呼啸而过。人们涌出村庄,那么多!都想从这个春天出发,通过一节节车厢,到达渴望着的前方。我想象着这人群,他们大多数是打工者和求职者,他们进了城市,只能簇拥在虚幻的城市外围,比起城里人,他们像一棵棵野苗,泼茁而健康。城市的人们好像天生高贵,小事不想做大事做不成,唠唠叨叨中巢就被占领了。城里人,我不能确定他们的虚狂来自哪里;农民工,我也几乎不相信城市能够彻底改变他们的命运。因为,城市不仅需要体力和勤劳,更需要知识和智慧。

历史文化名城南阳是个曾经很风光很大气的都市,古楚的浪漫和大汉的雄风都曾浸润和激荡过这里。摇曳多姿又豪情万丈,冷骨铁血又风情万种。在漫长的穿越之后,风影一晃而过,孤独之光从云层洒下。如今,置身于伟大的都市,铜臭却席卷而来。很多人匆匆忙忙,却只为积累钱财,不打算欣赏美妙的高山流水,更不说乡巴佬的板头曲和鼓儿哼。我们在消磨着过去,也在丧失着美好。

多需要一场及时的春风春雨,把真正的楚风汉韵吹进我们的骨头,滴进我们的血液。

生活里的散漫时光

仿佛就在一夜之间,五月的夏风就将婀娜温煦的春天吹走了,金黄的麦子成熟并被收割,各种蔬菜瓜果的清香从田野飘到了城里;院子里和道路旁的枇杷果也成熟了,酸酸甜甜的,引来好多美丽的鸟儿在枝头叽叽喳喳,婉转歌唱。如果你在山区的小城中,清晨起来,兴许会看到灵巧的小松鼠在树上树下欢快地跳跃着。季节转换着,我们生活里的时光又该如何转换呢?

偷得浮生半日闲,在一份宁静里捧一本经典漫读,重温关公的忠、义,让千百年来的国学经典回归,洗涤心灵上浮躁的尘埃。在某个拂晓,近水平台上,在古琴音中,把太极习起来,让身、心、灵和自然一起回归。在某个风起的时节,二胡、曲胡、板胡拉起来,弦歌而起,充满韵致的戏曲,荡漾出一股古典的气息。

路要慢慢走,才不会错过一路的风景;茶要慢慢品,才能领略其中的韵致;美食要慢慢享受,才能尝出其美妙的味道;日子要慢慢过,才能体味出它的美好。如同这园子,主人是低调、雅致、务实之人,园子已经做了十多年了,就是这样,慢慢做,如顺四时之季,如待孩子成长,一花一草,尽其天意。还有许多正在进行中,不急不躁,在岁月的尘埃中越做越彰显一种宁静稳重大气的美。其实,慢是一种幸福的标志。现代都市的生活被速度催赶着前进,速度被当作礼物带到了我们的生活中,快捷的同时也让我们失去了等待的乐趣。这里,是一种淡淡的甘甜,充溢着无尽的乐趣。

马蹄烽火已是千古旧梦,小桥流水已褪去柳色朦胧,以慢的姿态停在园中,惊艳的不再是青砖石路、豆蔻繁花,而是一种回归自然的纯粹,如水中悠悠漫开的涟漪,愿做一朵静矗在小塘里的莲花,隔绝喧嚣与浮华,守着宁静与雅致,慢慢悟,慢慢品。原来,真实的生活是这样的,平静如水,静若止水。

已出版了几本书又不时在本地媒体或公众场合露脸的"被作家"的我,其实很少读书。闲的时候,连胡思乱想也不愿,看天看地看大街;节假日没什么正事可干,睡睡觉、弄弄花后就爱在街边溜达,然后找一个阳光充足视野开阔的角落蹲下,摆一个无视云起云落的淡然表情看街上的风景。

我喜欢上午八九点钟或接近傍晚时阳光照在女孩儿脸上和发梢上,这时我就可以眯起眼看面前一个个阳光下的身影,更可以肆无忌惮地偷看一些想看的风景——那姑娘阳光下金黄的长发、修长的玉腿和婀娜的身姿。而坐公交或春游时,我喜欢站在相对漂亮的姑娘身旁,这种身很近心很远的感觉很玄妙,闻着女人散发出的淡淡的清香想一些美好的事情,真是惬意极了,至于想了些什么,瞬间即来,倏然而去,记也记不清。世上美好的东西总是让人难忘,你说这是风花雪月还是风月无边,都不是。没有企图没有目的,就是图个舒坦、得劲!自认为这算不上闲情逸致,更谈不上风雅颂,但也算不上淫荡或心怀不轨。

我喜欢春天里的清明,这虽是个祭奠、缅怀亲人的节日,但它让我和故乡、土地、田野再次亲近。穿过茂密的麦丛,露水打湿我的裤管,黄泥粘着我的脚板,可幸福瞬间抵达心底。我不由得感慨:故乡真可亲、真美好啊!她有诗性、诗心能让流浪狂野的心皈依平静如赤子一般。有人说过只要有颗诗意的心就能有个诗意的世界,我觉得他说得很对。阳光灿烂,春风轻拂,我蹲在路边看裙袂飞扬,花朵怒放,阳光普照,还有比这更诗意的世界吗?

不上街的时候,我喜欢闭门幽居或在大阳台上与花草为伍。有时,一个上午或一整天都不说一句话,因为平时我说的话太多了,以至有人提醒我注意得话癌,我一笑了之。一个文人,内不读书写作外不说话表达,那不成了活着的木偶?既然不说话,谁能让我更快更多地分享财富呢?要知道那可是我混社会蹚人生可资利用的最简单的生存本领。但一下了班,我会以最快的速度关掉手机。我期望与外界的短暂的时空隔绝。因为宁静会是另一番天地,另一番境界;不争,也有属于你的世界,比如水。老子说:“上善若水。水善利万物而不争,处众人之所恶,故几于道。居善地,心善渊,与善仁,言善信,正善治,事善能,动善时。夫唯不争,故无尤。”这既是水的特性,也道出了一种处世哲学:做人应该像水一样,应有极大的可塑性。因为水性柔而能变形。在海洋中是海洋之形,在江河中是江河之形,在杯盘中是杯盘之形,在瓶罐中是瓶罐之形。

人有很多故事,事有很多事由,或悲壮,或惨烈,或惊天动地,或平凡庸常,或离奇曲折,但一个又一个的故事完了,谢幕了,剩下的就唯有时光……

我本无弦歌,只有散漫心。天地有大美而不言,人生也有岑寂的散漫时光,抓着生命中最美好的,或许就是最快乐实在的生活。

咖啡时光

写下这个有点诗意的标题，兀自先笑了起来。

咖啡是个洋东西，本是富贵高雅之人的时尚休闲品。虽然它的发现是在最原始的非洲土著部落。但一经传播，便被世界疯狂接纳和享用，甚至形成咖啡文化。

一个农村娃，本来是与咖啡无关的。但进城多年，好像已融入城市生活，加上写过几篇蛊惑人心的煽情小文，被别人误以为作家，已进入了雅致生活；又偶尔为人办点小事，帮助别人搭建一些平台，仰慕的，求教的，答谢的，不时送来一些咖啡。起初对那颜色和口味如黄药汤一样的液体并没什么好感，但扔了又可惜，便试着喝，不料竟然有些上瘾，一天不喝就有些不自在，一天三两杯是不可缺少的。

看来，一切都有变数，一切都在改变中。

我有两个姐姐，两家有三个外甥女，家庭境况都和我当年一样，因为姊妹们多，她们的求学甚至还不如当年全家族仅供我一人求学的光景。她们是在省吃俭用甚至是在挨饿的泪水中，在借、讨加上打零工的苦难中读完高中和大学的。记得她们暑期回来的第一站是我这个最有“本事”的小舅家，取点路费才能回家；开学后第一站仍是我这里，不足的路费和学费由我补齐，她们在感恩的怯怯中上路，泪流满面与我道别。看着两个（最小的外甥女初中毕业就不上了）在假期中晒得如同村姑的小姑娘，我突然觉得一切的叮咛和嘱托都显得那么多余。穷人的孩子早当家，她们知道如何改变自己的命运。

没有财富和关系作依托，她们在学习上就格外地勤奋和努力。大外甥女华中师范大学博士毕业，从网上直接应聘到华南理工大学，进了广州的大学城，分了房，给了科研经费，开始了一个农村闺女的人生新篇章。二外甥女华南农业大学研究生毕业，几番辛苦找工作，却像一般的进城打工女一样，在繁重的手工劳作中没法施展知识。她不甘心，咬咬牙干脆改了专业，报考了北京师范大学心理学专业的博士，最终如愿以偿，现已与一知名研究所签约。

我现在坐在冷气开放的书房中喝的正是外甥女们邮寄来的名牌咖啡，有的还是国外品牌。我因此好像真的时尚起来了。

这似乎应了两千多年前那个农民王的一声呐喊："王侯将相，宁有种乎？"其实不然，看看当下的生活，两个外甥女改变的也仅仅是她们自己暂时的人生。她们的父母仍在烈日下面朝黄土背朝天，风霜雨雪，早出晚归。佝偻的背越来越驼，脸和双手皲裂得越来越糙，飞涨的物价将他们的汗水掩埋。土地仅仅是承包耕种，除了太阳月亮、风声空气，他们仍一无所有，连他们的一间土屋也会在一阵风中消失。

俗语说，富不过三代，穷不过三代。在中国，我看未必。

我是在喝着苦咖啡，但我知道，我的父母不能也不会。他们即使喝了，也只是照顾我的一点面子而已。他们没有喝咖啡的命。其实，我也没有。

幽居燕山的诗人何三坡说：生活大抵是，愈忙碌，愈荒唐。帕斯卡尔说：人类不快乐的唯一的原因，是他不知道如何安静地待在房间里。我问，仅仅待在房间里就安静了吗？一只脱飞的轮子，正朝着你在树荫下打盹的方向奔去。等待，也未必是最好的方式。

我倒更喜欢发现咖啡的牧羊人的故事。说有一位牧羊人，在牧羊的时候，偶然发现他的羊蹦蹦跳跳兴奋不已，仔细一看，原来羊是吃了落在灌木丛上的一种色泽微红的果子才导致行动滑稽怪异。他试着采了一些这种红果子回去熬煮，没想到满室芳香，喝下熬成的汁液以后更是精神振奋，神清气爽。或传说是一位修道士发现了牧羊人和羊的兴奋怪异，就试着将一些散落的果实煮熟，然后提炼出一种味苦劲足的、能驱赶困倦和睡意的饮料，这就是咖啡。

好奇，行动，尝试，追求，或许能发现些什么或弄出一些大风景、大结果。

但我愿是那只吃咖啡豆的羊或者是那个煮咖啡豆的修道士，蹦蹦跳跳，兴兴奋奋。比王侯将相快乐，比王侯将相长久。咖啡，让人感到温馨并能唤醒沉睡时光。

高空种菜记

我渴望有一座花园,在这座花园里欣赏春夏秋冬,聆听四季虫鸣。而今,我窗外的大阳台已是这样。我已经写它多次了,不是我有意炫耀,是我太爱这悬在高空中盛满阳光的这一隅之地了。把土移在上面,把树移栽到上面,把花草移植在上面把青青的菜蔬种在上面,把晨练和健康留在上面……在城市的高空中,建造一座精美的花园,把梦中的家园和故土也留在上面。

更实用的是每天下班归来,站在花园中间,碧绿的叶子从头顶垂下,阳光呈花纹状或斑驳状绘在我的身上,让影子成为健硕高大的美男子生长在我身旁。偶有小风吹过,叶子们哗哗啦啦拍起油光油光的手掌,仿佛欢迎一位政府要员,我的虚荣心也得到了满足,手臂不由自主地悬在空中,检阅队伍似的。浮躁和焦灼、疲惫感和无名火顿消了许多。

而说到种花种菜,不仅需要种子和花苗,甚至植物的种种特征特性、栽培要点、适宜的水分温度都要了如指掌,更要与劳动相结合。

春天,欢喜地买回一袋袋种子,苋菜、荆芥、茄子、豆角、辣椒、黄瓜、西红柿。参考书本或请教有经验的人,撒种,施肥,浇水,还没发芽,心里便生出许多希望和狂想,想在一夜之间就望见它们在阳光清风里碧绿摇曳的样子。

但这毕竟不是插花写生，真实的生命孕育，需要时间和过程，是万万急不得的。一天，两天……几天之后，土层里果然钻出了密密匝匝的小芽芽，并迅速向着预期的模样发展。终于，有了前因后果和其中的起承转合。

种菜如绣花，这玩意儿跟钓鱼一样，喂食，下诱饵，起竿，遛鱼，整个过程都有乐趣。醉翁之意不在酒，而在乎山水之间；种植之味不在吃，而在于欣赏之乐。看那一棵棵、一簇簇、一排排或黄或绿或一片两片之嫩芽，昂着头，带着笑……那情景真是妙极了，美极了。到了夏天，各类蔬菜争抢着疯长。满园满地的绿，像碧波，像荷田，像簇拥的手掌舞动和荡漾着，醉了天，醉了地，醉了人。

曾从山里拔回一丛金黄色的小花，妖娆妩媚一如绢花，但毕竟是真花，埋进土里期望它能如我所想。几天时间里，我晨起黄昏久久在花前流连。想着如此绝世之美，总要延续下去才好。不想，那簇拥着如糖葫芦般的小花却慢慢枯萎，风干。听说它的种子极难采摘，采到了又极难培育，像风景一样很难搬迁复制。就想起那开出美艳销魂花朵的罂粟，看起来是何其美丽绝伦，却生生是恶之花，把不少瘾君子都吸向恶之深渊里去了。美丽，有时让生命触目惊心。也许，"痛并快乐着"是另一种人生，但短暂的夭殇总让人痛心，难以释怀。

于是知道，满眼的繁花和葱绿一定是缘于心的付出和感动。人应该在心的窗棂上点一盏希望之灯，以心面对哪怕巴掌大的一片土地，种一棵花，植一株草，看着它们一点点长成诗的样子，也看看自己的天地和性情是怎样的一片绿或者一片红，是人生的繁花碧树还是人性的自私丑恶。

只有经历了这样的过程，我们才会深深地思考并明白，我们终究要种下什么样的人生、播撒什么样的情怀，而不是在到达终点时才后悔反省，让来人再重蹈悲苦的覆辙。

也唯其如此，人才会慎重地审视和观照，从而在自然与天道面前，心存敬畏。

写下这些不算优美的文字，也算是自己管窥生活的一点感悟和对文字的热爱和敬意。我的女儿不喜欢读书，更不喜欢书写、记录，整天沉溺在虚拟的网络世界里，从中学到大学直到现在我们父女都很难沟通，不仅隔代而且有隔膜。《文心雕龙·序志第五十》中有语：岁月飘忽，性灵不居，腾声飞实，制作而已。大意是说岁月流逝，人的性灵和心智不会长久留存，要使声名、思想、业绩得以传播流传，只有靠著述写作了。这些对于一个不喜欢写作的人来说很难理解，但作为一个从小就使用和享受文字的人，对老祖宗创造并留传下来的文字连起码的敬畏都没有，我有一些担忧。

没有文字的描写和记录，汉字的美妙和魅力将如何呈现？远去的时代和生命记忆的复活、繁衍又将留存何方？但种菜之美，怡情之致，终是花拳绣腿；网络时代，创造之美，谁能让文字与科技“鱼和熊掌兼得”也？

悬空而耕，高空而种，终是不接地气的空中花园，像山中带回的野花，终是美的寂灭。

我渴望拥有一座属于自己的实实在在的花园，心的花园。

窗外的风景

听风，听雨；养花，纳凉；浇地，种菜。这是我都市生活中一道别样的窗外风景。

不是山南水北，也不是平常的窗外阳台。我的空中花园位于六楼的空中，面积比两间房子还大。我很珍惜这难得的空中天地，围了墙，运了土，像过去乡下的自留地或菜园一般，在上面种植了近百种树木花草，还信了东坡先生的“宁可食无肉，不可居无竹”的风雅，种了一小片毛竹。谁知那竹子疯长，年年砍，年年旺，青葱茂密的枝叶已遮住了我家朝阳面的大半。小风一起，呼呼地响。它们不但把噪声、灰尘挡在了窗外，也把阳光、蓝天、清风、明月挡在了窗外。朋友们几次劝我把它们砍掉，我几次都为它们旺盛的生命和动人的绿色折服，不忍下手。

在乡间，一大早最先听到的是叽叽喳喳的鸟叫和清脆嘹亮的鸡鸣，而在都市，清晨惊醒你的，多是由警笛、救护车和消防车发出的鸣响。而乡下悦耳动听的虫鸣鸟叫声已成为都市碟片上的声音或想象。一大早，大街上响起不绝于耳的乐声，晨练的大姐、大妈们挥动着扇子或长剑；邻家的少女在晨读，她的声音穿过花丛，和竹声鸟鸣相应。

晨曦温柔婉约，空气干净清爽。有了这个空中花园，我的晨起后、晚睡前的时间几乎都在这里。远眺深呼，仰望星空，为花草树木浇水松土、剪枝施肥，似乎迈进了老年时光。朋友相约打牌喝酒，都被我婉拒了。他们说我玩物丧志，就守着你那花草熬死吧。我不以为然，人近半百，经历了这么多事，尝过了这么多的酸甜苦辣，唯有平常心和健康才是至上。

而任何生命都是有灵性的，植物也不例外。你看它们，旱了，叶子蔫儿着，好像无精打采的人耷拉着脑袋；缺营养了，叶黄枝细，大有弱不禁风的样子。当水、肥都很充足时，它们则如青春飞扬的少女，光鲜无比。它们不看谁的脸色，该绽放就绽放，该收敛就收敛，该馨香就馨香。阳光雨露，风霜雨雪，都是它们的朋友，连飞翔的小鸟驻足的一小段时光，它们也亲密地相处，两小无猜般纯真、和谐。这多么让人类羡慕啊！有时，我躲在窗帘后，偷看小鸟们靓丽的华羽在绵软的枝条上轻轻摇曳，真是如临仙境。为这，每次上班或出门前，我都要在花叶间的空隙处撒些米粒之类的吃食，让那些来小憩或歇脚的鸟儿们饱餐一顿。许是日久熟了，小鸟越来越多，连大鸟，诸如杜鹃、斑鸠、喜鹊、鸽子们也都来了，它们平等友好，互不争斗，吃饱了就在枝头上梳理羽毛，或动情地应和着歌唱。

这里是我的乐园，也是鸟儿们的乐园。

在花园里，风刮来的种子，鸟衔来的籽粒，或是土中自生的，不管它是啥，哪怕只是一株小草，只要它绿着，我就把它养起来，浇水施肥，直到它们绿色耀眼，让你忘了卑微与高贵、渺小与伟大。生命不易，来世间一趟更不易，各自都有各自生存的理由；而在拥挤嘈杂的都市中，绿色是多么的难得！当夜幕降临，我闭上眼睛，它们就是家乡田畴里的绿浪、蛙鸣，溪水中的明月、游鱼，冲淡着都市的繁华和喧嚣，让我回到久违的田园和故土，可谓一叶撩拨梦游人。

一缕阳光，一弯新月，一朵花开，几声虫鸣，几声鸟叫，都让我感到生命和活着的美好。我有何理由为了名利，为了那庸俗的生活而抛弃这些美好呢？

空中花园，阳台风景，楼顶绿化，是园林城市的眼睛，在国外，不少国家要求七层以上的楼顶必须绿化，否则，将视为不合格。把绿色引向天空和高处，已成为大家的共识。一堵绿墙，一片绿地，一个花园，一方水塘，怎能不让诗意流淌！

一院花香，两袖清风，连那明月、星子也仿佛离我近了。它们眨巴着眼睛，好像人间的烟火正从这里袅袅升起，天上人间也仿佛只一步之遥。真是“夏日浩瀚，万物无羁。大风起处，我心狂野”。

什么都是过眼云烟，唯有有趣地活着才应是一生所求。我们在失意时，为什么不想想这些花草，看看这满目的绿意，嗅嗅这醉人的花香？

清风微露，鸟儿鸣唱，让岁月如牧童少年，晃动着窗外的绿枝，和着风声，惬意飞扬。正如美国诗人罗伯特·勃莱说的：“贫穷而听着风声也是好的。”

忽又想起李叔同，觉着闹世里，能做个打坐清净的和尚也是好的。

而空中花园中那些郁郁葱葱的植物和叽叽喳喳的鸟儿们，正好契合了我现在还不能遁入空门的心。唯有靠近它们，我心才更安静些、纯净些，大脑和心脏也仿佛有了些绿意和诗意。

我心飞翔，在这清晨和傍晚，在这绿色汹涌的空中花园，在这四季变换的窗外风景中。

最是秋虫鸣秋声

这个清晨，一缕凉风吹进窗户，我深深地感到了秋凉，突然有一种伤秋的感觉。这些年，在城市的缤纷中已不知季节变换。时令虽已是仲秋，树叶仍在绿着，草木依然繁茂。生活的芜杂更让时间和季节麻木，只是晚间夜凉如水，窗外有了些沉寂，月影下，扫窗的树枝婆娑着，虫鸣迭起，尤其是蝈蝈，叫声清脆响亮，长短不一，此落彼起，才感到不但夜已深，晚秋真的来了。

记得白天，在小区的绿化带旁，我看到一只鸣蝉箭一般落地，透明的薄翅，墨一样的眼睛和躯体，在坚硬的路面上用力挣扎着。要不了多久，蚂蚁们就会聚拢过来拧成一根黑线，噬咬、拖走它美丽的躯体。想夏日时它长鸣高枝，声洪且远，多么热闹，多么独占鳌头！可是在渐深的秋天，即使是午间，也只剩下几缕稀疏的短叫，或许一场秋雨，这些秋声都会落到地上，归于尘土。“露重飞难进，风多响易沉。”只是蝉声仍立在秋叶背后，和着暑气渐次消退，用有些沙哑的长调，将翅翼越收越紧。它们知道，属于自己的时节已过，用尽残声，也要高歌，虽有些凄美，却是生命的秋声。

想起几日前，我的新书《山之南　水之北》出版，散文家、书画家冯杰先生为书的扉页画插图，就画了一枝一蝉的《高歌图》，题曰：“虽是短日，也要高歌。”大有同感。

隔着窗玻璃，我和天空遥遥对峙，在还没有完全到来的秋凉里酝酿愁绪，诗意不时被秋虫打断，想着乡下不是旱就是涝，汗水和泪水依旧被天左右。听乡下的二哥说，因今年夏季久不下雨，秋庄稼大多绝收，只有耐旱的玉米、花生还有一点残留的收成。想着他们在炎热的夏季仍要佝偻在密不透风的庄稼地里计较天数——一伏，二伏，三伏，期望着辛勤的汗水能在争秋夺伏的溽热过后，有个好收成。不承想，一分劳动并没有一分收获，剩下的只有叹息和无奈低下的头。想到此我就觉得酸楚，是因为飘零的落叶、逝去的岁月，还是因为日渐增添的白发？是为沉睡墓地的父亲，还是为独居乡下的老母亲？……

今晚，又是秋夜月圆，我的父亲已远在天上，母亲也秋蝉一样接近生命的尾声。听着窗外的秋虫晚唱，今夜注定又要彻夜难眠。我担心母亲伴着微微鼾声在月光下着凉，在猝不及防的秋意中一睡不醒。九十岁，风烛残年，像更鼓，敲捶在油尽灯枯的边缘。之前，她已经派橙黄的橘子和莹红的苹果，脆生生地报了信，子孙们一代代年轻着，爷奶们便一代代地老去，死是早晚的事。光阴无尽，日子有数，流星一般，让人唏嘘。

不说了，今夜月圆，还是打开空中的花园，看看月光吧。

秋夜使我们安宁。

作为生于乡下长于乡下的农村娃，我曾经多么熟悉乡村的月光。童年、少年时代，农村尚未通电，孩子们晚上唯一的娱乐活动就是在村庄空场上疯玩：朗月普照，分成两队玩这样那样的打仗游戏；满村子跑着捉迷藏，勾起一条腿蹦蹦跳跳地“斗鸡”，两人架起一个人组成“犍牛”抵“牤牛”阵，“扯羊逮”，“摸瞎驴”……在那个精神生活和食物一样匮乏的年代，最欢乐的记忆莫过于穷且快乐着的乡村游戏。长大了，读书了，进城了，学会写诗弄墨、学会附庸风雅地吟诗赏月了，可城市的天空太逼仄了，逼仄到站在空中才能望月。而乡村，静谧安详，空旷辽远。庄稼安静地立于田野，树木、村庄黑魆魆地充满神秘，让人既害怕又向往；大地万物贪婪地吸收着月之精华，水银一般泛着光亮。浴在融融月光之中，闻犬吠虫鸣，感受乡村的纯美恬静；一家家窗辉萤光晕染出一派温馨、朦胧的意境。此时，可仰目与月对视,脑中翻搅起火热的激情与浪漫;可静观月下风清,让如水月华荡涤烦忧杂念;可漫无目的地游走飘荡,尽享天底下无羁的自由;也可凭了月纱的笼罩,龇牙咧嘴、张牙舞爪、鬼神无敬地做你白天想做而不敢做的怪异动作,并想象着在一夜之间干出许许多多惊天动地的事情……

现在,沐浴着被挤在楼群丛林中狭小的月光空间,我在想,从乡下来到城市,享受了城市文明带来的诸多便利和实惠,却又无端地埋怨在城里找不到乡下的朗朗月光,担忧几千年几乎不变的农耕文明的消失,时空对照下的天地之别……我不知自己是不是乡亲们说的“主贱”。但不管怎样,今晚与明月相对,看苍穹无限,秋虫绕我歌唱,月光洒遍全身,即使忧思苦,也曾心音近。

秋月最明,秋声最美。大自然和人类一样需要歌者,需要歌唱。心灵上的声音,是人类朝向人性原初和善念的因子;大地的声音,是万物的律动和成熟开裂的鸣响,是剑拔出鞘的声音!月光是大地的镜子,也是高贵精神对抗红尘扰攘的反光镜,我们所处的是高速运转的物质时代,它的飞跃以人、时间和自然界为代价,这是人类发展的宿命,因为欲望,无法逃避。当城市的丛林追赶灵魂时,月光秋声,虫鸣天籁就是最好的出口,它带我们穿越灰色都市的铜墙铁壁。当我们被时间摆上陈列柜时,灵魂就是我们隐形的翅膀。

夜是一切的江湖,词语纵横,它和月光、诗心织成心灵的另一个空间。当孤独拽进黑夜,死亡逼近现实,想象挖空大脑,秋声虫鸣便点燃了思想的火焰。它和人心彼此相认,恍若隔世的至亲,甚至成就着艺术家和诗人。

金农画竹诗:“雨后修篁分外青,萧萧如在过溪亭。世间都是无情物,只有秋声最好听。”欧阳子《秋声赋》中童子曰:“星月皎洁,明河在天,四无人声,声在树间。”

月去星明,虫鸣又起,这夜的歌者是不是大自然的和弦秋声,和着谷物和骸骨在泥土里放声歌唱?

夜深了,大地静下来,心能静否?

风吹弯月

你说:“我要去另一个国家,另一片海岸,
找另一个比这里好的城市。
无论我做什么,结果总是事与愿违。
而我的心灵被埋没,好像一件死去的东西。
我枯竭的思想还能在这个地方维持多久?
无论我往哪里转,无论我往哪里瞧,
我看到的都是我生命的黑色废墟,在这里,
我虚度了很多年时光,很多年完全被我毁掉了。”

你不会找到一个新的国家,不会找到另一片海岸。
这个城市会永远跟踪你。
你会走向同样的街道,衰老
在同样的住宅区,白发苍苍在这些同样的屋子里。
你会永远结束在这个城市。不要对别的事物抱什么希望:
那里没有载你的船,那里也没有你的路。
既然你已经在这里,在这个小小的角落浪费了你的生命,
你也就已经在世界上的任何一个地方毁掉了它。

多少年了,我一直喜欢希腊诗人康斯坦丁·卡瓦菲斯的这首现代诗,他提醒我丢掉幻想,热爱身边的一切。但人总是有好奇心的,这山望着那山高。

我终于来到了海边。

一弯新月端坐高空。这是我几十年来第一次坐在东海的海滩上,看到最美最清的月亮。仲秋已过,这是秋声将尽的最后一弯月,清凉、干净,甚至有点寒彻。离开喧嚣,谁都会落寞,想起往事,谁都想流泪。人在旅途,尤其是天涯孤旅,家被重重地抛在身后,遥远而遥远,时间一长,谁都会孤独。

我坐在夜晚的大海边。眼前,面对着无边无际汹涌着的海水和一浪高过一浪的潮声,我的心绪怎能安静?远方,一点点的渔火在缥缈着,微光中的黑暗甚至让人有些恐惧。时间、天地、人生、生死,一切一切的意念和胡思乱想仿佛都凝固了,唯有这弯月泛照着天底下所有的生命。心事浩茫连广宇,而寂寞的嫦娥也不知隐遁到了哪里。我极力地去回忆童年和已逝的过去。这弯残月多像饥饿年代我有意用镰刀砍在一棵树上留下的疤痕。

那一年我行走在河滩上一望无际的芭茅和芦苇丛中,寻找一些烧火所需的枯干的树枝或一束枯叶。我迷路了,田野里飘来玉米的香味,我走啊走,可总走不出,急得我用手中的镰刀狠狠地砍身边的树。月亮都出来了,我的眼睛也睁不开了,连父母撕心裂肺、歇斯底里的叫喊也听不见了。他们不知道他们的儿子正在离他们不远的夜色中酣睡着,风来了他不知道,秋虫来了他不知道,甚至连蛇来了他也不知道。后来,是这弯泛着清辉的月亮在河水淙淙的拍岸声中把我叫醒,我才沿着黑黢黢的弯弯的河堤听着村庄的狗叫声回到家的。而今那清凉、那狗吠和那少年已不知去向,只有这弯月亮在异地他乡,在大海的上空高悬着,中年的心事像潮水一样,翻涌,疼痛。

中秋的圆月已过,那是谁又拨弄弯月的琴弦,像弹琴一样,把它弹细,又一弦一弦把它弹圆,把夜弹亮,让节拍一致的月光一泻千里?

“千里共婵娟”,那千年前的苏子瞻令我敬仰,可那大海中默默遥望大陆的钓鱼岛,今夜的月光,和我坐在沙滩上东望的月光一样吗?

海风在翻卷一部宏大的史书,穿过呼吸,也穿透我的思绪,梦回千年。不说秦皇汉武,即使只会弯弓射大雕的成吉思汗,你如今又在哪里?往事如铁蹄,但往事也如烟。

将所有的海水一饮而尽,让所有的月光一起照亮,看我岛屿到底是和哪儿连在一起,又是谁在觊觎着这遥望大陆的岛屿?

小小寰球,面向宇宙,宛如一座小渔村。经纬交织,但泾渭必须分明,善良和光明总是伴着邪恶和阴暗。如这经年的月光——虽有月圆月缺,沙尘风暴,但亘古的真理是风永远吹不走这迷人的月光。

月亮越来越偏斜,潮声越来越响。听海,看海,感觉海,触摸海,和海融在一起。

沿着月光的朦胧逆水而上——谁听懂了弦月的琴声和乐章?

放逐孤独,突围黑暗。谁在月下遥望远方?谁又踩着冰凉的海滩怅望?

大风浩浩荡荡,海浪吹响集结号。这样的异地,这样的国度,是什么痛让心潮澎湃,血流心碎?扶摇直上九万里,仇恨有时也是力量。

谁让我无拘无束地进行一场酣畅淋漓的呐喊?谁又让我面向大海进行一次无怨无悔的倾诉?

月光。大海。潮声。渔火。聆听。

我该用怎样的一种生命姿态,进入这弯清月的内部?如赴一场静默的祈祷,学会聆听,学会抑制或者沉默。

大海和月光,潮起和潮落,悖论抑或选择,谁能告诉我?

风吹弯月,也将吹老我的岁月。今夜难眠,我开始想家。

大海眨着眼睛,海水正亲吻着我的脚踝,月光的碎银遍地开花。

弯月慢慢消失,黎明正翻越黑暗。

我周身的夜越来越凉。我要拉紧这弯月的琴弦,不知疲倦地彻夜弹响,吴刚伐桂一般,坚韧不拔,直到银亮的月光照耀我,回到家乡。

旅行散记:面向西南

一

去神秘的大西南尤其是云南一直是我所想的。云南是云上的国度,彩云之南,充满了美和诱惑。一直以来,我向往着大理、丽江、玉龙雪山、春城昆明、热带气质的西双版纳,云南在我心中,不仅仅是向往,更是一种信仰、一种神圣、一种图腾。在生命旅途和自然造化中寻找美,感受人和自然的亲密,歌颂生命的造化和美丽,一直是我追求的,似乎任何力量都压抑不住。只是这次去正好赶在清明,多少有些遗憾。临行前夕,我跪向东南,向着家乡父亲的坟头深深一拜,并嘱托侄子们清明时一定要回到老家,到祖辈和他们爷爷的坟前一祭。

清明是个庄严而沉重的日子,我却在欢声笑语中去了心中的西南,失却了一年一度清扫灵魂墓园并与父亲阴阳神谈的机会,心中涌动着难以言表的情愫!

二

行程从郑州开始，昆明、楚雄、大理、丽江，又折回，从丽江、楚雄、石林至昆明，再从昆明到西双版纳，又折回到昆明，飞回郑州，到家。八天行程，大部分都在匆匆奔波中。在云上的时候，我真盼着能与天堂的父亲邂逅，在嘿嘿一笑中，感受父子相见的时光。父亲活着时，到过最远的地方是手术治疗时来的南阳，可经受着在死亡边缘与病魔搏斗的疼痛，他哪里有进城的欢乐，大多时候眼是紧闭的；父亲一生的行程就是他的家，他的田，他的菜园和他最后的归宿—— 一个隆起如锥体的小小的坟包。

三

人真是个奇怪而不可思议的动物。在家和单位时，庸常生活的疲劳和烦琐总催生着独立行走、自由飞翔的向往，而真的远离了，却又恋恋不舍地深情回望。从离家后的第三天起，我就有些想家，盼着回去，我不知道，这是习惯还是情感？

霓虹遍处的时代，许多人选择通过旅行的方式来点亮内心的灯盏，使得偏僻的幽径和荒无人烟之地也挤满了各色的人群和交通工具。不少游者走马观花，有的甚至心藏诡秘，使得心境的体验无法与大自然的清风明月、平静圣洁融为一体，进而物我两忘，心如止水。旅游若真正能与一座山、一条河、一片大地对话，更多地倾听，并且深入它、敬畏它并和它发生关系，心里必有一扇门会被撞开，让一种原始的情怀荡涤尘世，我们的眼前会猛然一亮，豁然洞开。但有多少人真正谦卑地尊敬过曾见过的草木、走兽、大地、神灵？

四

看景真的不如听景,美好的向往总是伴着深深的遗憾。但少数民族的服饰和歌舞真的是自然天成,美轮美奂,让人不忍离去。舞如行云轻飘,歌如流水叮咚。歌舞已是他们的一种生活,一种真正融入生命的生活。蓝天白云,风吹动的牧场;绿水青山,神庇佑的神秘;图腾崇拜,原生态的生存。我似乎找到了少数民族纯净虔诚地顶礼膜拜的心灵归宿和大多长寿的秘诀。“大音希声,大象无形”,大美真的丰富、灵动;只是我们的心事太多、太重。

云南大地,在云端也在心上,大美无言,只等着你去找寻。彩云之南,玉龙雪山,印象丽江,挥一挥衣袖,不带走一片云彩。

五

月光如银,无边的大地都是月亮的吻痕。“缘溪行,忘路之远近。忽逢桃花林,夹岸数百步,中无杂树,芳草鲜美,落英缤纷……”溪水桃花,幽葩细萼,小园低槛。徜徉林间,时有落花拂面。花径入山口,幽意似相识。春色三分簪云鬟,人间四月驻心间。蝶雀舞,叶影疏,浅草香尘弄霓裳,春归处,愿长眠。“去年今日此门中,人面桃花相映红。人面不知何处去,桃花依旧笑春风。”回来几日,一遇桃源春景,就又梦回大西南。回想在昆明买下的几本书,有范曾的《吟赏风雅》,梁晓声的《上蹿下跳的人们》,西渡、王家新的《访问中国诗歌》,里尔克的《里尔克诗选》,易中天的《大话方言》,逯耀东的《抑郁与超越——司马迁与汉武帝时代》,王贵明的《大理元素》。也购了几样小东西:两个酸枝木(红木系列中的一种)笔筒,一个自己留下,一个送了同宾老师;几饼云南普洱茶;几条云南烟草;几样云南小吃;几碟云南民歌、民乐;几幅云南版画、蜡染布;几样东巴文饰。书可能不读,但也不是故弄玄虚;

小东西可能不用，装饰一点风雅，也算不虚此行。

六

转了一圈，画了一个圆，仍是原地原点，旅行如此，人生难道不是如此？如是想，生命真的需要健康快乐地度过，享受生活，让内心快乐。“从明天起，关心粮食和蔬菜，我有一所房子，面朝大海，春暖花开。”“从明天起，和每一个亲人通信，告诉他们我的幸福，那幸福的闪电告诉我的，我将告诉每一个人。”海子说到而没做到，因为他是天才。作为凡夫俗子平常之人，我要“从明天起，关掉手机和欲望，走回去，祭祭父亲，偎偎母亲，面向东南，看看家乡，亲亲庄稼和土地”。

梦里乡村已破碎

仅仅活着是不够的，还需要一些阳光、自由和一点花的芬芳。农民不知道或忽略了，可惜，好些丰衣足食的人也忽视了这一点。

——题记

作家耿立写了一篇忧伤的散文《谁的故乡不沉沦》，里面写道：一个农民在被拆迁房子的瓦砾上趺坐，茫然吃着午饭，只是一个馒头和一棵大葱。那模样是我久经风雨暴晒才有的酱色的父兄，这是一幅为"农村上楼"而配发的照片。看到这个片子，看到一片狼藉，像是涌动起莫名的风雨飘絮的黍离之情，只觉得无边的乡村在沉沦，或者说在一点点坍塌一点点沦陷，真的有点愤怒。

我也是年前才从城里回到乡下的，听报道说 2012 年的冬天是中国北方二十六年来最冷的一个冬天，我不放心了，我的八十八岁高龄的风烛残年的老母亲还寄居在乡下的二姐家。我的两个兄长，虽都已是花甲之年，却仍在外打工，不到春节基本上是不回来的。农村的媳妇对年岁大的婆母大都没有闺女照顾得尽心，这是昭然于大家心中的。进村后，我强烈地感受到：乡村仍是空荡荡的乡村。除了小孩儿们在追逐疯跑着，就是一些上了年纪的老人们坐在那儿聊着天，或揣着手晒着暖儿,所聊内容仍是张家长李家短的乡村的絮叨……房子都是这几年新翻盖的平房或楼房,电器是新购买的时新样式,生活用品带着模仿城市的样子,就连牛奶、点心、水果等物也是城里人下乡卖货时带来的……我无意于述说这种乡村现象的好与坏,也无意于品评这现象背后的是与非,但是有一点很明确,现在的乡村远不是过去的乡村了。乡村的面貌在变,尽管变得不土不洋、不伦不类。乡村人的观念在变,乡村人的生活习惯也在变,只是这种变化相对于乡村的建设和改造还是弱小的、滞缓的。比如楼房是高了,也漂亮了,有的甚至比城市里的还漂亮。但厕所仍是千百年来没变的——在上房与厨房的一个角落里摆一个木桶或塑料桶而已,闹得领回家来过年的新媳妇或新女婿们哭笑不得。再比如上学,过去是因为穷上不起学,现在是因为想挣钱或不想读书而不想上学;过去是是非曲直有个评判或有传统道德约束,现在是一切存在的就是合理的;过去的宗族按祖亲辈分论,现在是长幼不分、伦理不讲,谁有钱谁的社会关系密集谁是老大,谁的楼高谁家人口多(尤其是男劳力)谁气派谁强势。“笑贫不笑娼,笑能不笑憨”已成为乡村实用哲学。对于这种乡村的变化我感到吃惊,吃惊得连骨头都震颤了。梦里乡村已破碎,我们过去那种停留于乡村史诗和农耕文明景象的描写已经很少见到了,乡村也不那么朴实了,小河也不那么清澈了,村庄也不那么热闹了,民风民俗也不那么有趣好看了,相反带给我们的却是另一个陌生而可怕的乡村世界。

在这个变化着的乡村世界里,更可怕的是人们一脸的满足和麻木。几千年来,似乎他们要的就是这种平静的生活:吃饱和活着,再无声无息地死去。“为什么这样活着”他们不管,“别人怎样活着”他们也不管。

我想起阎连科写回家过年,家人包括他最小的外甥最后送别时都劝他,别再写惹祸不落好的书了。“人家写的东西,领导还给钱,还高接远送,你何必要写人家不喜欢的,跟人过不去呢?”还说,大家现在借你的大名,吃有吃的,喝有喝的,还有车,政府照顾得很好,等等。阎连科面对众乡亲和家人的劝诫只能面带笑容含糊其辞，可他在开车回北京的路上几次不能自持，停车失声痛哭。

他哭什么呢？是为父老乡亲们的幸福生活还是新乡村下中国农民仍很可怜的自给自足？社会当下的评价标准，在有些人看来，一个人所做的事情，不能增加名或利，是备受质疑、反对甚至嘲讽的事。你阎连科一个名作家，不写“人家”喜欢的，不能出名，不能卖钱，你想干啥？莫言的家人理解程度要好点（这可能与他获奖带来的家族利益和家乡效益有关），父亲和姑姑对于莫言以自己为人物原型写作，不反感，还以自身为例，向被写到的有意见的乡亲解释。

二哥因为年岁大些，在我回去的前几天就已到家了。他告诉我了些家族和外出打工的事。说跟人家一起跑了几个地方，挣的几个钱都扔在路上了。现在打工没有知识光靠卖力气不行，好些工程都是机械和电脑操作，人工活儿工资低还不好找，可现在不少农村人认识不到这一点，都急着挣钱，正上学的娃们十几岁都跟着打工了，要不了几年，娃们学业耽搁了不说，怕是钱也挣不来了，这很可怕。二哥一个地地道道的老农民能说出“可怕”二字，那是真可怕！二哥还说农村现在盗窃放火破坏的事多有发生，某些村里的干部，条件好的住在乡里或城里，公共的事基本不管，有点利益或捞头就不择手段。国家有低保政策，可真正的低保户却享受不到，外边大小有个人或与村干部沾亲带故的都能吃上，大家有怨气甚至骂娘，可又有什么用？还有计划生育罚款、宅基地罚款什么的，争得头破血流。大家很无奈，为那仨核桃俩枣的，也值不上撕脸断亲的，干脆出去打工多挣俩钱算了。临了让我也给上边说说，给他和伯家大哥弄个低保指标，不然，在村里是很丢人和很没面子的。

这就是我真实的乡村，可现在乡村题材的作品，真正能打动人心的实在是太少了。为什么？就因为我们的作家或那些所谓的乡村写手们从田里走出来后，放下裤腿进城了，在城里清凉或温暖的书房里，凭着自己那点残存的记忆或者依靠一点图片、影像资料，抑或从一些朋友那里道听途说来的那点表面素材，随意想象，很少有人再作乡村生活的忠实记录和探问，这种脱离乡村实际和乡村内核的作品能打动人吗？女评论家梁鸿休假期间在南阳邓州老家进行走访和调查，以“非虚构”的纪实形式写出了《中国在梁庄》一书，因对新农村和农民原生态的真实生存状态的呈现而引起轰动和反响。20 世纪 90 年代，散文大家周同宾先生以九十九个农民的故事为题材，完成了他的《皇天后土》，并获得了首届“鲁迅文学奖”，《皇天后土》也被誉为描写“中原农耕文明的活化石”。尽管时下也有不少描写乡村内容的各类作品，但因脱离了乡村实际而显得空泛、僵硬，虽然有些作品也很有想象力，也很“纸上美丽”，甚至也很煽情，但是已经远远不是乡村那种味道了。

也许，每个人都有自己真实的孤独感，都有自己需要面对的内心和环境。乡村也一样。我们要真实地熟知它，需要一种力量，一种洞察事实、穿透表象的力量；需要一种强大宽阔的内心支撑；更需要一种良知良心的责任和担当。因为几千年的乡村很强大、很深厚，但在巨大的毁灭面前，它也有孤独，很深重的孤独。我们热爱它，展现它，就需要彼此尊重，互相倾诉。因为我们已经进城多年了，我们自认为非常熟悉乡村而实际上早已陌生，甚至已经背离了它，羞辱了它。

有位作家在一篇散文中写道：“城市四处人为的痕迹碰疼我的目光，碰疼我的皮肤，碰疼我的心脏。年纪越大，对家乡的情感越浓烈，对城市的抵触越严重。林立的高楼、宽阔的道路已成为城市的疼痛，更是乡村的疼痛。我要来剥去城市的繁华与浮躁，让城市成为乡村的一种向往，让乡村成为城市的花园。”

我希望城市和乡村，相互遥望，相互注目，相互依存，让城市成为乡村的一种延续和崛起，而让乡村成为城市的母体和永远的根。我希望乡村的发展之路是环保的，是适合农村自然生态和农民切身利益的，我更希望乡下是一块干净的生命沃土和恬静的生活家园。农村的开发、土地的使用不能以破坏生态为代价，不能以人为的政绩标签和表面文章、"毁农坑农"为代价。乡村城镇化是在农民自己的土地上建立适应农村农民实际生活和居住情况的城镇化，而不是一夜之间把几千年的农耕文明一阵风地连根拔起，更不能把农村的现状和农民的血脉祖根连根拔起。没有根的生命是短暂的，而且永远不能开花结果！我们写乡村，也不仅仅在梦里和诗里，应是一种儿子对母亲阵痛昏迷下扼腕啼血、撕心裂肺的呐喊和救治、呼唤和拥抱，而不是小资情调的温情脉脉，站着说话不腰疼的假情假意，"回首向来萧瑟处，归去，也无风雨也无晴"。不是的，故乡不是可以轻描淡写的，应更有风雨更有情！

谁还在毁坏着我的乡村

作家刘醒龙说:“作为自然,乡村像诗一样美丽;作为人生,乡村像诗一样痛苦。”

我曾写过的老家——唐河岸边,河风吹过一个叫乔湾的村庄。现在写她,于我,已经不是一件愉快的事了。因为,一切都在衰变着,我的乡村已沉沦。

看着村里的每一个角落,既熟悉又陌生,像刘亮程背着铁锨走遍黄沙梁的每一个角落一样,我对我的乡村也是再熟悉不过了。哪一条大路小道,哪一个风道旮旯,哪一棵枣树桑树,哪一园菜畦果木,都曾经有过自己的身影,都曾有着童年无数个小小的故事:偷了谁家的瓜,摘了谁家的梨,吃了谁家的馒头,喝过谁家的水,睡在谁家的大树下,躲在谁家的院墙中……有酸楚、有高兴,更多的是一种回望的快乐和温馨。

可故乡现在是活在想象中的。如果真的回去了,梦与现实之间的反差会使你如坠雾里。那曾经熟悉的人,已经很陌生。多年的别离,交往渐少,乡情血脉已变成一种客气。儿时的玩伴发小都长大了,那种天真无邪已随着岁月和时代隐灭了,像闰土见了鲁迅要喊老爷,鲁迅感受到的,在今天依然能感觉到,只是还没有生意场、名利场上的市侩味,杯酒土菜还是挺热情的。

经过几十年的时代变迁，我的乡村确实发生了很多变化，村子快速向外膨胀着，连过去的麦田里也盖上了房屋；特别是临近道路的人家，小楼光彩熠熠，甚至门前还竖起了广告牌，楼顶也装上了热水器。但一走进村里，垃圾遍地，道路残缺，蒿草成片。水塘污染，臭气熏天，水上漂浮物让人不忍目睹。不少家临近春节了还锁着门，不少老人和孩子在向阳的地方晒着太阳，一些小孩子在房前屋后撵着猪、羊闲玩儿着。千百年来的小农经济和封闭状况，似乎没有多大改变抑或根本没被打破过。

我的家乡南阳盆地，历来都算是粮仓和富庶之地，可绝大多数村庄仍是由土路或小路连接；“村村通”也只限于村部与村部之间，况且只是铺了个皮，三冬两夏又成了“泥水路”。村里的没有垃圾回收站，没有水冲厕所和下水道，村内的泥土路，一旦下雨就到处是积水烂泥；房屋有了改善，也有了外贴瓷砖的小楼，但屋里除简单的家具，最多一台电视机外，几乎别无他物；灌溉设施、防洪设施、乡村道路、卫生设施等公共资源毁坏严重，名存实亡；村里没有任何公共娱乐场所——根本不具备现代生存环境和基本卫生条件。我们那里的绝大多数村庄人均土地不超出两亩，有的甚至不足一亩。无论种植粮食还是其他作物，获得温饱外，“剩余价值”微乎其微。这几年，受国外机械化、低成本、大规模、转基因生产的农产品的冲击，农民在农业上的收入越来越少。多数青壮年劳力只能靠外出到城市打工，维持生计。很多农村只剩下老幼病残，成为“空心村”，留守儿童们隔代抚养和教育，致使亲人之间产生隔膜，现代教育缺失，言传身教的传统文明传承更是无从谈起。几个村有一所小学，一个乡（十多个村子）才有一两所中学。孩子们很小就得住校读书，很多家境不好的孩子必须每星期走几十里路。这些农村学校师资水平参差不齐，学生在成绩上也无法与城里人竞争。很多义务教育阶段的孩子过早辍学，甚至结伙流浪，做出偷盗、抢劫、打杀、吸毒、嫖娼等不法行为，不少青少年甚至走上不归路……事实上，在工业和城市经济蓬勃发展的今天，中国绝大多数农村和占半数以上人口的农民仍被抛在“现代化”之外。贫富差别、城乡差别、公共资源分享差别越来越大,由此而引起的财富、教育、权势、地位等的等级壁垒越来越分明;信仰缺失、道德沦丧、土地流失、环境污染、治安恶化、乡村干部腐败等一系列的社会问题和矛盾越来越多,越来越突出……

更惨烈的是几千年来乡村自然环境和农耕文明遭到的破坏:小河干枯或被污染了,古建筑群落年久失修或被拆除了,古树、大树被连根拔起了,一望无际的田野平原不是被切割就是被高空建筑遮蔽……“风吹芦花飘满河”的小桥流水不见了,“牧牛归家鸟归林”的夕阳晚照不见了,“卧看牵牛织女星”的湛蓝夜空不见了,代之而起的是灰尘、风沙、雾霾、黑烟、干旱、洪涝、盐碱、天坑、地震……

不少人说:总体而言现在农民的生活水平确实是提高了许多。这话似乎也对,也是事实。但几千年的人类追求,难道仅仅就是现在这个样子吗?我的家在唐河岸边,土地肥沃,水资源丰富,即使在贫穷的过去,细粮有些欠缺,鲜鱼鲜虾也不罕见,每到雨季,沟渠里,寨河中,垂钓和网些鱼吃是唾手而得的。相对于三十年前,现在的食品是添加剂添了许多,毒素多了许多。过去乡下经常有电影、地方戏演出,现在除了村里多了几台电视机,公共文化生活几乎都没有了。除了自愿集资建庙迷信复活,可以说乡村百业凋零。回想起刚“春天”的时候,施光南写的那首《在希望的田野上》里,是多么让人振奋和激动的场景!

中国的文明其实是农业文明,所有的文化礼俗都是以农业文明为基础确立的。乡村要城镇化,将会使这些传统文化最终断裂掉。没有了根的民族将会因为不知从哪里来到哪里去而产生一种焦虑感、悬空感。看看我们的农民工兄弟姐妹们每年春运时的生死回乡路,就可以感受到家和根的血脉力量。

谁来保护乡村?谁来让我的乡村拥有一份属于她的平静和安宁?

面对这个现实的世界,我们似乎已经无能为力。家乡的那一隅土地,除了早已安葬了的我的先辈,我的父亲也在黄土之下静静地躺了十几年，他的骨灰怕是已透过棺木和他生前侍弄过的土地一起，成为坟旁那棵小树的养分。我的母亲也已是八十八岁高龄，背驼、耳聋、眼钝，风烛残年，她每时每刻在等着那一天。每当想到她人生的最后一幕，我都会觉得无所适从，不敢多想却又时时牵挂，甚至是一片落叶、一缕寒风、一丝细雨都让我不由自主地回望与痛心。我是那片土地上飘出的一脉乡叶，我也终归要回到那里。生命是一个原点，哭闹而生，寂寂而死；生命的轨迹也是一个圆圈，从哪里来也要回到哪里去，所谓寿终正寝，是给生命的一个圆满。哥哥、嫂子、姐姐、姐夫和我的那些侄男甥女、父老乡亲，他们依然在那片土地上，土地的命运也必然是他们的命运。我也是。

但母性的乡村从不让人绝望！一片洪荒或一片野火后，仍是“春风吹又生”。我是多么想做一次堂吉诃德，即便是不自量力，即便是无物之阵，我也要在这可恶的现实面前搏上一阵，用我嘶哑的声音吼上一吼！

暴雨 谶语 恶之花 河流

写下这个风马牛不相及的题目，兀自先笑了。南阳盆地好久没有下雨了，连最耐旱的玉米、芝麻等秋作物也无力抗争，卷起叶心，耷拉着有些萎蔫或枯焦的茎叶，虚弱待救。土地在干涸，农人在干渴，多需要一场及时的夏雨，浇灭这地火心火。雨，万物所盼，人心所向。而就在昨天的午后，一阵乌云压城，人们还没顾上躲离，一阵电闪雷鸣，霎时，暴雨倾盆，雨水如注。下水道的井盖被掀翻，黑浪涌起，只一会儿工夫，大半个城便一片汪洋。我站在八楼的走廊上，注视着大雨中的街道，有车辆灌水熄火的，有自行车、电动车浸泡在水中的；有翻折了花伞被水冲得趔趄蹒跚行走的，有毫无遮挡落汤鸡一样任大雨淋刷的。正是中考的第一天，更是苦了赶考路上的学生们、送考陪考的家长们，为了不耽误时间，他们毫不犹豫地卷起了裤管，有的甚至脱去了长裤，任雪白的肌肤在泛着粪便、地沟油、残羹冷炙的污水中浸泡。疾驰的车辆，不时卷起污浊的水花，整条街，不，整个城都弥漫着一股臭气。豪雨，久旱逢甘霖的豪雨，在急遽的倾泻下变成了渴望中的诅咒、愤懑、怒骂。黑煞星的老天爷，咋就这样捉弄苍生呢？几个月不下雨，一下就这样暴戾。美丽的雨花，一转眼成了人们心中的恶之花。

正像世间万事万象都存在悖论，由动到静，由静到动，由不变到变。正如好事变坏事，坏事变好事。想那皇皇大清，铁骑雄风，横扫中原,可事到尾端,一小群“洋毛子”,就使那个金莲碎步的“老佛爷”也大逃荒野,气喘吁吁。这使我想到了她的一个臣子,一生饱读诗书、在朝野腐败到极点还能够使清朝在风雨飘摇中支撑那么多年而不倒的曾国藩。他曾说:一场大乱之前,必有三种前兆。一是无论何事,均黑白不分。二是善良的人,越来越谦虚客气;无用之人,越来越猖狂胡为。三是问题到了严重的程度之后,凡事皆被合理化,一切均被默认,不痛不痒,莫名其妙地虚应一番。一语成谶,曾国藩死后二十年,大清王朝最终灰飞烟灭。

我上班要穿城而过,有几条路可走。有时怕城内拥堵,就沿城边的滨河路驱车,只是一味地赶路,沿岸的湿地碧水、佳木繁花好像是熟悉而陌生的过客,没有在心里激起半点涟漪,更没有想到要在某个黄昏、某个夕阳西下的时刻立岸倚栏与河水对话,任纯净荡涤内心的尘埃,而只在别人的描绘中看到了这条绚烂多姿的河流。一轮明月,夹岸桃花,千古人文,万般情韵。不同的作者从不同的视角解读着白河,空灵邈远的意境,悠久淳厚的人文,精致秀美的景色,让诗词家们浮想联翩,佳句迭出。那大唐诗人李太白“走马红阳城,呼鹰白河湾”是何等豪迈;那光武大帝年轻时牵马卖粮走过浮桥水湄,心中默念“娶妻当得阴丽华”的心愿;哪家女子放歌浣洗于石矶岸边,为谁梳妆,初夏的荷花,晚秋的芦笛,又为谁歌唱;严子陵细雨中的钓台,迷幻在多少烟雨中而成为千古怀想。被惯常和审美疲劳遮盖下的清雅、婉约的白河,像苎萝村的西施一样在浣纱溪边向世人亮出了她惊艳的美。

孔子闻韶乐三月不知肉味,而我的一袭白河,何时让我忘记尘世间的纷争和烦忧?什么都不想,什么都不要,只要这千年月光、万年沉静,而在这沉寂之上安放一颗男人大地一样不躁的心。

庄子说:真快乐啊,鱼们!惠施说:你又不是鱼,你怎么知道鱼快乐?庄子说:你又不是我,你怎么知道我不知道鱼之快乐?隔窗扫视行进的河水,忽然想起了庄子与惠施的这段对话。庄子是大智者,在喧嚣的尘世中早已悟透了人生,所以能在困顿的生活中“诗意地栖居”,用快乐陶冶自己,也用快乐感染别人。

其实,一切的功名利禄都如眼前的河水,终归要远流而去。就是那些庞大的帝国、王朝,也无一能够幸免。

看河中轻舟,随碧波荡漾,何其悠哉。其实,春华秋实,风花雪月,一切如那“滚滚长江东逝水”,“都付笑谈中”。勿以物喜,勿以己悲,宠辱不惊,去留无意,观云卷云舒,看花开花落,才是我们内心真正的河流。

一堆乱相

多年以来在被尘世日日烦扰充塞的大脑里，突然想起了“杂象环生”“乱象丛生”“一堆乱象”之类的词来，但就这两天的事，我用了“一堆乱相”。这个“相”，生活的相，大众的相。

看我这一天的生活——

上午，讨债。在还没有见到欠债人的布场之前，公司已决定，即使通过法律途径，也决不当孙子，不像那小品中的黄世仁和杨白劳，乱了世象契约。于是便假装着愤怒和威严，呵斥着欠债的老赖们，也听着他们假装可怜和无奈的倾诉。

他以前曾是个中学的校长，也算是一介知识分子，琅琅书声后，他肯定有桃李满天下的自豪。可世事扰攘，物质和金钱的诱惑像大海的波涛一样，美丽而激荡，撩拨得他心神不宁。他下海了，用知识的一点火花，收获了第一笔财富。他笑了：百无一用是书生，看来这俗语要被颠覆了。他的心像急于充气的气球，瞬间膨胀，满心飘飘欲仙的快意和成就感。终于，“嘭”的一声巨响，他从梦中的笑跌落成现实的痛。小三、小四们跑了，两个儿子也断绝了与他的父子关系，只有结发妻从乡下的娘家挎个小包裹回来了。他想到了死，但没有回顾经验教训；他想到了东山再起，但不是二次创业。他选择了走捷径的欺诈行骗，瞒天过海地东挪西借，用挖东墙补西墙的办法套取资金。亲戚的、朋友的、民间的、银行的，凡有一根稻草的希望，他都尝试。然而，一个谎言要用十个谎言来圆场。要账的终于涌上门来，堵上门头。他开始许愿发誓了，用男人的眼泪拯救丧失的诚信，一张张保证书也使文字和笔墨都黯然失色。一切都无效了，便装疯卖傻，涕泪横流，呼天抢地，跳楼撞墙，磕头作揖。看他那拙劣的表演和伏地求饶的可怜相，简直就是一堆会动的肉。可据知情人讲，要账的一走，他仍是女人绕身，灯红酒绿。西方有谚语说人"一半是魔鬼，一半是天使"，这现代版的人变魔鬼，真让我无语。人类从动物兽性到文明智性，经历了多少磨难和轮回，历经亿万年至今，却再次退到原初，这是世道的悲哀还是人类的悲哀？人为什么要过得这么艰辛又要这样贪婪？而这些游戏中，到底谁又是真正的赢家？

下午，仍是一个讨债的场。

一样的倾诉，一样的各种原因和辩白，一样的给予理解和宽限。但我的心有点僵硬了。欠债人是个工程承包者，也是个中间的债权人，真正的欠债者是个县级政府。他承包工程的最初造价是五百多万元，因当政者随心添加和项目修改，决算时工程造价已突破一千万元。权力和漫开的政绩花成了拖欠劳动者们的血汗花。当政者因政绩突出调离了，后面的事却留给了下一任。讨要工程款，需要面对无数的会议、会议纪要和红头文件，因为继任者谁都不愿担责任，都要"清清白白"。数月和经年的各种协议、合同、手续需要一层层的审核和研究，需要领导的把关和签字。看似都有理又看似都没必要，像一只拳头砸向一个巨大的橡皮气球，无论在哪里下手都觉茫然。这个当初青春焕发戴着时尚手链和价值不菲的手表的年轻人终于举手投降，败下阵来。

他是个学工程的大学生，道理、道义、人情，他都懂。作为朋友，他知道民间担保金融机构的运作和诚信原则，无奈中，他把身份证和座驾的钥匙交给了我们。

漂亮的车，代表着金钱和尊贵，在我的驱使下从一个地方来到了另一个地方。

开着这样的豪车，我的思绪也随着夜的神秘和车窗外呼啸的风而飞翔。我酸酸地想，这车曾伴着一个踌躇满志的英俊青年发生了多少次交易和多少个浪漫的故事。也许在侧位，一只纤纤玉手轻轻滑在他的手上。也许在一个晚上，两人驶离闹市，月光下，静谧的夜，两人相偎相拥，香车美女，脸热心跳，不知不觉就在这一方天地里温馨度过大半个晚上。也许就在后备厢里，准备着一沓沓送礼的钞票和一份份精致的礼品，让一份份合同变得柔软而可爱，也许……如今，这辆多情而多用的车却在我的臭脚下离开它的主人，像西施样用作抵押。车随人，人仗财，尊贵与低贱，原来就是一车之隔。

车在高速上追光疾驶，虎虎生风，而它的原主人是不是还在一个小县城的臭水河边沮丧地徘徊，无语凝噎？

一天的劳顿，躺在床上却没有睡意。一个北京来的电话把我从讨债的场景中拽回。香港《大公报》的记者采访一位官员作家，拟好了数个问题让其回答，作家谦逊地想征求一下我的意见。其中一个问题是"人生的目的和终极意义到底是什么？你怎么理解并度过？"这题大而空泛，真不好回答，但也确实是人生绕不过去的问题。

真话、假话，过去、现在、将来，每个人每天都在缩短着自己的生命里程和时间，而大多又都在无事生非上、在自找纷乱中无意义地消耗着生命。利益、争斗、欲望、享乐，最后的归宿都是一撮泥土。明知道都要老去死去却仍要折腾生命与岁月，譬如这讨债还债，阴谋阳谋，甚至是凶杀拼搏，鱼死网破，非常而终。

而身边任意一块石、一棵树，却能静心聆听着大自然和世间的和声，不卑不亢，一站几百年、上千年，一躺数万年、亿万年。真是大智若愚啊！而看看人类自己，总是想充当什么什么的主宰，整天在哇哇乱叫中失却了本色、本性，被欲望撞得鼻青脸肿，脱了人形。秦始皇、汉武帝、成吉思汗、拿破仑、希特勒，又能怎样？最后不都是树下或石头下的一把泥土，田野大地上的一缕磷火，甚至连夏夜里萤火虫闪烁的一丝微光都不如。

这一夜，我做了一个梦。依稀记得梦中买了一套房子，房子编号是“401”。楼房临岸靠水，周围是一片绿地，前后道路和一个大水塘都记得清清楚楚。想趁着星期天去看看房子，可总找不到购房的手续和钥匙。翻箱倒柜，急得脑子生疼却忙乱无序，在一声叹息中惊醒，拍拍头想略过这个梦境，可一闭眼，梦又续上了，仍是抓耳挠腮，焦躁不安，头闷得要炸，再一次惊醒，索性不睡了。

回想着时下的数字游戏，“401”不是“死定了”的谐音吗？猛然又惊出一身冷汗。好在我是个什么歪言邪说都不信的人，更是个从不迷信冥冥中有什么暗示、神谕的人，也没多往心里去。第二天没有再去讨债，而是去听青年小说家段舒航讲苏联作家索尔仁尼琴的创作和他的名著《古拉格群岛》。这是一场精神的盛宴，离开那些讨债的人和场景，见到心仪的作家和朋友们，心情自然很好。可会场并不安静，小声说话的，交头接耳的，乱出乱进的，接打手机的，甚至无端打乱主讲人思路猛然亮出自己观点和思想的，有点乱，真有点乱。

难道是我的乱感染了大家？还是我的心已乱？显然都不是。细思静心，原来思想像春天漫长的野草，无拘无束，作家就应是漫漶濡染的春水，遍地流淌。野草和春水，才是真正自由的春天、万紫千红的春天。也许，我被昨晚的乱梦所搅，不该苛求。要知道，乱才有碰撞的火花，乱才有飞溅的激情，如漂流，如大海的浪涛，如狂风吹乱落叶。

回家的路上，想起了那个“死定了”的梦，我把车开得很慢，我要在一堆乱相中看清自己，也保护好自己，不要让那梦境成了一个谶语。

一堆乱相。回味着昨天和今天，问自己：生命，是心力交瘁、疲于奔命还是恬淡于心、顺其自然？活着，是越简单越好还是杂乱无常一堆乱相？

赤橙黄绿青蓝紫

——夏雨惊雷中读李白

一

初读李白是在少儿课本中的《静夜思》“床前明月光”，后读李白，是他绮丽大气天马行空般的文学神韵和天下无双的大气魄，因而一直喜爱浪漫而有风骨的大诗人。而恃才傲物、藐视天下的诗人竟然在颂扬南阳的《南都行》中膜拜般地描绘道：“南都信佳丽，武阙横西关。白水真人居，万商罗鄽阛。高楼对紫陌，甲第连青山。此地多英豪，邈然不可攀。陶朱与五羖，名播天壤间。”这更加强了我把李白奉为偶像和精神知己的决心，同时也使我更注意李白一生中游历南阳的行踪。

李白与南阳渊源颇深，他曾多次光顾南阳。李白在南阳到底留下多少诗篇？《明嘉靖南阳府志校注》收入李白在南阳留诗 3 首，今人收集李白在南阳留诗 11 首。但是，安史之乱爆发，诗人避地八年，当时著述，十丧其九。今所传之《李太白全集》，真乃“泰山一毫芒”（韩愈语）也。以李白的性格和他的睿智，他在南阳的华章诗篇应远远超过今人所能见到的。

公元 730 年，三十岁的李白，赴长安谋求出路，以期实现其政治理想。在《酬坊州王司马与阎正字对雪见赠》中说：“游子东南来，自宛适京国。”说明李白入长安取道南阳。在《豳歌行上新平长史兄粲》中说："忆昨去家此为客,荷花初红柳条碧。”可看出他在初夏时节登途。初至南阳,诗人被南阳钟灵毓秀的自然景物和历史悠久、人杰地灵的人文景观感动,对其有极为美好的印象,写下了《南都行》《游南阳白水登石激作》和《游南阳清泠泉》三篇华章。在《南都行》一诗中,诗人颂扬了南阳“舟车秦楚,襟带南国”的重要地理位置,高楼、紫陌、甲第富庶繁华的都市风貌。诗中李白还以诸葛亮自喻,感慨自己怀才不遇:“谁识卧龙客,长吟愁鬓斑。”李白认为自己也像诸葛亮那样具有安邦济世之才,感叹自己不为人识,功业未立,瞻念前途,乃有“愁鬓斑”之叹。南阳著名的风景区清泠泉,位于蒲山东边的丰山。李白在《游南阳清泠泉》的五言诗中吟道:“惜彼落日暮,爱此寒泉清。西辉逐流水,荡漾游子情。空歌望云月,曲尽长松声。”诗中显示,置身于如此绝妙的胜景,诗人从早到晚恋恋不舍,面对夕阳西照下山上潺潺的流水,感慨无限的游子之情,直至空歌望月,才踏着阵阵的松涛而去。

公元742年,四十二岁的李白奉诏入京,玄宗召见其于金銮殿,命待诏翰林。这是诗人一生事业最为辉煌的篇章。李白入翰林前,曾三次游南阳。一在开元十八年(公元730年)入长安,途经南阳,时为初夏;二为开元二十年,南返安陆,复经南阳,时在秋;三是由安陆来游,时在春。现存李白在南阳所著诗篇中《南阳送客》《送友人》《忆崔郎中宗之游南阳遗吾孔子琴抚之潸然感旧》三篇都是抒发与崔宗之的情感之作。崔宗之是杜甫所作的《饮八仙歌》中的八仙之一,是李白的铁杆朋友,乃宰相崔日用之子,袭封齐国公,好学,与李白以文相知。

唐开元二十年,三十二岁的李白在长安漫游两年之后,满怀愁绪地返回安陆,途中李白第二次独来南阳。在一个秋高气爽、月白风清之夜,李白一人在南阳东门外河堤上独自沉吟赏月时,邂逅了年轻的齐国公左司郎中崔宗之。二人一见如故,相见恨晚,第二天崔宗之便邀请太白赴菊潭宴饮,宗之赋诗寄怀,并赠送一张极为珍贵的孔子琴作见面礼。李白在赠崔宗之的诗中写道:“是时霜飙寒,逸兴临华池。

起舞拂长剑，四座皆扬眉。”此诗中之“华池”即上文所言之“菊潭”。

在南阳结识这位潇洒美少年崔宗之，是李白毕生难忘的一页。崔宗之不仅同李白在南阳游览，纵酒放歌，还陪同要回安陆的李白在襄阳探望孟浩然，拜谒襄州刺史兼山南东道韩朝宗，意在托韩荆州推荐李白出仕。这次活动虽没有成功，但李白对崔宗之却充满感激之情。唐开元二十二年（公元734年），李白陪同崔宗之返回洛阳，途经南阳，与宗之话别。《南阳送客》《送友人》当是这次话别之作。《送友人》是李白最得意也最令人印象深刻的一首五律：“青山横北郭，白水绕东城。此地一为别，孤蓬万里征。浮云游子意，落日故人情。挥手自兹去，萧萧班马鸣。”《送友人》是李白创作于南阳白水之滨的五言名篇，历来为评论家所称道。评论家认为：“太白五律之结构，当推此诗第一。”

二

而今大雨，夏的夜雨中，闪电霹雳，惊雷阵阵，雨哗哗冲刷着大地，夜空黑暗，万物垂首，再读李白惊天动地之诗句，想那电光雷鸣，忍不住随笔而泻，好个“天子呼来不上船”的诗仙李白！特别是他那激情澎湃豪情万丈轰轰烈烈熊熊燃烧的生命火焰，仿佛就在眼前，温暖着我，炙烤着我，即使奔跑中满身泥泞，雨水迷离双眼，也愿踏浪而行，践行生命的瑰丽与真实。生命，其实也应该是火焰，至少生命的灵魂应该是火焰。也只有有火有焰的生命，才会给人以奔放、明亮、温暖、通透的感觉。有火无焰或无火无焰的生命，永远都是温水煮青蛙——赖活如死。这样半死不活、有气无力地活着，有何意义？

赤橙黄绿青蓝紫，谁持彩练当空舞？是诗人，是大唐的诗人李太白。

赤、红：这是一种燃烧的颜色，更是诗人和画家生命的色彩。就像李白终其一生追求的狂放和激情，更像凡·高割下耳朵，让殷红的鲜血喷薄出一片一片燃烧的向日葵。

从二十五岁离开巴蜀,几乎终生都在漫游的诗人,他出三峡,入湖北,游洞庭,登庐山,下扬州,走中原,访东鲁,进晋陕……带着游侠的剑,喝着诗性的酒,吟着天才的歌,一路走来。山山水水,赤日炎炎,残阳如血,赤红高原,如凡·高歇斯底里的生命火焰——《麦田上的群鸦》,日月、天地、田野、庄稼、道路、风雨、云霓、飞腾的鸦群,炽热的情感幻化出精神的激流,赤色的血液涌动着生命的轰响。豪放如血,激情如血。

直到天宝元年(公元742年),诗人在耗去了大半生的抱负后,已四十二岁了,才被召入京,授了一个供奉翰林。这仅仅是一个虚职,好听而不受重用。虽受到唐玄宗的特殊礼遇,却也只是一个花瓶抑或摆设,说狠一点,犹如皇帝身边的御用宠物,叫你赋诗,你得写出"云想衣裳花想容""一枝红艳露凝香""名花倾国两相欢",叫你填词,你得填出"胡姬貌如花,当垆笑春风",虽有千古文采,雄心万丈,却不如无根太监和斗鸡之徒,翰林学士不过是梨园填词之人!"仰天大笑出门去,我辈岂是蓬蒿人。"初召时的喜悦自信和"愿为辅弼,使寰区大定,海县清一"的宏愿,被文学侍臣、宫廷圈养的郁闷覆盖,在朝廷不到三年,小人们妒才嫉能的乱箭一一射来,那沉醉于风花雪月的唐玄宗像宋朝时一个皇帝对一个天才词人一样:终不是廊庙之才,而"赐金放还"。一驴或一马,或赤足,大唐的诗人,又行走在普天之下的王土上,潇洒而无奈。而当安史之乱起,不甘寂寞的赤色生命,眼前又亮起一道曙光。他抱着感奋时艰的心志,曾为永王李璘的幕僚,因永王争位失败而受牵连,获罪,流放夜郎。那里是蛮荒和不毛之地,如去,将会折断诗人生命的翅膀。好在中途遇赦,才使诗人不像杜甫般,因长期饥饿而在饱餐一顿后胀死。

"亦余心之所善兮,虽九死其犹未悔。"若投汨罗而逝的大诗人屈原一样,为了心中的理想,李白在他六十一岁时,还前往名将李光弼处请缨杀敌,垂暮之年,还想着为挽救国家危亡出力。因病返回,途中,于江中抱月而永眠。

我惊心于李白伟大的诗歌艺术成就，更惊心于他疲于一生的狂放追求。这个并不高大威猛的男人，一辈子都处于高度兴奋的状态，他一生做事，虽然算不上轰轰烈烈，但都在追求中；虽多不能遂愿，有几次甚至被扼杀在萌芽状态，但他冲动的心中，却永远翻滚着波澜。看来生命总得骚动与鲜活，不管在哪一个段落，只要不轻易关上梦想与追求的窗口，心不死，梦不灭，谁都有可能是一片奇妙的风景。

多少事，在我们心中，因为未能做到而深以为憾；李白剑胆琴心，独步天下，他未能做到，回望他的一生，我们怎能不深以为憾？

橙、黄：红和黄调和的颜色，如金，但比金子更美丽。嫩月初升，夕阳晚归，川橘江柚，广柑巴橙，都是黄里透着红、红里带着黄的动人色彩。

“少时不识月，呼作白玉盘。”尚不识月的小李白在哪里呢？在中亚碎叶，那是他的出生地。那里的人性情奔放，酷爱游猎。李白在兄弟姐妹中排行十二，故小名“李十二”。小十二郎就像雏鹰，于西域广漠之中，自由自在，快乐成长。他天资聪颖，过目不忘，很快就学会了诸多部落的话语，能分辨出不同动物的叫声，并能模仿大人以桦木弓箭射猎野兔和草鼠，甚至天生会骑马和角力。到他五岁时，因家族变故，举家迁往四川。巴蜀之地，山清水秀，鱼米之乡。家境殷实的李白家时常有朋友相聚。一日，李白父亲与友人闲步于花园中的李子树下，正值三月，春光无限，李花似雪，压满枝头。友人随口吟道：“春风送暖百花开，迎春绽金它先来。”另一友人接道“火烧杏林红霞落”，不料，身后一童音道：“李花怒放一树白。”客人惊呼小儿天才，其父遂抱其至一边口呼“白儿，白儿”，又想到夫人夜梦太白金星而生李白，名“白”字“太白”便由此而出。少年时李白更是才华出众，记忆超群。他博学广览，吟诗作赋，并喜好仗剑行走，草原后裔的狂放性格一览无余。唐朝科举盛行，他才高八斗却恃才傲物，偏不走常道，不按科举应试求官入仕。中年时虽应召入朝，但他那放达乃至强横的脾气仍是不改,力士脱靴,贵妃捧墨,御手调羹。他要求权贵尊重他,他信任自己胜过信任别人,他最懂自己。这一切最令权贵齿冷,令谦谦君子瞠目结舌,更令小人心生怒火。“我本楚狂人,凤歌笑孔丘。”所有读书人的偶像却不是他的偶像。“齐有倜傥生,鲁连特高妙……意轻千金赠,顾向平原笑。吾亦澹荡人,拂衣可同调。”只有鲁仲连这样的任侠之士才是可与之同调的朋友。强悍的生命黄金,将经典和现实内化于肉身,也把他的理想主义和他的七情六欲奇妙地融合在一起。他的身后,闪耀着一片耀眼的金黄,游牧者后裔的猛烈与不羁,如向日葵般灿烂,绚烂着他的一生,成为李白生命中最闪亮的美丽色彩。

青、绿:这是生长的颜色。李白的生长地,现四川江油,涪江像油一样清亮,更是桃花盛开的地方。绿,溢满匡山;青,染翠墨溪。山环水绕,灵气氤氲,长成一青莲居士,太白风骨。

人生本来就该是激情飞扬、绿意盎然,像那一株草或一棵苗,只要有阳光、空气和水分,就可青绿葱茏,生机勃勃。何况是被草原、骏马、雄鹰引诱着的人,岂能唯唯诺诺,不人不鬼。即使行走中原,也要“走马红阳城,呼鹰白河湾”。如草原上翱翔的雄鹰,活,是雄视的俯瞰;死,是干净的躯体。明月、清风、绿色、青翠,才是可以抚慰他的佳景。“五岳寻仙不辞远,一生好作名山游。”在那用脚丈量山水的年代,李白带着一身的青绿,游遍大半个中国,让生动的草木们环抱着,覆盖着,并让青山绿水一点一滴融入他的灵魂里,被他的诗句激活。

蓝、紫:蓝色的天空,紫色的葡萄,都是生命中浪漫而动情的色彩。在李白的文字里,只要你捕捉,随处可见。

李白被喻为“谪仙人”,他自幼诵读道书,崇尚自然,崇尚仙风道骨的山野。寻找心中的神仙和隐者思想,在他后半生占了很大一部分。“且放白鹿青崖间,须行即骑访名山。安能摧眉折腰事权贵,使我不得开心颜!”他追求“长歌吟松风,曲尽河星稀”的陶然忘情,他渴望“永结无情游,相期邈云汉”的纯洁真诚。他用行动和诗向我们展示他理想的生活及他蓝天般、紫葡萄般的浪漫情怀。

幼时举家迁徙，蜀中二十年的青少年交游，二十五岁时仗剑出山，干谒游历，长安入仕，仅在朝廷三年便赐金还乡，再次漫游山水，寻道访仙，直至治罪流放，客死异乡，仿佛永远都在路上。对一个人，这实在是一个奇迹。他是如何控制情绪的？心情郁闷却能浪漫如云霞，天马行空却又字字珠玑。他又是怎样处理人生的？得意时狂放恣肆，"天子呼来不上船，自称臣是酒中仙"。失意时毅然站立，"天生我材必有用"，"直挂云帆济沧海"。这，是身为优秀男人的固执，还是非人间仙人的坚强？

李、白：这是春天的李子，花开满树，洁白如雪。这是生命中的一种纯洁，是经历了太多太多之后，去掉了一切杂质而显现出的生命最初的本色。

"冠盖满京华，斯人独憔悴"（杜甫《梦李白》），"文章憎命达，魑魅喜人过"（杜甫《天末怀李白》），"痛饮狂歌空度日，飞扬跋扈为谁雄"（杜甫《赠李白》）。杜甫是欣赏和崇拜李白的大诗人之一，按现在的时尚说法，杜甫是李白的"超级粉丝"。可有趣的是，李白却将杜甫看得平平，诗文中很少提及如此牵挂、关心他的同道和友人杜甫，甚至还写诗讽刺杜甫诗写得太多，将写诗看得太重，不足以成就大诗人，等等。然而，恰恰是这样，更显出李白无与伦比的单纯与不拘及大男人的胸怀与真诚。

杜甫为正统道义与百姓苦难而歌哭，李白为生命平等自由而奋争；一个在人间，一个在天上。杜甫可有千个，李白却是"前不见古人，后不见来者"。

还是"诗圣"看得准——

昔年有狂客，号尔谪仙人。
笔落惊风雨，诗成泣鬼神。
声名从此大，汩没一朝伸。
文彩承殊渥，流传必绝伦。

也还是同道粉丝描摹得生动传神——

李白斗酒诗百篇，长安市上酒家眠。
天子呼来不上船，自称臣是酒中仙。

李白，白得如一轮圆月，白得如一树李花。他的眼睛比月亮还亮，他就是夜空明月。

“床前明月光，疑是地上霜。举头望明月，低头思故乡。”也许多年以后，我们的孩子、孩子的孩子们仍在背诵，那就让他们继续背诵吧，直到人世间月白风清，桃红李白。

也说二月河先生的字画

赏阅朋友、师长们的字画、雕刻作品，不时聊发感佩之情。相聚时的欢乐，离别时的不舍，狂饮时的醉态，高论时的快语，一幅幅作品，每个人的音容笑貌，总是回味再三，不忍释怀。今又读到他人关于二月河先生的字画，溢美之词大于品评欣赏，也有皮毛之论的臆想之猜，大有误读先生字画之嫌。

有人说："二月河乃天才，五百年一遇。文章惊海内，画作闻天下。其所作的题画曲，纯朴自然，清新别致，浑然天成，带着泥土的气息和晶莹的露珠，如果有心人辑出，必能传世。"

我不懂字画，遑论二月河先生的字画。但与先生为邻，难免有不少文朋诗友谈论或索求二月河的字画。在秋雨打蕉、风吹果香之际，我就所知道的与二月河先生的书画缘简记一点点，并辑录南阳两位本土大家和一后生对二月河书画的评价于后，以共飨之。

我有二月河先生的画两幅：一幅辛卯年的《牡丹图》，题诗曰："自生金谷本尊贵，纵使不语也妩媚。洛水汤汤千载去，东风年年一样吹。"一幅丁亥年孟春画的《墨葡萄图》，题曰："十年磨剑，剑横若秋水，文章把臂看，看到公孙神妙处，满头白发即霜翰。"

公司有三幅：

第一幅是2010年通过《南阳晚报》举办的公益活动以3.5万元义

拍的《桃花红运图》。当初，晚报报道说是《红梅迎春图》，我打电话说不是，可那编辑很固执，非说是梅花。我又去请教周同宾老师，他说他们弄错了。看那题诗不就明白了。题诗是："夭夭修得诗经篇，烨烨荒山小家院。浑然不计年轮多，岁岁艳容赋春天。"这也说明了二月河先生的桃花中有梅花，梅花中有桃花。

第二幅是饱满丰盈的《紫葡萄图》，题跋是："少年时心雄，想的是利禄功名，嘴里还噙着个馋虫。可惜了书生无用，没有权，也没有勇。觑见美食，食指大动，拍拍腰间没有铜。好容易挣扎着混出个人模样，偏他娘得了个糖尿病。满世界好吃物，眼巴巴不能用。似这般一品味，分明是上苍普恩惠众生，只吾辈福薄运数穷。罢罢罢，哥儿吃不得也，画个画儿送友朋。"

第三幅是小条幅的《秋日葫芦图》，小虫爬其上，似在唱鸣，极富情趣。

如今，二月河已是大家，名人名家字画，在市场上和收藏行情上已是了得！听说在深圳、北京的拍卖会上，二月河的字画价格都不菲，最低也在四五万元吧。他因小说而闻名，字画也别有韵味。因名而逐，因名而趋，因趋而爱，一时洛阳纸贵。不少友人托我索求先生的墨宝或题签。我为内乡的《湍河文学》求了刊题，先生写了两个条幅让选择，一个给了内乡，一个我自留下。为丹江移民民俗馆求了"南阳丹江移民民俗馆"题匾，现挂在该民俗馆门楣上。先生还为《楚风汉韵》"南阳作家群"专刊题写了栏头"精神高地"，为淅川公安大移民的画册题写了"金色盾牌"刊在了报纸和画册上。如今又有人托我要二月河的字，让写一竖幅"厚德载物"，先生问我求字者何人，我说是一款爷吧。先生说：先到团市委"希望工程"捐一万元的善款吧。我肩周炎厉害，基本上不画不写了，忍痛写一幅，算是为希望工程做点贡献吧。

先生说的是真的，因为他从不出卖字画，是朋友，他觉得可以送，一分不要送给你；是公益活动，他觉得应支持，毫不吝惜，连笔墨纸砚的本钱也要搭上；你是商家为赚钱或攀龙附凤拍马溜须者，对不起，一字一墨也别想求得。同在一城的著名散文家周同宾先生是二月河的老友,二月河送给他的生日画、祝寿画不在少数,惺惺相惜,心心相印,是友谊更是晚情,是祝愿更是祝福,真是“流水高山一曲琴,钟期何处杳难寻。空弹古调知音少,抚卷怆然感世情”。友爱之心、大家之怀昭然。

二月河先生有很多题画诗、曲,率性而自然,有趣而隽永,充满智慧和哲思,现集一二欣赏之:

题牡丹画:不羁情牵,未著世迷。野塘远华,芳菲自立。儒达贤圣,佛据莲座。悠然想望,修德若斯。

题南瓜:碧叶黄花自在生,常作贫餍饥肠充。一旦时至秋风好,报与华筵珍馐同。

南瓜歌子:这瓜名叫南瓜,其貌不扬,用处却大,秉性愈是年成差愈是长得佳,结得又多又大,三年困难瓜菜代,说的就是它,旧时代穷人们瓜菜半年粮,指的也是它,活人无数,功在天下。而今糖尿病肆虐,它低热少糖,依然是济人不暇。这是穷人瓜是功勋瓜是南无活菩萨瓜。时非问往古来今,地不论东西南北,人无分贵贱穷通,大家都需要它。

题葡萄曲:累累葡萄满架,棋酒知友佳荫下,哪里讨这闲暇?竹床木椅袒腹倚,说说秋月,谈谈春花,高兴了夸夸,不高兴了骂骂,神仙也没有这夏日架。

又题葡萄曰:冬时虬枝龙蟠,二月发新芽,生意叫人爱煞、盛景见葱茏,天生空调穷人家。青串紫玛瑙,赠如世间无碍甜,佛说秋深时更佳。

再题葡萄曰:葡萄架,清荫大,遮遍天下。我家植他,夏也潇洒,秋也潇洒,打个赤膊,拽张凉席,再切个西瓜,呼吆好友来,烟、酒、棋、扑克、茶。

…………

河南省作协副主席、女作家王钢对二月河惯叫“二哥”,她对他的画也有一番戏论:“满纸风流,叶颤花摇。仿佛看见,粗汉一条,握笔如筷,乱涂横扫。三日不见,崭露头角,叶比花好,花比字好,远比近好,倒比正好。也算一家,画坛少找,笨人难学,高手难描,物稀为贵,值得一裱。皇上御笔,哈哈哈哈,大牙还在,智齿笑掉。”

附一:画说二月河

周同宾

一

二月河的画,我藏有多幅。在朋友圈子里,不是最多,也算较多。近两月,又得到两幅,一桃花,一寿桃。今日天气阴沉,寒意颇重,情绪不舒展,懒得读书写作,就拿出画看,看着看着,心里热热的,不禁就有话说了。

那天,满城风雨近重阳,诸文友相聚宴饮。酒喝到兴奋时,邻座的二月河对我说:“给你画幅桃花,叫你走桃花运。”声音不高,别人没听到。桃花运云云,显然是玩笑话。我已老迈,常有迟暮之感,命相早定,运程绝不可能陡地染上妍妍的胭脂色。但桃花却是我之所爱,因为那是春的笑靥。

我等着那幅画,竟多天无消息。莫非是酒后戏言,不可当真?抑或贵人多忘事,早抛脑后了?

忽一天,二月河打电话:“画好了,你来拿吧。”不禁一喜,当即打的而去。来到他家门外,惊起一群野鸟,不是麻雀,是大个儿的鸟。进门,见院内残雪未消,空地上撒有米粒儿、玉米糁儿。那是给鸟备的食儿。此时,鸟在枝头焦急叫跳,催人走开,再来捡食。他说,常常喂鸟,剩饭也作鸟饲料。特别是落雪天,人能吃饱,鸟去哪儿找食儿？忽想起,有次接他参加会议,车在院外等许久,迟迟不见他露头,却原来是一只什么鸟掉进水池,翎毛湿了,为救鸟误了时间,上车还没坐稳,又说后悔没用电吹风把它的羽毛吹干。我暗自感叹,古人说仁德及于禽兽,这就是啊。

扯远了,打住。

却说我进屋还没坐定,他就拿出画卷。我展开一看,眼前一亮,心中一亮,夸赞道:“好!”他笑了,若弥勒佛。

携画归来,当窗细品,渐渐地,进入画境。见浓墨郁结成老干,树龄好似有百年,铁一样凝重坚劲,略呈“之”字形,转折处抽出新枝,多直上,少斜倚,几无穿插(这是有意或无意地与传统画法闹别扭),便有勃勃的挺然傲然之气势。枝丫间,花开十余朵,粉瓣儿艳如美人腮;花骨朵无数个,鼓胀着酽酽的绯红。枝头冒出几枚雏叶,不想招人眼,腼腆地尚未展开。于是乎,便酝酿出满纸暖意,便洋溢出满室暖意,煦煦然,令人舒服。窗外,高天滚滚寒流急;屋内,桃花依旧笑春风。

画上题诗曰:夭夭修得诗经篇,烨烨荒岭小家院。浑然不计年轮多,岁岁艳英赋春天。

哦,画的是《诗经·国风》里的桃树,灼灼了三千年的桃花,曾牵涉昔日少男少女情爱婚姻的夭桃。此树理应生长在野外,如李笠翁所说:“唯乡村篱落之间,牧童樵叟所居之地,能富有之。欲看桃花者,必策蹇郊行,听其所至,如武陵人之偶入桃源,始能复有其乐。”

忽忆及南阳城东白河边,有桃林夹岸。春二三月,次第绽放,绵延十余里,绚烂似云霞。我去看过,几欲醉死花丛。二月河身居闹市,情系自然,时时牵念大地上的事情。彩墨挥洒,再现的正是爱的心象。这么说,前面写他爱鸟,也不算跑题。

久久看画,忽地心头一动,竟有了诗思,就也吟出一首:

若有东风过两鬓,韶光伴我漫沉吟。人生四季安排定,宁有芳菲二度春?

二

交新春，本人年届古稀（“古稀”一词，让人丧气。又思忖，那是古稀，不是“今稀”，也就释然）。不知怎的，二月河突地想到此事，春节的鞭炮声还在响，就打电话向我求证。我说，真的。他说：“给你画桃。不是这，我是不画的。”我问：“啥时候去府上取？”他答：“很快。”

第二天和他联系，他说：“现在就来吧。”真是快，可能昨晚通电话后就乘兴泼墨，一挥而就了。

到他书房还没坐定，他就吩咐夫人去楼上取画（伊是他的“上书房行走”。他在家中，有点四体不勤，养尊处优，若皇帝，若熊猫。琐事多由夫人操劳）。我接过画，首先看见题跋中的“贼”字，立马说：“孔子曰：‘老而不死是为贼。’”（同时想起冰心晚年，曾欲请人将此七字刻一闲章，没人愿干。只一山东青年闻讯照办，老人很是高兴。）待把画跋读一遍，我才豁然解悟，不禁大笑。他说，一时灵感而已。恰在这会儿，有人找他在书上签名（二月河常干这活儿，我每次造访，几乎都碰上这种事儿）。遂告辞，连个谢字也没说。

回家，腾清凌乱的书案，摊开三尺横幅，静心读画。但见斜刺里雄劲一枝插进宣纸，旋即岔为二，一长一短延伸，长枝聚三桃，短枝带二桃。桃皆硕大如斗，红熟且饱满。何以画五颗？是否寓意《尚书》里的“洪范五福”？五福的最后一福就是“考终命”。偎依鲜桃的，有五七片叶，俱如掌，已苍碧出老色。还有，那桃放在荆条编的笸箩里。那物件儿，酷似我儿时东邻五奶奶家用的盛红薯盛窝头的容器，在当时就已古旧成了文物。

写到这儿，该抖开包袱，说他画上的题句，道是：“贼、贼、贼，二月河不思作文思做贼。天上去赴王母宴，逡巡窃得一枝蟠桃归，稽首笑祈吾友福寿康且齐。”最后的落款是“贼徒二月河”。却原来，我不是贼，他是贼。此贼厉害，竟效法东方朔，偷到西天瑶池了。

附二：书法二月河

行者

二月河讲随缘。所谓随缘，不刻意、自然、随机缘发之谓也。这是一种艺术化的人生态度。比较起来，那种刻意安排的、理念化的人生态度虽为生活所需，且绕不过去，但未免显得呆滞而易于功利化。

二月河有一篇文章叫作《字的缘》，收入他的《二月河语》里，意思是他并不认可自己的毛笔字，但无论写字赏字只要随缘就好。有些求字的人得了字不免啧啧称赞一番，作字的人明知是假言假语，偏偏听了高兴，因为逢场作戏也是蛮有趣的。

这篇《字的缘》排除了二月河书法的真诚的欣赏者。

我曾经向二月河求过字，且当场表示过我的赞赏——我是由衷地称赞，由衷地喜欢。

二月河的书法充满了童趣，稚拙得很，歪歪扭扭，大大小小，如同三岁小儿所书——这是一种极高的境界，非人人可为的。有的人怕是写一辈子毛笔字也达不到这般境界。不信你看看小学生们写的字，大多小学生都在写方块字，把字写得方方正正的，规范得很，那种童趣却荡然无存了。记得毕加索说过一句话：我十八岁就画得如伦勃朗一般好，但我想像儿童那样画画却花了六十年时间。中国清代有一位叫赵之谦的大书法家也如此说："书家有最高境，古今二人耳。三岁稚子，能见天质，绩学大儒，必具神秀。故书以不学书、不能书者为最工。"

二月河书法的线条很有质感。粗细不一，长短不论，但有力量感。练过毛笔字的人都懂得，没有几个月工夫，这毛锥是拿不动的。写出来的线条软绵绵的，毫无质感。我多次问过二月河练过字没有，他说没有，我总也不信。这篇《字的缘》却透露了消息：二月河先生是练过的，只不过他没有规规矩矩地练罢了。正因为他写过几年大字，才有了他线条的质感;正因为他没有规规矩矩地写字,才保留了他的童趣。

尽管二月河在这篇文章里贬损了自己的字,但我觉得二月河内心里对他的书法是颇为自负的。记得我曾问过他:“你觉得自己的字写得咋样?”二月河回答:“还可以吧。”

我对中国书法多少有一些了解,对中国清代以来的书法发展轨迹也多少有一些把握。中国书法从清代崇碑到后来崇尚《流沙坠简》是有其必然性的,原来的帖学已经走到了尽头,康有为等人推动着书法面貌大变,直到谢无量的孩儿体,徐生翁的丑拙,以至当代书坛的流行书风,这是书法在为自己创造生存空间,是有其必然性的。二月河作为书坛的行外人,其书风却与当今的时代书风相吻合,就是把他的优秀之作放在当今顶尖的书法作品里也毫不逊色,这就奇了。我想其中的原因就是随缘——二月河是一个不守规矩的人,他坚持自己的自然与天真,从不拿什么概念去规范自己。

我没有说二月河出手就好。他写字不经构思,随意写来,有的章法上浑然天成,有的就不大谐调。他的字二三寸见方的比较好,用侧锋抹出来的大字就有了恶趣。我建议二月河先生少用侧笔,不知二月河先生以为然否?

附三:二月河的字,美耶丑耶?

鲁钊

那些年,我尚在山西武警部队。人在军旅,战友情深,因战友相邀约求,每次探亲休假时,总要踅到“皇叔”二月河家里,磨蹭着索要字。每每看到战友们从我手中拿到二月河“真迹”视若珍宝心满意足的样子,我总感到不可思议。

因为,我对二月河的字持无所谓态度,我曾经当面对“皇叔”说:

“你的字还不如我家鲁一诺的字写得工整呢。”

真的,二月河的字太丑了。横平竖直,“永”字八法,王行怀草,褚体柳章,他全不理会,他不按规矩来,不照字帖练,无视章法,意就笔走,随心所欲,平的不平,直的不直,该挑不挑,该钩未钩,曲里拐弯,枝里八叉,从想不到处变笔,要多潦草有多潦草,真是丑到了极处。

近年来,我有机会随着“皇叔”省亲、讲学或访友,山左山右,河上河下,省市内外,每到一地,总要有一个“法定节目”:一张单子上写满当地人士姓名,有省部级高官,有市县级领导,有各界名士,总那么长长一串,二月河照单涂抹,额前晶莹,濡墨挥手,笔走偏锋,闪电霹雳,展示“书法”,忙碌得大汗淋漓,我为他递巾擦汗犹顾不及。常常是他一人埋头奋笔疾书,一帮人忙着抻纸添墨摊晒作品,一张张宣纸字幅散发着墨香,犹如正举办二月河独家书法展览会,得到者如获珍宝欣喜若狂,未得者抓耳挠腮翘首以待……

就二月河这一笔丑字,居然搅乱池水兴风作浪?我百思不得其解。

为开阔眼界,增进见识,有了机会,鲁钊也爱往书画圈里跑,看人家笔走龙蛇,赏人家腕下乾坤,混得熟悉了,就把心中疑惑和盘托出,所幸得到高人指点:别小瞧二月河的字丑,那是形成了自己的风格。他写字不管什么规矩,甭临什么碑帖,随心所欲,只一个不犹豫,放笔写去就是,不按章法练习,不受条框限制,从不刻意追求,满纸意到笔随,结果是写出了一笔丑字,而事物是辩证的,丑到极处,便是美到极处。他的丑,达到了笔尽其妙、格调天成、形神兼备的境界,如此便是好了。试想,二月河“落霞三部曲”和随笔散文,超过千万字,他整理和搜集的笔记资料,达数千万字之多,而他对电脑打字一窍不通,这些作品全是一笔一画用手写就,有这几千万字,不早就把书法练成了?他的“丑字”已经岁月磨炼,打造得别具一格,自成一体,不用署名,便可看出。而且,二月河字画还有一好,因不在帖,没有路数,神鬼难仿,绝无赝品之虞。更何况他这是名副其实的“名人字画”,他在世界上是与金庸齐名的“南北二侠”,华人文学大家,享有莫大的名声,久来评论界又呼其为“皇帝作家”,能够收藏二月河的“御笔”,人们“求之若鹜”,藏之为快,则是顺理成章的事情了。

如此一解,我深以为是。我为自己过去浅薄无知把大量真迹送人而深深懊悔。

我想,以后有机会,得把“皇叔”的“丑字”多搜罗一些,那可是奇货可居。

果不其然,二月河的字画行情见涨,在深圳和北京的拍卖会上,早已平尺超万,动辄就是人民币若干万。

在河南殷墟,出土的一片片甲骨,刀刻斧琢,就成了记录历史的文字,就具备了书法艺术完美的特征。在甲骨无语神秘了三千多年后,后来河南南阳出了个董作宾,天目一开竟深谙了甲骨文的美,读懂了这些天书,成了名噪海内外的文字大师。南阳二月河,二十年苦苦作文,巨著等身,其字当然要比甲骨文圆润丰满、流利顺畅、精彩韵致多了,能不美乎?

二月河的字,到底美耶丑耶?

何管美丑,二月河因文字而成名,他热爱和感恩文字,对绮丽、神秘而有趣味的中国文字有着厚重的爱好,他痴,他醉,他真,他乐,他纵情,他率真,他狂放,他豁达,而众多“河粉”(二月河粉丝)们喜欢二月河那稚拙朴素而胸藏万壑、张扬个性而蕴含自我的字,这就是爱,这就是缘。有爱,有缘,就足够了。

宋庄也有南阳的脸

位于北京市通州区北部的宋庄是全国乃至全世界规模最大、知名度最高的艺术家群落。这里有着5000多位艺术家、22座大型美术馆、113家画廊、4500多个艺术工作室……这是个神奇而又诡异的地方，神奇得像个梦，诡异得像幽灵……它神奇诡异的面纱下，却有一张张鲜活而生动的“宋庄的脸”。

在宋庄，也栖居着这样一群南阳人。他们怀着对艺术的真诚，抛家舍业、离乡背井来到这里。他们有的已经扎根在这片热土，并开出丰硕的艺术之花；有的还在无怨无悔地付出，并渐入佳境；有的还奋斗在艺术食物链的底层，却依旧执着地前行……

一

诗人、摄影家卧夫制造了一篇《宋庄的脸》，并用影像贴了一张宋庄的脸。

他在文章中写道：

宋庄98%的良民，为艺术而生活。另有1%打着秋千，还有1%玩跳房子。

宋庄98%的刁民,为生活而艺术。另有1%掉进火坑,还有1%在走弯路。

当初他们毅然弃离主流,弃离体制,追逐几乎与道德无关的自由,企图拥有独立的人格,完成一种放纵。他们宁愿用最简单的食物充饥,营造自己的梦幻世界。显然,他们的大脑进水了。宋庄被"边缘之边"的发起人赵庆称为离祖国心脏只有25公里的一段"盲肠",与天安门相比虽然偏东,艺术家们每天却是第一时间看到日落,第二时间看到日出,那种白日做梦的习性,导致他们错过了一些运送大米和白面的马车。但是他们并不遗憾,灵魂和肉体分离之时用于发情,灵魂和肉体合一之际用于煽情。宋庄大大小小的展厅乃至街头,像农贸市场一样,摆满了太上老君的九转金丹、王母娘娘的蟠桃,以及潘金莲的乳罩和花和尚鲁智深的袜子。

宋庄的脸庞不过如此。往妙处看,小人与君子、小偷和警察、刺客与保镖,不仅来历不明,而且身份不明。你还以为茶壶里煮饺子,很可能是猪肉炖粉条呢。你以为是老鼠拖铁锹,其实是女人站着撒尿。"特务头子"栗宪庭假传圣旨,"钦差大臣"胡介报剑走偏锋,才子佳人挤眉弄眼,小商小贩浑水摸鱼。宋庄的数千名艺术家几乎人人都能在《毛泽东选集》里偷出来几只鸡用于下蛋,然后再在鸡蛋里挑出半斤八两的骨头。无论顺水推舟还是逆水行船,都是拿手把戏。

若看脸谱,宋庄的移民比宋庄的土著不仅生动,而且丰富,尽管个个都有一种丈二的和尚让人摸不着头脑的感觉。人们对聚居于宋庄画家村的几千名艺术家虽然多有警惕,宋庄,毕竟已经扩张成为与巴黎的巴比松村、纽约的苏荷区、伦敦的东区、柏林的米特区等世界知名的艺术区齐名的甚至是世界最大的艺术庄园。以小堡为中心的商业区家家有利可图,美术馆、画廊和工作室处处有人光顾。唯独位于宋庄的北京通州精神病院生意不够火爆,说明宋庄的艺术家超常的思维能力并没失常。而且他们身体健康,如果允许中国人民强暴八个国家的女人,为成为废墟的圆明园报仇雪恨,宋庄的男同胞有足够的优势奋勇当先,甚至都有可能做到轻伤不下火线。因为最早迁徙到宋庄的画家,就来自当年的圆明园画家村。他们对圆明园的焦骨有着更深刻更疼痛的理解。八国联军火烧圆明园的时候,没有人体谅受害者们惊恐的眼睛。圆明园画家村当年被解散的时候,同样没有谁为艺术家们解惑。

…………

只有116平方公里面积的宋庄镇,艺术家们在这里得到了充分的尊重和包容。比如何路患病期间,宋庄镇政府建立的为艺术家服务的宋庄艺术促进会为他支付了前期的医疗费用。每年的除夕之夜,都有一次大型的晚宴,宋庄镇党委书记胡介报依次向每一桌的艺术家们敬酒,共度良宵。他们不再担心被一丝不挂地强行集中在筛沙场(不允许穿衣服,是为了防止逃跑),从事与艺术无关的而且没有任何报酬的体力劳动。更不会被灰溜溜地遣送回乡,把没做完的梦遗失在荒郊野外。

与曾经的圆明园画家村情结很深的艺术家们,先后有人回访过梦开始的地方——那个名叫福缘门的村庄。那里的流动人口大多是生意人的打扮,还能读到一些办证、刻章之类的广告。而画家张东,则在惦念一个小偷。因为他被收容的时候曾与一个小偷相识,那个善良的小偷身怀绝技,能在大墙里面帮他搞到馒头,偶尔改善一下他的伙食。

树有皮,人有脸。还有一种说法是:人活一张脸。女人,若不要脸就有钱了;男人,一有钱就不要脸了。而艺术家,既想要脸又想有钱。他们到底有多少钱,属于个人隐私。但是,他们到底有多大的面子,脸上都流露着哪些内容,则是有目共睹。

摘录这么多，是我太喜欢这篇文章了！别看它篇幅不长，也不像一般文学作品那般文字优美，但它的容量太大了，大得能装下北京甚至世界。“给我一个支点，我能撬动整个地球！”艺术自由的涌动，真正艺术的涌动，中国！我体验到了这篇小文的厚度和力量。

二

近日，有两位南阳女性记者曾碧娟、崔伟不知何故来到了宋庄，探访了位于宋庄的南阳籍艺术家梁越、徐松波、钞氏兄弟的工作室。她们惊喜地发现，在如今这种诗意缺乏、人被物化的时代环境中，栖居在宋庄的他们，用个体的坚持实现了自我，并找到了诗意的存在。她们用女性的视角绘出了他们，或许也绘出了追梦者内心的风景。我从她们的记述中，知道了原来宋庄也有南阳的脸。

她们记录的题目是《栖居在宋庄》：

梁越：简单的力量更巨大

梁越，1962 年生，南阳人。1986 年毕业于广州美术学院版画系。现为中国美术家协会会员、中国版画家协会理事、河南省书画院一级美术师。1999 年被中国版画家协会授予“中国 80—90 年代优秀版画家”称号并获鲁迅版画奖。

“关好门，锁好窗，慎重接待陌生人”——站在宋庄梁越画室的门外，看到门上贴着这样的牌子，心里微微有些诧异。这是画室吗？为记者一行打开门的梁越，胡子茂盛，头发稀少，皱巴巴的衬衣和拖鞋，艺术家的气质似乎只在“潦倒”上。这是画家吗？然而，我是知道的，能单独在宋庄租下民房当画室的艺术家，都有一定经济基础，在艺术上也有一定的成就。对于艺术的追求，往往使他们淡化了物质上的追求和享受。这是个由近百平方米的大通间改造而成的画室，进门是个由沙发围成的会客区，靠里的一角被隔成两层，上层是卧室，下层是卫生间和厨房——绘画、生活、休闲都在这大房间里——在宋庄，这是多数画家的居住模式。

见到家乡人，梁越随意而又热情。就像他的画室，凌乱而又包罗万象，有版画、油画、雕塑，还有三轮车——梁越介绍，这就是强自喜的宣传车复制品，当年他曾请强自喜骑着它，作为他的作品到上海参加一个艺术展。就连挂在门上“关门锁窗”的牌子，竟也是他的作品。这一切都表明，梁越与传统的画家不同。

例如，他的系列作品“广而告之”，集电脑艺术、波普—卡通艺术、环境—行为艺术于一身，《请随身携带身份证》《请您安装防盗门》《请您使用无铅汽油》等，或是色彩鲜亮的卡通画，或是习以为常的公用符号。这些，似乎就是你日常生活中在楼道里、电梯里、厕所里、IC 卡上、公交月票上等处所看到的。然而，业内评价，其具有明显的都市文化特点和高超的中国智慧水平，作为观念艺术作品，在世纪之交的中国当代艺术创作中并不多见。因为，它让人看到了反省。

用最大众的语言去构造自己的艺术，梁越看似简单的作品下，是艺术家对现实的关注和责任，因而力量巨大。

钞氏兄弟：踏踏实实做艺术

钞子艺、钞子伟，“70 后”孪生兄弟，同是中国美术家协会会员、中国雕塑学会会员，同为职业艺术家。弟弟钞子伟还是清华大学的硕士研究生。二人共同创作的陶艺雕塑先后在第七届全国陶瓷展和第十一届全国美展获金奖和银奖。他们的多组作品被中国美术馆、纽约陶艺画廊、中国台湾大未来画廊等机构和个人收藏。

到宋庄探访钞氏兄弟时，不巧二人受邀为安徽的文化产业项目出谋划策去了。记者在工作室看到，从大宅门楼、古塔、沉船、废旧军鞋、东方红拖拉机，到法拉利、保时捷，再到四川地震、车祸，怀旧的物件和时尚的物品，以及对当下重大事件的关注和思考，都通过陶瓷雕塑呈现出来。门楼的木头颜色，拖拉机的金属光泽，鞋头已烂的旧军鞋的布的质感，真实而自然，鞋臭味似乎也隐约可闻。泥、火、釉多重变奏，在他们手中脱掉传统的外衣，蜕变成了重温历史记忆、反思人文精神的试验性探索。

记者电话采访钞氏兄弟，得知兄弟俩的艺术启蒙在新野老家。他们的祖辈都是做陶的，但做的是传统器具。兄弟俩从小跟着父辈做东西，捏个小猫小狗不在话下。二人共同爱上了画画，共同开始了系统的艺术学习，南阳理工学院、中央美术学院、清华大学，都留下了二人的足迹。到北京去，用传统的陶工艺进行当代艺术创作，把泥土语言的美表现到极致，成为钞氏兄弟共同的奋斗方向。

从青春少年到不惑之年，北漂 15 年，钞氏兄弟配合默契，二人组合在业界已小有名气。每件作品兄弟俩都亲手创作，从不借助工具，没有刀刻的人为痕迹，天然、质朴、厚重泥巴自身的裂痕和烈火烧制后的颜色自然呈现如“上帝造物”。原中国美协雕塑艺委会主任、中央美院教授盛杨称赞兄弟二人创作风格独特、富有才华，以真实的物件表达自己的观念和审美情趣，是令人瞩目的双子星座。

脚踏实地，继承但不守旧，不猎奇求异，不投机取巧，不哗众取宠，贯通中外，融合古今，不断突破自我——钞氏兄弟这样表达着自己的创作理念。

徐松波：拉开与喧嚣的距离

徐松波，1971 年生，南阳人，2005 年毕业于中央美术学院壁画系，获硕士学位，后任天津美院副教授。他的作品致力于对现代语境下传统文化精神的探讨与表达，具有独特的东方气质和哲思精神，代表作品有“道问系列”、“长风系列”、《今世心语》、《大象鸿蒙》等。他现工作、生活于天津、北京。

徐松波的画室在最早的画家大院。红砖的外墙上爬满了绿色的藤蔓，沿着楼梯进入二楼的画室，必须要穿过那一片斑驳绿影——宁静的氛围就这样悄然来袭。推开门，画室的陈设却实在是简陋：茶几、椅子和茶具皆全，宽大的房间依旧在内侧被隔成两层，洗漱在下层，上层一眼望去，挂着蚊帐的床，显然只是一个床垫而已。除此，依墙而立的全是大大小小的画了。最先看到的，依旧是他的“道问系列”：巨大的铁蒺藜，扬蹄欲踏的机器马，立足远望的玄奘，灰暗的天空……这是旧作《向左走向右走》；还有一幅，远方的地平线，是灯光明灭的城市，而近处，是若有所思眺望夜空的玄奘，苍穹巨大，回味无穷——这一幅刚刚完成。细观他的作品，与现代许多强调形式与夸张色彩的画家相比，他的画风古典朴实、肌理细腻，看上去赏心悦目。然而，你能感觉到他画中蕴藏的力量，那种阳刚和执着，那种矛盾中的向上。这也是评论家说的，徐松波对中国文化有一种独特的思维方式和观察方法，这些在他的画中都有体现。

画室已落了一层薄薄的灰尘。徐松波说，他也不是经常来这里，天津是他工作和生活的重心。不过，十天半月他总会来一次，有时，会闷头在这里画上一个星期，甚至更久。在这里作画，无疑是清苦的。徐松波却说，这里拉开了与喧嚣的距离，而艺术，需要这样的宁静。

我觉得好的文章需要原样粘贴，不是重复而是黑体加粗加重！

三

在宋庄，我也认识一张南阳的脸，一张颧骨宽大显得有些清瘦的执着于艺术的脸。

他从文风鼎盛的古邓州跑到深圳，为稻粱谋更为生存谋，就是在那个最物化的地方，他为深圳呈上了一曲打工者的献歌，成了那里非本土的歌者，受到当地政府的嘉奖和当地人的赞许；春风得意、温饱无虞了，甚至连鲜花和掌声也有了，他却义无反顾地北上。不是华丽的都市，不是燕山的清静，而是一溜烟地到了宋庄。他为百变艺术家萧宽跑龙套，《套着太阳》套不着他的野狂，办大书画网，办中国大书画，写二月河，写他的老乡周大新，写他的美丽的故乡南阳。《二月河评传》已脱稿，南阳大中原的组诗也已发表。猛然间，他竟在博客上晒出了画作，我真是惊诧了而且很是无语，天大的胆，连画笔也敢拿！而他说：进了宋庄，你就被另一种氛围和生活包围，不改变都不行。这里是一群群敬畏艺术创造艺术的人。他们可以没有财富没有豪车，但他们不能过没有艺术的生活。太阳每天都是新的，他们的面孔和激情也每天都是新的。他们为艺术而活，更为尊严和自由生活而活。

他在那里张牙舞爪，他在那里丢人现眼，但他终会是宋庄一张奇特的脸。因为他的热爱，因为他的坚守，因为他的才艺和那份对于艺术的虔诚和激情。这张脸是南阳的脸，这张脸能叫应的名字是南阳的杨青云。

“青青子衿，悠悠我心。但为君故，沉吟至今。”让我期待着他能以钻天杨般的大笔，蘸满月光，挥洒出青云直上的满天星迹……

四

著名女诗人安琪写了一首诗《宋庄，兼致卧夫》，诗人卧夫回应了一首《比如宋庄——兼复安琪》，我不用再叙述什么了，只把诗贴上。宋庄便极富了诗意，我的心也长出了诗意。

长出了诗意，我心便湿润潮动了，我想把这湿润潮动传染给每一个人——向往宋庄，热爱宋庄！

宋庄,兼致卧夫

安琪

宋庄是一种命运
被涂改的人,走在冬日的寒气上
被变形的雕塑一路注视
雕塑恒久常在
人漂浮不定

你来自南方以南
某一片叶脉上的露水
饥渴辗转
谁知道你为何选择此地
谁知道你又将去往何方
宋庄是狂乱的诱惑
犹如动车一日千里
撞向终极

你来自北方以北
某一阵风中的尘埃
包裹无畏的艰辛滚滚而下
身怀绝技的人于此获得施展的快意
你来到这里
给传奇增添新的一笔
宋庄是辉煌与肮脏的梦想制造器
犹如雪在天空
雪在大地

宋庄先于我们物质

后于我们精神,一场大酒和大醉
狠狠砸在其中的必然不止你一个

比如宋庄

——兼复安琪

卧夫

比如宋庄的村民与领袖都有七情六欲
也吃五谷杂粮
野生动物在棺材里修身养性
家禽家畜在床上吃草
比如宋庄的牛鬼蛇神
抱着自己的双腿企图抬高自己
或者把气球垫在脚下
或者冒充和尚
让秃头的虱子耀武扬威
比如宋庄,有的人把红旗插在屁眼里
有的人焚诗煮饭
比如吃蛆者人不改姓,吃屎的面不改色
比如宋庄的嫖客与高尚的荡妇
宋庄的蛔虫和被霜打过的茄子
他们都想把该放的屁放了
他们都像阿Q一样幸福
比如宋庄的小堡北街251号和环岛壹号

艺术在，心灵便会接近美和高尚
——谈史焕泉的书法艺术

一

我把史焕泉当成文友，不仅仅因为他是一个年轻的知名书法家，更因为他是表里如一、书如其人、人如其书的一条汉子。

他当书法教师，弄着弄着却成书法家了，并且很固执、很自信，一派侠气。我认识他缘于他的牛气。几年前，有人说古宛南阳年轻一茬儿的书家中，史焕泉的字最难要，他与外界接触也少，是个几乎不近人情之人，并讲了圈内人向他求字遭遇难堪的故事；虽没太在意却在心里默记下了他的名字。世界小，在同一城市屋檐下的小城更小。朋友聚会、活动聚会、牌场聚会，终于和史焕泉聚在一起了。话没多说，酒没多喝，寒暄着握手，估计都没给对方留下太多的印象。

但有一件亲历的事却让我有些愠怒和计较了。有周口的文友和书友来南阳互访交流，点名要见见史焕泉并想得到他的作品。我托了作协的秘书长正义君邀约，想着他们是洛阳求学时的同门师兄弟，肯定会给面子，结果是弄得正义兄和我都很没面子。“还真是牛×哩！”男人容易较劲，我的牛劲也上来了。比酒赌牌，也许我的酒量和极差的赌运、牌技震撼了史焕泉，他终于开口了：“水兄，我送你一幅字批评批评吧！”缘来情投，虽迟了些，但敲骨心动，惺惺相惜。一个敢于面对权势、面对伪装作秀装神弄鬼说“不”的人，能送我字，我很满足。

二

我是书法的门外汉，虽说书画同源，诗书合一，艺术相通，我却无缘染指，也不敢染指，觉得书法比写文章难。教书留下了臭毛病，我总是好为人师。人家一谦虚，我便胡扯一通。什么要像鲁迅先生那样很会生活也很会写作，生活是第一位的，要先会生存而后艺术，等等；还说艺术拼到最后是艺术家自身的学养、思想、性情云云。

我早年写诗，现在以写散文为主，其他技艺几无涉猎。然而，诗歌是语言艺术，书法是线条艺术。所以，我视焕泉为一个文艺层面上的道友。和焕泉在一起，一席话一瞬间畅快了许多，但也醉了许多，囊中羞涩了许多。教师言教，但焕泉更多的是爽朗的笑和沉默。他一直在弄出声响且已弄出了大声响。他已是中国书法家协会会员、中国书法家协会考级中心总部考官、河南省书法家协会楷书专业委员会副主任、河南省青年书协副主席、北京对外经贸大学艺术研究员、河北美术学院特聘教授。他的书法作品获得第二届中国书法兰亭奖提名奖、第三届中国书法兰亭奖三等奖、第九届全国书法篆刻作品展三等奖、全国首届草书展提名奖、全国第二届隶书展提名奖、纪念老子诞辰 2578 周年全国书法展一等奖、纪念傅山诞辰 400 周年全国书法展一等奖等，作品还曾入展中国书法家协会主办的各类专业展览 30 余次，入选《共和国书法大系》。中央电视台、河南电视台、《中国书法》杂志等对其有专题、专栏介绍。焕泉正在趋向“大师级的书法家”行列。

这让我有了一种深深的敬仰和自豪感。我知道，作为朋友，我只需要聆听和欣赏，从他的作品和章法里，从他的一撇一捺里，聆听他的心声。

三

一晃，又一两年过去了。我在稀里糊涂的生活里不知道自己究竟在做什么。但焕泉知道他要做什么，也知道他该做什么。对他而言，法古创新，超越自己，更新自己，拜师求艺，传承和发扬，否定和扬弃，每一次选择、每一次思考、每一个课题都意义非凡，深邃如海。

他到了北京，在一个经济、文化、资源、信息、人才都超一流的灿烂环境里拜师求学，虔诚切磋。他的书法日臻完美，也大有“天将降大任于斯人”的故事和噱头。品品他的字，读读他的书写内容就能知道。

他在学习，悟道，修身。

他行走在大师已走的路上，他行走在将属于自己风格的路上。但“路漫漫其修远兮，吾将上下而求索”这句话写在纸上轻，做起来却很重。

焕泉的追求，已彰显出自己的特点。像他喝酒，不醉不罢休，像他打牌，唯“独（只赢一张）”是问，独秀牌坛。而他的书法呢？篆、隶、草、行、楷并行，是不是想五体皆能，独步天下？尤其草书，最见性情。师法黄山谷，跌宕起伏，点“点”成“睛”，对一代大师黄庭坚、祝枝山在技法上都有所师从。而在酒神精神和行文恣肆上，颇有唐代“颠张醉素”和大诗人李白“天子呼来不上船，自称臣是酒中仙”的几分神韵。写字是用来修身养性的，艺法自然，太顾及书法之道、太讲究了便假了。艺术的最高境界应该就是自然，像睡梦中均匀的呼吸，才会舒服。

诗需要一点醉意，书法也需要。好的书法，应该是每一个字、每一个线条，都充满醉意，没有醉意的书法缺少神韵。听说，张旭的狂草绝世，大都是在醉意蒙眬中如升仙得道，惊天泣地。

而书法的醉意感，就是“气韵”。“气韵”这个东西很中国，听起来形而上，其实是实实在在的。我们说酣畅淋漓、一气呵成，大概指的就是这个气韵，一幅书法作品有了气，就是一个整体，就有了生命。我们还说，大写意，泼墨。想想写字像用力把一砚墨泼出去，那是何等壮观和充满气势，不力透纸背才怪！

在中国艺术里，宣纸和美酒、长箫一样，同样具有傲骨、孤独感和抒情性。焕泉的作品已是关于自己关于个性美的“史诗”。他已出版了书法作品集《棠棣之约》《时代书画名家工程 · 史焕泉卷》，他已用自己的书法发出了自己的声音，展现了自己的形象。

但这个世界和社会太吵了。我不敢确定，他的声音和形象，能传出多远，能让多少人听见看见。好在，我听见、看见了。

趁一次酒后大醺，我让他给我写幅“花开大地风情万种”草书，他凝神聚气，一挥而就，一展绝技。那气度，那神韵，如万马奔腾，暴雨泉涌，又如春江花月，憨鸟独枝，浊酒老翁，蜡梅斜横。只可惜，在一次酒后，我把它丢了，也许是天意让它流落到不可知处，在天与地间花开大地，风情万种！一叹，一憾。

但焕泉也有他的无奈，毕竟是身在江湖，活在尘世。那些不愿参加的活动，他得参加，那些不愿赠送的作品，他得赠送。我知道，多少次他不吭声，但心在反抗。在一次爽约而不爽聚的小交流书会上，我一连让焕泉写了四五幅，他拧着的眉头，最后收笔时用力的一点一捺，都是他无声的控诉。再见时他说我不是水兵而是强盗，我无言以对。他的心音，让我心疼，让我觉得自己罪孽深重。甚至让我觉得，当下的社会，病得很重。但做人如能再多几分傲骨，安贫再守几分隐寂，那将是书家中的上品和伟丈夫，书法有幸，书法史有幸。

四

大书无形，如行云流水，章法自在心中。看那世间碑刻、匾额、对联、墙题，属于瑰宝级的，哪个不是放荡不羁，随意随心，如风吹草，如雨扑地？传世的《中秋帖》《自叙帖》，更是大师们急促急就而成就的本色和大美。如果有一天《兰亭序》真迹面世，肯定让书法界唏嘘不已，不仅是书法之美，更甚是王者归来，写法自然无敌。甚至王羲之先生再世也会感叹是神来之笔，说自己再也写不出来。

焕泉弟的品性也一如我所认识的他的个性：大大方方，男人气十足，大口喝酒，大块吃肉。亦如他的性情：不奸不猾，清澈见底。也许这只是我所感。如果你想走近他，依我之见，你不妨赏赏他的书法，读读他那些用性情倾泻的文字之美，嗅嗅尺幅上的清香。

五

焕泉还要远行，因为他还有梦想。一个人心中有梦想就会有足够的底气，有足够的底气就能远行。他就可以高尚而又勇敢地说："你不懂书法，我不想给你字！"

当然，一个人光有梦想是不行的，还要读万卷书，行万里路，身体力行。一个甩掉体制供养、甘愿打工流浪的苗族诗人写道：

天下之大，只有贵阳一座城，能容下
英雄与统治者在梦里的一次相遇
把酒言欢，醉倒的是野心
醒来的，也是野心

这是诗人的浩气，我想这也应是大书法家和焕泉弟的浩气。

六

南阳是一个盆地，是一片温润如玉的沃土。我为生活在这片土地上而深感欣慰。与名人为邻有所敬仰本是好事，但也容易在围城内闭门造车，夜郎自大。物质丰富，大家虽不是锦衣玉食，但也食有鱼肉，容易困顿和迷茫，欲望诱惑太多，创造的奇迹就会太少，这是个悖论。

事实上任何一个时代都会给写作者制造出种种难题和困境。政治年代如此,经济年代同样如此。我们的时代多像梦幻的迪士尼乐园和经过华丽包装的游乐场,叫喊的正是商业时代的平庸。尤其值得担忧的是“商业化”“消费化”和“媒介化”的时代,真正地对生命、生存、历史、民族一起构成的大美观照和“个性化”书法家正在大量消失。焕泉弟要葆有自己的个性和书写特点,不管书法艺术到什么程度,一出手总让人眼前一亮并肯定地说:“瞧,这是史焕泉的书法!”这就够了,我想。

独处的时光很重要,因为世事扰攘,诱惑往往遮蔽个性;生活背景的色相决定着一个人精神气质的色相,一个人精神气质的色相决定着一个人作品艺术的色相,对此,我深信不疑。

我不想给焕泉弟做出评论性的结论,或者无端地逢迎:好!大家气象!我只是满怀期待,期待他能够如愿以偿,离大家和书法史越来越近。我还想对他说,兄弟,再多读读书吧,尤其是中国古典文学中的诗词歌赋,因为文学使人更温暖、更丰沛、更有情趣。

翰墨书画天地间

——书画名家刘黑木诗、书、画浅析

一

一场豪雨，把个南阳城都浇灌得湿漉漉的，白河的水涨了起来，一改往昔因人工阻截而蓄积起来的平静与清透，又有了漩涡和水声，连波涛也起来了。两岸河滩浅水区的水草们又疯长起来，葳蕤着生命不可遏止的野性和繁茂。选择在这样的大雨后喝酒散步，自是刘奇（黑木）的性格。

他刚从上海回来，拿着他即将付梓的书画集，让品评品评。对于圈内熟知的道友，散步不语是最好的交流。我们沿河而行，欣赏着母亲河被滋润后的自然之美。水边兴奋的鹭鸟，展翅飞向天空，叫声清亮。

饱思淫欲，闲来求趣。艺术便是人对天地自然万物敬畏的一点临摹感悟之趣。心有多大，手笔就会有多大；视野有多远，风景就会有多远。除此，难求坦途与捷径，正所谓大境界才有大风景。

天地有大美而不言，却用最美的色彩、最妙的图画、最动听的天籁亘古千秋。一切艺术，贵在一个“真”字。这个“真”，不是逼真的写生临摹，更不是傻瓜般的清晰复制与拍照，而是用真性情、真感受去感知生命、自然的息息脉动,用如椽之笔或书或画或诗而把大美留在人间。

留着美和记忆是中国文化一个古老的传统:古人日常书写的工具是毛笔和墨(早先甲骨和简牍刻写曾用刀具),赋诗作文并让诗文的意境借助刀法与书法作品展现出来;没有现代化的科技工具,美人和美景就要用绘画来描绘出来,画好了,还觉得没能尽意,还要有题跋、咏诗,以诗情书意表达自己的生命关切与文化情怀。为了体现生命的真实记忆和布局之美,演绎为落款和印章,再添上有趣的闲章装饰,巧趣天成,润眼舒心。这便是书画同源,诗书合一。

欣赏玩味黑木的书画作品集,深有感触。一个半辈子从事金融工作的人,能在不惑之年后,云游四方,荡于江湖,并能潜心书画、情定墨彩,且不为俗事人情所牵,做自己喜欢的事,这不能不说是一个奇迹。黑木坚持了,并且弄出了声响,弄出了瀑布海涛般的声响,这需要多少的自省、毅力和定力啊。也许当初他只是喜欢,想做一个玩玩的票友,或者做这件事的时候只是想在自己的涂鸦里自得其乐,有一片好奇心而已,不想这种无目的的自由,使他的诗、书、画一体,有了特别的韵味、气度和境界。如今,书画不但成就了他的一方心灵净土和港湾,而且使其对它们难以释怀更不想释怀。

二

就黑木的画而言,无论是人物、景物、写意,并不追求纯绘画的精致和形象,更多的是自己真情实感及精神的传达和神似。他的纯山水,都是他游历祖国山河与历史文化遗迹时心灵的写照。无论是描绘家乡伏牛山、桐柏山风光,还是展现现代风采、海上风情,都洋溢着他对故土南阳盆地和第二故乡上海的挚爱与情思。他的山水人物,多取古人恬淡、自然、幽静、隐居、高士之境况,赋予奇山、秀水、隐士之意趣,画境神秘高远,色彩奇谲瑰丽,点睛得当,树木山形看似杂乱却章法自然,画随心走,酣畅淋漓,意境深藏。他的人物山水,文人画风明显，独酌或独钓，听泉或听涛，漫游或会友，更多文人画意，诗人风骚。风骨入仙，仁山智水，深谷幽兰；把人类追求的内心的静幽与高雅、狂放与任性跃然画面，直抵内心。

三

黑木画的诗韵题跋更是可爱而别致。他画一松，隐见树干，只见虬枝，寥寥几笔，却把松之伟岸风骨点睛而出，大有枯木逢春、老树发新枝之意。看着不由心潮涌动，感佩岁月之悠。而题款更是明白：山里一棵松，孤独寂寞中。岁月匆匆去，万事皆余空。

黑木有两幅《雨天即景》小画，用写意之笔，渲染了现代人匆忙的生活。本意了了，但题款却是人生之感和对幸福的理解。“下雨了，有人闭门不出，如我等之人，在家便可工作；然有人必须出行，乃是因为工作，故雨天便成了另一道风景。顶风而上，冒雨而行，都是为了生计啊，由此看来，我是何等幸福！”

看着小画，望雨心明。尘世间一切都是相对的，幸福亦然。幸福是理解和感觉，而不是身外之物的附加和堆积。画语惊人，我特别喜欢。

他题水仙：“莫道此花不占魁，人间因此多妩媚。案头一叶温馨在，读书倦时赏一回。”他题墨荷：“墨荷也是昂然生，一枝一叶总关情。观者莫嫌笔墨少，越少越是费经营。”大白话中透出越是简约朴拙越是难画的技法。

黑木还在《黑木画荷》一画中题写道：“儿时常在荷塘边，摘取莲蓬换学钱。天作风雨来相侵，折得叶盖成雨伞。”多么有情趣！和那“小荷才露尖尖角，早有蜻蜓立上头”有异曲同工之趣。荷风人声，荷韵人品，有实有味，可谓“出淤泥而不染，濯清涟而不妖，中通外直，不蔓不枝，香远益清，亭亭净植，可远观而不可亵玩焉”。

虽然黑木的题诗序跋大多不合古韵平仄，但也古语新用，信手拈来。如他在《唐人诗意》题道:“灵山叠叠几千重,幽谷路深绝人踪。碧涧清流多胜景,时来鸟语合人情。”

这几年,文人书画大行其道,大受追捧,原因就是有内涵,有意蕴。范曾先生学富五车,古风学养难与比肩,书画自是洛阳纸贵。贾平凹、二月河都是小说家,却以朴拙、自然、率性之书画而深得众人喜爱,题跋也因妙趣横生、富含人生哲思与生活乐趣而一纸千金,收藏颇热。

黑木深得其道,大有文人书画之意趣。

四

黑木的字,在前几年我已品评过,这里本不想赘述。但岁月的风霜已在他的书法上打上烙印,附着暗语禅机,大长进和大气象渐成,让我惊奇。我就再啰唆两句。

黑木在书法上,篆、隶、行、草多体皆能,其作品形式多样,但我以为他的行书最为独特,也最见性情。听道友们讲黑木练书法时先从“二王”行草学起,单是怀仁集王羲之的《圣教序》,他就临写数十遍,烂熟于心,深得笔意,而颜体行书,黑木也是喜欢有加。几流相合,焉能不和谐生韵,妙笔生花?我曾在南阳卧龙岗下的南阳书画家研究院亲眼看过他为我书写李太白《将进酒》的过程,意在笔先,胸有成竹,婉转流丽,一气呵成。笔墨点画,线条疏离,翰墨淋漓,自然天成。正如王羲之《题卫夫人〈笔阵图〉后》所云:“夫欲书者,先乾研墨,凝神静思,预想字形大小、偃仰、平直、振动,令筋脉相连,意在笔前,然后作字。若平直相似,状如算子,上下方整,前后齐平,便不是书,但得其点画耳。”南齐书法家王僧虔在《笔意赞》中也说:“书之妙道,神采为上,形质次之。”好的书法不是简单的写字,而是“神采”的彰显,它要求书法家“心忘于笔,手忘于书,心手达情”,忘掉自我,进入“道”的境界。唐代孙过庭在《书谱》中说:“情动形言,取会风骚之意;阳舒阴惨,本乎天地之心。”真正的书法,是书法家激情于心,而后对万物自然神韵深入体悟的释放。“道法自然”“均衡阴阳”是书画的最高境界。而追求笔墨元素的丰富性，一字多态的灵活性；注重点线变化，笔势流转，气韵生动；注重书写内容与书法形式的圆融无间与和谐统一，使书体既有内在的旋律与节奏，又有外在的形象与生动，在师法与师心上体悟心灵表达的自由与个性。

但任何艺术形式都要体现艺术之美，因美而激荡和鸣，因美而养眼、舒心、温暖。所有的欺世盗名、花里胡哨都是过眼云烟。

黑木的书画，有神韵气势之美，有章法结构之美，有意境高远之美，有诗书画趣味之美。

大器晚成，必有定果。

五

黑木在南阳书画界是有名的谦谦君子，为人大气，处事谦和。和我一样不会拒绝且酒量过人。正如我前几日写南阳的另一个书法家史焕泉大侠那样：诗需要一点醉意，书法也需要。好的书法，应该是每一个字、每一个线条都充满醉意，没有醉意的书法缺少神韵。

大口喝酒，大块吃肉，且行且歌。黑木兄已走在大上海的远方，我更渴望着他走在中国艺术的远方。用书用画，让性情之光倾泻在东方书画的尺幅上并大放异彩。

只是提议，黑木兄再文人一些，把古典古意的诗词歌赋再修炼精到一些，既是书画家又要有诗人气质，不然，怎能与时空中的大家们，对饮江月，看大江东去？

2013年仲夏于南阳白河之滨

乡村大地上的梦魇与歌唱

——读金少庚的乡村杂记

少庚从《楚风汉韵》转发来几篇写乡村往事的散文，嘱我说两句。说什么呢？少庚是充满激情且略带传奇色彩而又浑身释放着男人气概的那种人，说话口舌硬朗，办事雷厉风行，有责任有担当，敢作敢为，而又方法灵动且富有韧性。这种性格，要么一败涂地，要么干啥啥成。少庚属于后者。他从一个农家子弟，从一个最底层的乡村通讯员干起，干到意识形态领域管文学艺术的部长。他从写小豆腐块的通讯报道，到现在成为刊物的主编、文协主席。谁能说一个人不是一个奇迹，一个人不是一部作品？现在，少庚少年心事中的作家梦和文学情结像乡村冬日的炊烟，越积越浓，浓得几乎化不开、挥不去。他散文体的长篇小说《乡村梦魇》在《都市周刊》连载后，引起不小反响，连业内人士都惊呼出乎意料。

这次他发来的散文三篇乡村杂记，从中可管窥一豹，品味出他的写作风格和朴实文笔。

记忆中，村里老家门前有一个很大的水坑，坑岸边种了很多柳树，夏天，村里的孩子们都在水坑里洗澡，能摸着不少鸭蛋、鹅蛋，但大都是颜色青紫，煮熟后臭味十足。后来奶奶用荷叶包住鸭蛋、鹅蛋，外面再用泥巴糊住，做饭时放在火灶里烧烤，烤熟后剥掉干泥巴和蛋皮，那鸭蛋、鹅蛋的臭香味弥漫了整个灶火屋，咬一口，那臭香味格外好吃，写至此，口水不觉流了出来。后来，从坑里摸出的泥鳅、螃蟹、鱼都用这个法烧烤，味道焦香诱人。水坑成了夏天最留恋的地方。（《臭鹅蛋》）

这是他怀念已逝奶奶文章的开头。文字朴实干净，描写到位，有趣而有情感，无技巧而浑然天成。

散文是一种深沉而又端庄的文体，它不像小说那样具有丰厚的“油水”，也不像诗歌那样激荡人心，让人忍不住拍手喝彩或嗤之以鼻。但优秀散文是真挚感情的载体，是一个作家的心灵与情怀对作品的渗透与浸润，是独特的生活发现和独特的生命体验，更是作家自由心性的述说和释放，具有无边的感召力、穿透力。读散文，最能知作者。因为散文是心灵的文字，是作者对生命的感悟。

1991 年 8 月的深秋。那一天，蝉儿在树上疯狂地鸣叫，苞谷叶子被毒辣辣的太阳晒得卷成了圆筒筒，垂头丧气地站在地里，再也抬不起头来。黄豆叶、绿豆叶、红薯叶都软瘫地趴在地下。河水似乎也热得在冒着蒸气，酷暑把整个大地弄得像蒸笼一样让人难以忍耐。（《秋夜梦魇》）

没有乡村生活的亲身经历和感受是做不到这样准确到位的描写的。几乎是实写和白描，但大地的干旱、深秋的苦热、农人的无奈与渴盼跃然眼前，仿佛触手可感，闭眼而现。它绝不像一些都市作家坐在冷气下做出的华美文字的组合，更不像一盆塑料花，仅仅止于欣赏，这些东西虽有善意的欺骗性和妖艳的诱惑力，但永远不可能拥有天赐的芬芳，也不可能在真正的花丛中蒙混过关。散文就是要写得这样细，细如沙子，就会清澈见底，自然就有了生命的气息和意蕴。

散文其实很简单。只要剔除了那些倚老卖老老气横秋的、装腔作势无病呻吟的、卿卿我我卖弄风情的、浮泛平庸琐碎无聊的、用经验技巧脸皮脸熟凑数的，大多都有意义和价值。就像一棵白菜，它是真实的、朴素的，甚至是笨拙的，虽然没有多大的欣赏价值，却实用，可以给生命提供营养。即便没有启迪和艺术价值，至少是不害人，不营造假文风。如果散文再加上作家的良知和态度、博爱和善心，可想而知，这样的散文即便不是最完美的，但至少也应该算是真诚的散文。散文就是这么一个简简单单的东西。但你必须要拿出最好的学养和技能来调养它，拿出最好的心态和真诚来善待它，它才能长成你所希望的那个样子；否则，就只能是歪瓜裂枣！

文学界有实力派和技巧派，甚至有名气派。实力派突出一个“实”。“实”，指的是一个作家身上所具有的文学品性、价值取向、艺术眼光、审美品位和原创精神，同时也是一个作家对于自身所从事的某种文体的贡献值。譬如，你写的散文究竟为散文提供了哪些新的标示？如果你的作品不提供一些新鲜的暗示或启迪，甚至不具备人性的共通处，即使名气再大，出书再多，也基本算得上是个文化垃圾的生产商、批发商；作品发行量再大，再畅销，也只是相当于往文化垃圾堆里填充了更多的垃圾。

少庚的作品不是。

> 桃林中的确草丛茂盛，里面有不少坟头上也长满了杂草树木。6月的夏日太阳毒辣辣的，农人们都在那一望无际的麦田中挥镰、收割、打捆、装车、运送、入场、垛麦垛，蝉儿热得在树上疯狂地鸣叫。只有这片桃园里面却是阴凉。(《桃林深处》)

语言普普通通，都是农耕平原上田园旷野里正常的景象，而作者用白描的手法写了自然的生命原态，掺着生活浓浓的纯正风味，田园、坟场，在平静中潜藏着原生态的自然之心，而作者把生活的原态打捞起来稍加过滤，就勾兑出乡村凄美的内质，自然的美好挡不住生命的脆弱。

好好生存和好好活着是农耕民族最本质的渴望，土地是农民的命根子，可大地那么贫，邪恶那么多，我又那么小，所以，注定要与一些意外和梦魇纠缠不清。不管是奶奶还是父亲，都在此生生灭灭，所以才有了乡村影像和记忆，舍不掉，难忘却。我们在回忆乡村，我们不也正是在寻找和记忆我们自己吗？

现在，一些背离土地的人，正想象着把农村描绘成闲适的、无忧的、宁静的、和谐的、无生活压力的、城市人向往的田园牧歌式的世外桃源。这种虚假的歌唱充斥文坛。美好依然存在，但它的许多细节都已发生了变化。这种情势下，少庚的“乡村梦魇”还原了农村的真相，让读者零距离地体会到了农村的苦难和农民的艰辛，其原汁原味打动着读者，是大地真正的诉说。

少庚不是一个专业作家，也不是科班出身，行文中语言的运用和艺术技巧的处理都还欠缺，有的语言生涩而不规范，也不准确，事件情节场景叙述甚至有硬伤。当下的种种诱惑可能使他修炼和读书的时间和心境都受影响，但唐河是个文风和风情都很浓厚的地方，冯氏一门，李季一叶，正活跃于当代文坛的田中禾、马新朝等，都会对新人大有影响。少庚有幸与他们相亲相接，必因这一方人杰地灵的水土而出落得刚柔相济、粗中有细，既有唐河的丰润与滋泽，又有北方的粗犷与豪放、坚实与内蕴，必将显出大地的本色和泥土的芬芳。

心灵深处的守望

——读杨静散文集《行吟山水间》

这个春节,在热闹喧嚣的偷闲中,我读了杨静。

初识杨静,在白河边,一片有竹林和桃花的地方,她文静如水,秀气盈人;再识杨静,在桐柏的山中,她成熟大方,气质与山色相映。从博客上、从纸媒上断断续续阅读她的散文、诗歌,都可说是蜻蜓点水,浮光掠影,无序无点,难成印象。这次坐下来读她的文章,感慨即出:这小女子不简单!灵动,有才气,温馨,细腻,心中有真情,笔下有思想。

> 那个下午,从小城德高望重的老作家手中接过康·帕乌斯托夫斯基的《金蔷薇》,心里就一直没有平静过。……走在街头,虽然北风凛冽,万物萧瑟,可我的心里却怒放了一朵蔷薇花,温暖,纯净。我突然被无数次走过的路旁那早已衰败的草地吸引住了,金色的阳光透过稀疏的柳枝洒给草地一片柔和的光晕,和枯黄的草交织相依,这一幕简直美不胜收,金色和枯黄相称的色彩在地面上波光闪动,凄美中跳跃着生命的韵律,那一刻你似乎什么都不明白,却又好像突然什么都懂了。
>
> 每一次打开这本书,树木、花草、河流的气息都会扑面而来,那么新鲜、强烈和浓郁,能让我重温当年帕氏的心境,温暖而怅惘。金蔷薇真的有魔力,它能让任何黑暗、痛苦和不幸,都过滤为

透明的欢喜和单纯的爱。我懂得了没有忧伤的爱、浮躁功利的爱,没有经过沉淀积累的爱,是浅薄易逝的爱。而忧伤的爱,经历无数次沉淀而融合的爱,才会使人充分感受到真正的幸福。我知道,我枕边的这本《金蔷薇》与大地上年年盛开的蔷薇花一样,永远在时光的河岸上常开不败。(《永远的金蔷薇》)

多么温馨而华美!多么细腻而抒情!

林非先生强调,作家要有社会良知,散文家最大的修养,是让人类过上更好的生活。……好的散文要在细节中表现出来,要有激情有思想。只写出眼中的风景不行,一定要写出心中的风景才能算作好文章。……先生讲到了他最尊崇的三位女性,秋瑾、陈少敏和张志新。先生含着泪花,说每一次提到她们就会流泪。这些女性在独裁和压迫来临时,保持了无畏的抗争态度。特别是张志新,这个为捍卫真理被投进监狱,死前又被割断喉管的女性,多么了不起!回忆起那样的惨状,谁都会泪流满面。这让我想起了法国文学大师加缪,他的代表作《西西弗的神话》里的西西弗就是这样一位不屈的勇士。他的荒谬使人相信人类的激情和斗志没有什么能够阻挡。加缪的整篇文章飘荡着浓烈的人文气息,回响着悲壮的反抗之音,给人生以温暖的抚慰和强有力的超拔。他的作品,从没有失去本真和自我,始终引领着人们在精神的高峰自由地呼吸。

……

先生虽然已近耄耋之年,但谈起文学时眼睛尤其清澈明亮,这是一种能洞悉人的灵魂、返璞归真的眼神。这样的目光,能穿透尘世间的一切黑暗,比钻石更璀璨明亮,令人难忘。(《林非先生印象》)

这是在写老作家林非，但这更是作者的自我剖白和追求，思考和思想灵动如初夏的清荷。

最是那一组“绿窗箫音”，纵情纵思，把女人的柔情如水和男人的爱恨无奈移诸笔端，读之，让人击节赞叹，久久难以释怀。她写乐婉与施酒监，把那种惺惺相惜之情，柔情似水、佳期如梦的美好时光和情深意重、愁肠寸断的别离描绘得淋漓尽致；她写曹植与洛神，把那种才情与不甘、不了情与幻想写得美轮美奂；她写徐君宝与金淑贞，让那种国破家亡、人去花落、歌尽声断的坚贞悲凉跃然纸上，真是“一旦刀兵齐举……风卷落花愁”；她写南宋才女张淑芳，描绘了在万般宠爱、荣华富贵后青灯古刹寂寂终了的悲情女子——都饱含着女人特有的悲悯和温暖情怀。

来读读她写的来莺儿和曹操：

曹操，这个历史上性格最复杂、形象最多样的人，这个信奉“宁可我负天下人，不可天下人负我”的乱世枭雄，平生仅流过的一次泪，就是为这个叫来莺儿的风尘女子，一代将相肯为一个歌女落泪，足见曹操用情之深。

来莺儿，“此生不识来莺儿，纵作神仙也枉然”。一个让大英雄倾心相望的歌者舞女，美得旷世绝代。而战争，是和美水火不相容的。来莺儿以知遇之恩，在战争的空隙里，以她动听的歌喉与美妙的舞姿，为曹操带来了欢乐，扫去了他心中的寂寞。而她自己，却无时无刻都有一种莫名的渴望，渴望一个能真正解救她灵魂的人。而当这种爱人一出现，女人会像飞蛾扑火一般为之倾其所有，抑或粉身碎骨。真正的男人理解，大英雄曹操更理解。因为，有一种深爱叫放手。

望着她决绝孤单的背影，一生不知经过多少大风大浪、不知经过多少悲欢离合、不知经过多少生生死死、不知经过多少恩恩爱爱的曹操，情不自禁地流下了两行泪水：“其实你可以不死啊！”

此刻，只有他明白自己对来莺儿的爱一如当初。

寒风紧，残夜殇，落雪无痕绕愁肠。曹操让我们看到了一个英雄的侠骨柔肠，懂得了爱情的最高境界不是占有，而是付出。看到对方幸福，自己的灵魂就得到升华，这份温馨的爱情会伴随着他终老。

曹操是真实的，也是本色的。包括他的奸诈、狡猾、残忍、暴虐，都表现得从容不迫，落落大方，真诚而坦然，这实在是一种"大气"。来莺儿，这个曹操一见倾心的女人，令曹操如此深情地对待，是何等幸运啊！

"青青子衿，悠悠我心，但为君故，沉吟至今。"漫天飞雪中，倚天剑颓然坠落，发出一声脆响，冰山崩裂一样悲壮，似一曲沉沦岁月的绝唱，久久地，在时空的流变里飘荡着。(《有一种深情叫放手》)

好了，我不再大段大段摘引杨静的作品了，但她的才情已跃然文字中。

散文难写，优秀的散文更是难写。

散文是一种自由而又端庄的文体，真诚坦然，见性见情。它不像小说那样具有阔大的画面和庞大的容量，也不像诗歌那样高站云端俯瞰众生，激荡或颠覆人的心智。它是散漫的，它是温馨的，它是与性情共舞的。一篇或几篇作品，不会如钱塘潮一般大起大落，让人忍不住拍手喝彩或震怒有加。它不是太阳月亮，只是点点星子。因此，散文作品和散文作者受到的评论家或大家们的关注与重视始终无法与小说甚至诗歌相提并论，以至于那些所谓爱护散文作者的领袖或高人们都时常游离于散文之外，他们对散文夸奖几句也只是逢场作戏。

但散文以它创作的真诚和文本的干净秀美甚至以文化品位吸引和诱惑着越来越多的跟随者。网络散文的风起云涌可见一斑。但是，网络文学缺少中肯的评论导向，更缺少具有专业修养的评论者的介入。在如春水般涌动的散文潮中,尽管也有一批相当出色的散文写手,他们的作品尽管已经拥有了相当可观的人气,但在绝大多数作品的背后,无关痛痒的附和、不着边际的吹捧或讥讽比比皆是,而真正的好作品也稀少得可怜。网络绝对能孵化出一批百无禁忌的散文作者,也能孵化出一批优秀的散文名篇,但这条路会很漫长。

时下,什么样的散文才是好散文、新散文的提法甚嚣尘上,让人眼花缭乱。我想,"新"应该体现在散文写作理念上。新的思维,新的视角,新的语境……语言新,立意新,结构新,等等。新散文无不兼容了诗歌的灵性、智性、神性和理性,无不全面提升和强化了写作者的官能感觉与美学趣旨,无不更大限度地拓展了写作者的想象空间与经验世界。但新散文的出现本身就是一种宣示:那些老气横秋的散文,那些优美华丽但不能激荡心灵、感人肺腑的散文无疑该悄然退场了。

南阳是散文的故乡之一,南阳的散文源远流长。从古代楚国的屈子到汉代的张衡再到南北朝的庾信,南阳的先辈作家们都绽放出了耀眼的光彩。

现在,二月河虽是小说的大家,但散文、随笔也不落人后,《二月河语》《在佛像前的沉吟》《随性随缘》都言之有物,大气渐成。周同宾从《皇天后土》始,对农耕文明和农民土地题材的关注与写作,可说是已达巅峰,无人比峙。他的《乡关回望》《古典的原野》都具有充实文学史的意义。以诗集《幻河》获得鲁迅文学奖的马新朝、以新散文获得河南文学奖的汗漫虽客居他乡,但散文创作的母体仍在南阳盆地。南阳因他们而骄傲。

但二月河、周同宾、廖华歌、周熠、马新朝、汗漫,他们曾经代表着那个时代或年代。而今日的南阳散文日渐呈现出偃旗息鼓白水断流的态势,让人感到一种说不出的压抑。尽管南阳后起的散文作者不少,但是,优秀散文和优秀青年散文家的严重缺席,将使"南阳作家群"这块文学招牌怎么也无法折射出更加耀眼的未来光芒。而当一个个老作家因生命的迟暮离我们远去时,我们南阳散文的文脉将如何?若就此断代，若干年后，我们的骨灰将羞愧得真正成为一撮泥土而只能养花种粮。

杨静散文的出场，无疑让南阳年轻一茬儿的创作显露些晨曦和朝晖。虽然她的创作还显稚嫩、单薄。题材的提炼、结构的设置、语言的内涵和张力、思考的偏狭都有待好好用心去揣摩、完善。

我也很喜欢杨静对乡土和乡村人物的创作，比如她笔下的外婆和表姐。

而杨静的山水，是心灵的山水，是精神的山水，是人生经过了生活的磨砺和岁月淘洗后生命的山水。她行吟其间，用心，用爱，用真挚的爱，一片片抚摩，一步步丈量，一目目瞭望。无论是行吟山水，还是行吟古今，无论是风月佳景，还是才子佳人，无不透着灵气与才情、睿智与思考。

我祝贺杨静。在这盼春的时光，在这玉兰花含苞、垂柳点绿河水的又一个春天。

素朴而深情的歌唱

——《山野菊》序

为人作序,大多是名家或名人的事。一是借名家名人的光环为自己鸣锣开道,造些声势;二是名家慧眼识珠,确有过人的睿智和眼光,更有着人生的智慧和思想的光芒。好的序,像镶嵌在一本书、一部诗集扉页上的一颗明珠,有破题点睛、引领阅读快感之功用,更有曲水流觞、啜饮醇露之欢畅。像新闻的标题、绘画的题跋,读读序,便可管窥要旨,参悟真义。我很喜欢有真知灼见、用心用情的序,那是作序之人与作者、读者互感互应的心灵默契和互动。盖因序的分量之重和充满神圣,我从不敢给人作序。记得为书画家刘奇写过一篇山水画评,不料被他做了他书画集的序;今有未谋面的家乡文友杨永汉让为其诗(散文诗)集写个序,实不愿写,但怕伤了互相的尊敬,就笨鸭上一回轿,写下这篇处女序,如有偏颇、损伤或误读,就姑妄算作作品前面的留白吧。

永汉的诗,如乡村的晚风炊烟,真诚而质朴,温馨而自然;没有华丽的彩服,没有矫饰的虚套,汩汩流淌的感情,像触摸到的热源,瞬间对接沟通。

在一个美丽的黄昏/和心上的人手拉着手/默数着辛酸的日子/回忆一个又一个约会的驿站/让一把镰刀/收割着过往的故

事。(《梦中的心语》)

心的深处/不断放映着一幕幕山水/揪心的离别一直盘踞在伤感的心腹。(《受伤的玫瑰》)

秋天已经远远离去/等来的是寒冬的凛冽/站在一棵冬青树下望秋/伤感的昨夜/让我哭出了难言的泪滴。(《潮湿的心绪》)

我的亲人　我的知己/在外的日子很辛苦　也很疲惫/在外的日子很浪漫　也很诗意/在外的日子一直把心弦绷紧/在外的日子写满了辛酸/和思念的泪水。(《我的亲人,我的知己》)

朴白,直叙,干净,诗意。这源于诗人真诚的内心和有力的情感。他敢倾诉,他敢述说,真实便有了感染力和美。

永汉是个离开原乡长期在外奔波的游子。一个农人,生存和生活的艰辛和压力可想而知,但他敢于面对和担当。也正是这些人生的磨砺,催生了诗人的爱与憎、情与思、别与愁。那些情诗泼辣大胆,缠绵浓烈,示人以爱的火焰、情的渴盼。那些写家乡、写友情、写人生感悟的,更是用口语化的语言,把诗人内心的美好与幽怨、困惑与愤懑、理想与追求直抒诗句间,给人以明快和清朗的艺术感染力。诗也有了高度和力度。

生活最需本真,快乐源于热爱。孤独、贫穷时有,只有文字不离不弃。也许是心灵和思考永远在路上,更是对文学的无限挚爱,永汉对生命品质和生存价值及意义格外看重并大加褒扬和歌颂。

人世间/能嗅到千般的花香和芳芬/只有你那独特的灵异/让人着迷和沉醉/你没有玫瑰的大红大紫/你少有海棠花的色彩艳丽/也没有紫茉莉的高贵和华美/却有着一种清香和俊逸/你虽然身居乡野/并不择地而居/有着普通花草的淡然/有着田间舒爽的野趣和美丽。(《山野菊》)

没有金钱没有豪宅/只要心里装下一份喜爱/没有名牌的裙

裾和三金/只要心里充盈着愉悦/心地光明才有健康/志趣高远才有欢快/做人就要拿得起放得开。(《志趣高远才有欢快》)

掷地有声而又阳刚光明!

空蒙而流离的心情向着太阳呼吁/映射出许多晶莹的小蝌蚪泪花纷飞/想在一片美丽的沃土选择自己的坟墓/可残酷的现实不会把我的心愿满足/讨厌那些造作的韩剧上演的黑色幽默/顶着满面的泪光将心底的忧郁抛弃/铭记一段箴言抛向生长野心的海底/沐浴在无望的等待中怀念辛酸的别离/遥望栀子花将一缕馨香献给大地/脑海的荧屏上放映着一幕幕诙谐的喜剧/变换的脸谱出现一帧又一帧走形的画图/汲取往日的誓言不要把灵魂的底线出卖/使自己的梦想在远逝的风中渐渐清晰/我一千遍地呼唤着缪斯前来拯救/告别梦魇脱离苦海是我不舍的心语/真想在晚夕夜风的吹拂下酩酊大醉/忘掉痛苦擦掉泪痕不会忘掉心中的笔记/托起浸染烽烟的诗笺撒向寄托幽思的湖水。(《撒向寄托幽思的湖水》)

多么直抒胸臆而又诗情飞扬!
再读永汉的散文诗:

漫步于侧侧歪歪的田塍,我抖落一身疲惫,滤去人世的尘念,凝眸西天的向晚,去读那纯净的夕照和泼金着彩的黄昏。鞭儿一道脆响,乐呵呵一阵笑声,暮色里走回放牧的老翁,随着前行的鼓点,我一步步向自然走去,呼唤天籁的复归,去剪辑一幅如烟似霞的风景,聆听无语的吉他弹一曲透明的童心,沐浴习习晚风流出的滴翠情韵。落日沉尽,黄昏一如娇羞的新娘头裹雾岚,偷觑那弯弯的皎月和飘逸的飞云。霎时小村的灯亮了,点点光斑晕染着串串

村镇,汇入我心的历程。黄昏好美,闪射出亮丽的虹影。踏着小路上衰草枯叶我匆匆走向原野,走向大地的纵深。(《黄昏》)

走过窄窄的阡陌,穿越微尘的闭锁,抖落满身的倦怠,静静矗立在绿野的怀抱,让疲惫的身心沐浴一丝清凉,看细细的雨丝从含情的眼帘划过。收割后的麦地里裸露出暗黄的色块。一方方染绿的稻禾低吟着悠长的乡野小调,与一行行迎风起舞的棉苗唱和,有几头黄牛悠闲地在田塍、沟旁吃草,后边的老翁"啪"一声扯一道响鞭,随后亮起了浑厚苍凉的音嗓。远方的渠畔游动着一群白羊,身穿花裙手撑花伞的村姑娉娉婷婷展示着乡村的浪漫。(《看雨》)

乡村的秋天清幽辽远一望无边,偶尔有一缕白云飘过,和南行的雁阵一起,抢拍着金秋大地上如画的长卷。

乡村的秋天迷人而浪漫,乡村的田野蕴含读不尽的画意和诗章,人影与手扶相融,笑语与机声联欢,悠闲的黄牛"哞"一声发泄着不满,向路人倾泻着"下岗"的幽怨。活泼的土路上奔跑着手扶、四轮车,将一车车欢笑堆满了农家小院。乡村的秋天生机无限,新式耕作拓宽了农民封闭的眼帘,收获的再不是芝麻绿豆红薯高粱,替代的是串串葡萄、满枝酥梨、红红的辣椒和洁白的长绒棉……沉睡的黑土地不再沉睡,黑土地上正展览着一幕幕精彩的画面……

用金子铸成的秋天,永远属于黑土地上吃苦耐劳的乡村壮汉。(《乡村的秋天》)

我觉得永汉的散文诗比他的诗歌写得更好。流畅的思绪,悠远的景深,唯美的剪辑,健康的立意,向上的思考,都给人以美感,更有愉悦和享受。

诗人,在英语和俄语里的本义都是指"富有高度想象力的创造家"。想象力对诗人来说是至关重要的,没有想象力,就像鸟没有了翅膀,立在高山之巅而不能飞翔。然而,仅有想象力而缺少了真诚是远远不够的，那将使诗滑向轻飘而华而不实。木讷的农民，只用身后一垄垄、一畦畦葱茏的庄稼和鲜嫩的菜蔬征服你，让内心的善良和真情感动你、穿透你。好的诗和好的诗人，也应该具有这样的品质。

记得汶川大地震时有一则报道：震中北川中学高一年级的孩子们，在山摇地动的一瞬间，他们的教学楼轰然而塌。一个十六岁女生被砸中，动弹不得，身边是最要好的三个女同学，可她们已经死了。她抓住旁边一个同学的手，可是她一点反应都没有，开始手还是热的，一会儿就凉了。女孩也开始恐惧而绝望了，黑暗中，她听到有活着的同学在唱："我会变成童话里/你爱的那个天使/张开双手变成翅膀守护你/你要相信/相信我们会像童话故事里/幸福和快乐是结局。"在歌声中，她挺住了，直到被救出。这就是诗歌，诗的歌唱，生命的歌唱。

我们不能要求每一个作品都成为至高无上的经典，但对艺术的追求应是至高的，心怀朝觐和虔诚的。永汉是个文学上的多面手，诗歌、故事、小说样样都弄，且都弄出了声响。但诗歌总体感觉浅了些，不少诗中还有非诗元素。诗歌要求语言具有创造力且鲜活，不少人把诗歌创作误作为文学创作的入门曲，那是大错而特错了。二十多年前，我首先以一个诗歌爱好者的身份开始了漫长的文学之旅。但至今我还固执地认为，中国的唐诗、宋词，即便是先秦文学中的《诗经》《楚辞》，都是闪烁在世界文学典藏里的皇冠。后来我之所以转写散文而未能将写诗坚持下来，甚至把写诗视为畏途，实在是觉得诗之灵性与圣洁、诗之隐喻和神性，对于一个徘徊在文学边缘而缺少灵性与想象力的人来说，简直是一件可望而不可即的事。所以，我不敢，进而放弃了。

艺术相通，但一个人一生毕竟精力和天赋有限，尝试一下可以，但要弄出成就和极致来，还是选择好自己最擅长和对路的，撒胡椒面一样轻浮于表，是不会色香味俱佳，也不会深刻的。

"纷纷红紫已成尘，布谷声中夏令新。"窗外，正是夏叶葱郁，暑热逼近，新麦刚收，杏黄桃红。本不会也不该为人作序，但盛情之下还是无法自控。啰啰嗦嗦写下这些文字，算作与文学同道的共勉吧。是为序。

散文写作的真诚和在场

我多次说过，我回避小说，也很少阅读小说。虽然小说过去、现在、将来都会大行其道，光耀无比，但我更喜欢诗歌、散文。诗歌语言鲜活，意象奇幻，激情飞扬，最能使母语获得新生，瑰丽多彩，摇曳多姿；而写散文就是“说话”，就是真诚地把自己想说的话写出来，而不是去做其他的事情，其他事情对散文来说，我想是多余的、无用的。散文见性见情，是许褚上阵，赤裸裸的，读其文而知其人。我今年写了一篇散文《用心守着最心仪的地方》，投给了洛阳的《牡丹》杂志，当月就发了，接着《东京文学》的河南省文学院首届作家班作品选、《西部散文选刊》都选发了，上个月山东《当代小说》（下半月）举行的征文，又获了二等奖，还得了2000元的奖金。我想这不是因为这篇散文写得好，而是因为写作透着真诚。里面写了南阳三位作家乔典运、周同宾、二月河坚守南阳并心仪南阳创作的话题，他们都在用心守着最心仪的地方。

我想再说的就是这几年散文界提倡的“在场主义散文”写作。作家林贤治先生获得第一届在场主义散文奖，他在获奖感言中说：“伟大的作家为真理而生，富于自由与正义的激情，虽然他们坚持个人作坊式的单独工作，但是，‘为私人写作’的主张仍然让他们感到不安和羞耻……是诚实打开了‘在场’之门，把做人和作文统一了起来。”“在场”表明了我们作为人类存在的真实性，让人们可以诚实无畏地书写历史和自己。希望在每一个时代，真正的在场者都可以多一点，再多一点。他把现实性、个人性、介入性、自由感和道义感看作在场写作的关键词，他认为苏联的索尔仁尼琴、阿赫玛托娃，法国的萨特，秘鲁的略萨，中国的鲁迅、瞿秋白（其就义前写下的《多余的话》）等，都是在场写作的典范。林贤治对在场写作的解读让我怦然心动，我也非常认同他的观点。

写作最怕的就是心浮气躁、矫揉造作，这样写出来的作品别人读了也会感到厌烦，甚至憎恶。写浮躁的作品是为文的耻辱，而戒骄戒躁的最好方法便是坚持“在场”。引起读者共鸣是为文的目的，任何写作都在向这个目的靠近。而要靠近这个目的，在散文写作中就不能离开“在场写作”这一理念。离开了“在场”，写出来的东西便处于游离状态，毫无真实可言。在大多的散文中，我们不难找到坚持在场写作立场的作家。他们无时无刻不是在以自己的所见、所闻、所感为前导，从而介入自己的散文写作。他们是在用自己的心聆听世界、观察世界、体悟世界，所写之人，所叙之事，皆源自真实，源于生活中实实在在的存在。梁鸿女士的《中国在梁庄》，引起了那么多的关注和轰动，并不是因为她写得特别好，而是她提供了散文写作的另一种思考，她本人和李敬泽先生都说关于“梁庄”的轰动是他们始料未及的。

因为坚持在场写作，散文才能细腻地写出自己对生活的态度和对人生、对社会的思考与认识。但我这里所说的“在场写作”，是广义上的“在场”，而以洞察历史真实事件、借助资料人物探访，去伪存真后而达到历史的真实和心灵的真实，也是另一种形式的在场。

其实许多时候，我们都不可能不是一位“在场者”，但是为什么我们今天依然缺少鲁迅式的、索尔仁尼琴式的伟大作品呢？我觉得可能是因为我们的某种恐惧心理，可能是我们的感觉器官已经麻木，也可能是不断出现的不公不义现象稀释、耗散了我们的情感。所以，面对今天的世间乱象，我们或者已经浑然不觉，或者只是把它作为一种茶余饭后的谈资。我们逐渐丧失了始而震惊、继而愤怒的能力。这个时候,我们只是身体在场,而心灵、情感和精神却处于缺席状态。

真正在场写作的核心是强调作家的使命感和责任感,强调散文的身份、地位和境界;提倡散文要扎入心灵最深处的痛而贴近灵魂、贴近底层,揭示真相、展示苦难。“南水北调”南阳大移民,丹江两岸人民背井离乡,为国家做出了巨大的贡献。我和南阳另一位作家刘正义先生历时两年写出了 20 多万字的报告文学,里面绝大部分都是我们的所见所闻,用眼的见证、心智的思考写成的。书出版后,不少亲历者都说:真实,感人!采写对象读着读着会泪流满面。我想,这就是真实的力量。

感恩土地

我们出生的时候
只有一种方式
而我们怎样敲开死亡之门
却千差万别
当我们谈到土地
无论是哪一个种族
都会在自己的灵魂中
找到父亲和母亲的影子

——吉狄马加《感恩大地》

一

土地、乡下、农人、唐河、郭滩、乔湾、板桥王、大树赵……每当我看到或写下这些词语或村庄的名字时，我就想流泪。土地在孕育着一切，土地又在养育着一切。如果你在初春或雨后的某一时刻离开城市，到蒸腾起重重白雾的土地上走一遭，你就会感到土地的芬芳正随着这些氤氲之雾弥散开来，沁人肺腑。在不知不觉间，你会生出些许醉意，会产生出赤足裸身去亲近一下土地的欲望，然后会躺在松软的土地上，闭着眼睛在心里默念：久违啦，土地的气味！

新长出来的幼苗或叶芽比少女的脸蛋还要娇嫩可爱，仿佛一切都在涌动歌唱着，你不由自主地想在绿草上打几个滚儿或把头伸进茂密的花丛，浑身轻松得像刚从浴室中走出。

然而，土地无言并始终沉默着。

我始终不能理解的是：何以有那么多人能够轻易地背弃土地？为什么他们对自己家园的一草一木产生不了感情反而对陌生的水泥钢筋堆砌物无限崇拜和向往？不少城市人轻视乡下人，大都用不屑的目光看他们，并用“穷”“土”“脏”，甚至“粗鲁”“野蛮”这些词形容他们。而乡下人也似乎与城里人形成一种默契或共识，很少有人敢于跳出来抗辩，只有低眉俯首，敛气小心，以极大的忍耐和屈辱默默奋争，直到有一天摇身一变，也成为一个“城里人”。而一旦成为一个“城里人”，则比先于自己的城里人更会显摆，衣锦还乡，汽笛轰鸣，而且比原来的城里人更加瞧不起乡下人。

我们遥远的祖先穴居在森林、山洞、荒野，哪一个不是地地道道的乡下人？

大美不言，被忽略的土地，始终沉默着。

我就是被忽略的土地上的乡下人的后代。

我准确的出生时间是1963年的八月十九，后因求学，在那个可以增加或缩短生命年岁的时代，仅凭派出所一位老户籍员的笔尖一勾，我生命的出生记录便定格在1966年8月4日，白丢了三年生命。

听父母说，我的命本来就是捡的。

1963年，刚刚经历过“大跃进”的浮夸和60年代初的集体食堂断伙，从饥饿大劫难中幸存下来的我的一家已经是七口之家，奶奶、父母和我的两个哥哥、两个姐姐。不该出生的时候，我却来到了人世。按照父母事先的商定，我是要被遗弃的。好在接生的邻居二奶得知我父母的意图后，从半夜到日出，一直看护在我的身边，使我的父亲一直没有机会把我扔到河边或荒沟里。我就这样在父母的埋怨声中留在了人世。

生命有时就是这样的脆弱和充满偶然,不经意间可能孕育一个生命,不经意间又可能断送一个生命。

而我这个好心的二奶,却在我还不记事时就已仙逝作古,救我生命的大恩我却没能回报。我只能在梦中遥祭这个朴素的乡村老妪,或偶尔想起在鬼节拜一拜她,让一捆香表和缕缕青烟飘荡在野地的一堆坟茔中。

二

“穷人的孩子早当家”,可我虽是穷人家的孩子,却是个开化很晚和几近失忆的人。直到 1971 年八岁时入学,我孩童时代的大部分记忆仍如白纸一般。上小学的五年,记忆是饥饿和放学后的割草、拾柴、放羊,是遭同学的威逼、父母的责骂和被羊拽着迅跑的无奈和疼痛,但更多的是超出体力和年龄承受力的劳动和漫无目的的活着。

但童年的记忆里还是有着美好和美丽的向往的。

我的家乡紧靠唐河,像白河从北边过来,在南阳市区东南边拐个弯向西南流去一样,我出生和居住的村庄也被唐河围着大半部分。有水就有灵性,水是孕育生命和生命起源的羊水,在四百多年前的某一天,我的先祖或许就是在逃荒途中看中这因水冲积的河湾择水而居的。村庄因水而美,田园因水而肥沃。20 世纪 70 年代,唐河清澈见底,鱼肥虾丰;两岸的芦苇,固堤的芭茅、白杨绕河而生,唐河真像是几条绿带中缀着的一条银项链。春天,我们在河滩边挖荠菜、芦根,一朵一朵黄色的蒲公英撑起漂亮的小伞,一片一片的紫花地丁散发着幽香,更有那鲜嫩的茅芽,拔一根吮在嘴中,又甜又脆。夏日的午后和傍晚,我们随大人们赶往河湾的缓水处,洗去满身的泥污和臭汗,也洗去一天的疲劳和烦恼。摸鱼、网虾、逮螃蟹是少年们的拿手好戏。水柔而美,但鲜活流动的河水有时也很无情,一个夏天,七邻八村总会有三五个儿童或妇女被水淹死或冲走。美有时也藏着杀机。到了秋天,芦花满河,河滩可偷食的花生、西瓜极大地诱惑着我们。一群光屁股小子沿着深深的河岸窥伺着,头顶戴一个胡乱编织的草圈,通过伪装混淆着看瓜人的视线,趁人点烟或扬起脖子咕咚咕咚喝水的瞬间,一把花生或一个不大的瓜蛋就会从滩涂上被拽到河下。在没有水果和饮品的年代里,乡村的儿童们就这样享受着大地的恩惠和芳香。冬天,一切似乎都消失了,河水和河湾露出了真正的面目,我们在父母的吆喝声中,会到河堤两旁的杨树林拾柴或爬上高高的树干,砍掉死去的枝条充作全家过冬的薪火。遇上放鹰捕鱼的,我们会追着跑上一二里地在河边观看。有大方或好心的捕鱼人,高兴时会扔给我们几条小鱼和几只乌青的大老鳖(甲鱼,乡下人一直这样称呼)。小鱼我们会高兴地收起,老鳖我们是不要的。因为父母告诉我们,老鳖是水中的怪物,不但不能吃而且晦气。捕鱼人就大声地喊我们:"把老鳖也带回去吧,剁剁喂鸭子,嬎的蛋大着哩!"我们怕大人责骂,还是不敢往家带。

河是乡村最美丽的风景,也是乡村无尽的故事源泉。

哪个河湾邪气,哪个河湾缠人(农村传说人死后鬼魂可以缠人),哪个河湾水中有水怪,哪个河湾容易淹死人,这些成了我们儿时不解的谜和悬念,抑或噩梦的起源。

河水给了我儿时的迷惑,也给了我儿时的向往。那顺河而下的白帆、樯桅不知要到哪儿去?听说顺水而下可达汉江和汉口,好大好大的一个都市,人美楼高,繁华无比。心想着,要是不被淹死顺水漂去该有多好!手托腮帮趴在河堤上遥想的少年就在这样美好的向往中迷迷糊糊地睡着了,直到过路的大人或寻来的父母狠狠地给我一脚或一顿臭骂,才结束了一个少年天真的梦。

乡村更大的诱惑还在于它是我血脉的源头和爱的源头。

就说我的父亲,这个身高不足一米七的汉子,在乡下,任何一株成熟的高粱或玉米都可能把他遮掩住,但任何一株庄稼都会在他的手里被侍弄得籽粒饱满。这个只上到小学的农民,能把四大名著尤其是

《三国演义》记得滚瓜烂熟，讲起历史来也毫不含糊。每当雨雪天，父亲总是会用动听的故事吸引我们，让我们兄妹几人走进英雄们的侠肝义胆、爱恨情仇，走进英雄们的仁义孝道、赤胆忠心。也就是我的父亲，在中国的大饥饿年代里，大胆抉择，毅然辞掉不能养活全家人的“商品粮”工作，弃工务农；也是这个庄稼汉，在我高中漫长的求学路上，留下我铭记终生的话语：只要你能上，家里就是扒房子卖瓦，也要供！也是这个清瘦刚烈的老头儿，古稀之际在两年经受三次大手术的折磨和摧残后仍坚守着生命最后的土地，甚至在药物疗效已十分微弱，靠喝草木灰和老娘土止呕的情况下，却仍要下地劳动。庄稼和他的儿女们一样，是他的宝贝和命根子。一旦不能亲手侍弄土地和庄稼，他的生命也将结束了。

我这样不厌其烦地说我的父亲，并非是我存心要给他树碑立传，只是因为他是我童年记忆里最真切的部分。在我的感觉里，父亲这一茬人就是小村最生动的部分，他与所有的乡亲们一道组成了小村的生生不灭的灵魂。

所以，承载着我和我的父老们的苦难和眷恋的乡村，是我心灵最敏感也最容易疼痛的地方，我时常守护着心灵中这个脆弱的地方，生怕被别人没有端由地丑化，或是浮泛潦草地赞美。

这就是长在唐河臂弯里被水波荡漾着、淹没着的，一个民风淳朴、小伙健壮、姑娘水灵的我的故土。它见证着我的诞生、我的成长。它无论怎样对我，我还是爱着它。

三

1977 年，高考制度的恢复，无疑让无数没有任何背景的农家子弟有了挑战命运的一跃。我也就随着这群人流被席卷到第一次离家求学的高中。我是恢复高考制度后村里的第五位高中生，在我的身上，光宗耀祖、振兴家族已成为一种不用言说的使命。家人和亲戚们因有了我这个高中生而增添了几分自豪和荣耀，也通过我的父母把最好的口粮让给了我。而我本就是个天生愚钝的人，一年一年地参加高考，却一年一年地落榜，直考到父母愁眉、哥姐摇头、村人无望，才在读高中的第六个年头上，也即1984年的夏季被当时的南阳师专录取。我总算成了村里的第二名大学生，也总算从父母熬白的发丝中走了出来，成了一个吃上“皇粮”、拿上粮本的人。

我当感恩。是父母用种出的粮食喂养我，用摸黑纺花织布赚取的一点血汗钱供应我，我是在父母烈日下种菜卖菜的辛劳中，是在哥姐千万次摇辘轳提水浇菜的青春流逝中有了改变命运的机会……是他们，把沟沟坎坎、纵纵横横的土地，平整成四四方方、平平坦坦的田园。我身上的每寸肌肤都曾经与他们共同沐浴着同一条河流。淋湿他们脸颊的雨水，也曾淋湿过我的脸，玉米、高粱地里烤晒过他们的热毒的太阳也曾烤晒过我。如今，我却在浓浓的绿荫里享受着都市的快乐。我的父母，我的兄弟姐妹哟，每一株植物都是你们辛劳的侧影，每一声问候都是我泪水溢出的理由，面向你们，我又能说些什么呢？是的，我常感恩，我怎能不感恩？

我感恩土地，更感恩土地上如我的父母和兄弟姐妹一样辛勤耕作的农人！

四

背负着沉重的乡土之恋，1987年7月，我被分配到驻马店所辖的一个小县城任教。在三年的青春岁月里，我和同龄的甚或比我岁数大一倍还多的学生们一起为文凭而战，他们一个个满意而去，而我用工资回报父母的，是一台上海产的红灯牌半导体收音机。这让我的父母引以为豪。“儿子终究是中用了，用他自己挣的钱给我们买的。”每当父亲拿着收音机坐在村头的树荫下时，他总是对人这样说。

大爱无声。土地，用一种厚土之爱，养育着我的祖先和一代一代的先人们，而我的父母，经历了多少个四季的轮回，粗糙有力的手握着儿子的回馈如同握着一穗金黄的玉米。

大地泱泱，四季舞蹈。我是父母手中紧握的一粒玉米，在父母的阳光、空气和水的滋养下，经历过诸多坎坷和磨难，正在青春的原野上飞翔。

五

“终于违背了年轻的诺言，漂泊的翅膀又挂在故乡的枝头上。”1990年7月，在暑假的一次远游后，我又回到了曾求学的地方——南阳。在这里，从办报到管理到经商，为稻粱谋是生命的主题。娶妻生女到女儿初长成，到送走我挚爱的父亲和慈祥的母亲……活着—吃饭—工作—睡觉—再活着，一切如有序的钟摆，在一次次的摆动中逐渐疲软、衰弱、老化，甚至静止。生活，就这样历练着我；生存，就这样要求着我。而就在这庸常生活的缝隙里，我的笔时常走进我的乡村，走进我虽然贫穷但却小河潺潺、四季飘香的故土。虽然，在那里，我的生命几近为贫穷吞噬，被荒岗野沟掩埋；虽然自己曾被原野上的风霜雨雪逼迫到死亡的暗角；虽然自己曾发毒誓：出去了，就没打算回来……然而，不知咋的，在我生命和感情的链条上，故乡无疑是最耐磨炼也最坚韧的一环。

故乡的一抹轻风、一缕炊烟、一声鸟鸣、一缕麦香都勾起我无限的眷恋。像生死别离后亲人的拥抱倾诉，故乡已深植于我的梦里，激荡着我的热血，滋润着我的呼吸。

六

也许，原野、乡村、故土是落叶归根的去处，是萌发诗文的福地。

“一缕炊烟丈量着一只鸟儿飞翔一生的距离/一片叶子的手掌上

握满乡亲们参差不齐的日子/一丝偷情的风儿闪身溜进虚掩的柴门”，这自然流淌的句子把你带到春光明媚风景旖旎的乡村，那里的恬静纯情涤荡着你心中的烦闷喧嚣和庸俗市侩，清新的空气和淳朴的民风民情戳动着你城里人虚假的尊贵和矫饰。所以，故乡的一捧新麦、一碗新豆、一瓶香油、一篮瓜果、一声问候、一道祝愿……都会冲击着你的胸膛，燃烧着你的热血。那愈远愈薄的缥缈轻烟，还原为一幅幅真实的关于老屋、关于母亲、关于那块热土的图画。这一切的一切凝聚为厚重无边的故乡之情，滋养着我的人生，伴我风雨兼程。“为什么我的眼里常含泪水？因为我对这土地爱得深沉……”虽然我的笔不能写出如孟郊的《游子吟》、归有光的《项脊轩志》、余光中的《乡愁》那样的经典华章，也不能画出像罗中立的《父亲》、凡·高的《向日葵》那样的绝世形象，但我将用真情、真心、真意抒写我诗意的乡村，我魂牵梦萦的乡村。

田野、乡村、故土，小河、水井、炊烟，清风、明月，石桥、村姑、老牛、村道……这与劳动、居住、生存相关的词语将是从这里走出的一介书生终生抒写的对象。贫穷、愚昧、落后，固执、倔强、野性，纯朴、憨厚、善良……这与文明、现代、时尚遥遥相望的词语也将是我笔下永远的呐喊。从家园中出走，从村庄外望乡，我的旅行袋里永远盛着家乡的旧事。剥下我的西装，我的身上一定还沾着乡下的泥土。我要用手中的笔，记录下他们一生的苦难、奋争、坚忍和无奈，让他们的苦水，从我的视野和作品里显现和流淌出来。我也力争从乡村田园风光清淡的表象中，撩开乡村贫穷、悲苦、苍凉的面纱，让农人的痛感引起人们内心的震撼和社会的强烈关注。唯如此，我才有资格说我是一个乡村的守望者，是一个真正的农民的儿子。